裤裆胡同

贝加◎著

中国言实出版社

图书在版编目（CIP）数据

裤裆胡同 / 贝加著 . —— 北京 : 中国言实出版社，
2017.1

ISBN 978-7-5171-2138-1

Ⅰ . ①裤… Ⅱ . ①贝… Ⅲ . ①中国文学—当代文学—
作品综合集 Ⅳ . ① I217.2

中国版本图书馆 CIP 数据核字 (2016) 第 326016 号

责任编辑：史会美
封面设计：贺卢文迪

出版发行： 中国言实出版社
　　　　　地　　址：北京市朝阳区北苑路 180 号加利大厦 5 号楼 105 室
　　　　　邮　　编：100101
　　　　　编辑部：北京市海淀区北太平庄路甲 1 号
　　　　　邮　　编：100088
　　　　　电　　话：64924853（总编室）　　64924716（发行部）
　　　　　网　　址：www.zgyscbs.cn
　　　　　E-mail：zgyscbs@263.net
经　　销： 新华书店
印　　刷： 北京市玖仁伟业印刷有限公司
版　　次： 2017 年 3 月第 1 版　　2017 年 3 月第 1 次印刷
规　　格： 880 毫米 ×1230 毫米　　1/32　　10.75 印张
字　　数： 220 千字
定　　价： 39.80 元　　ISBN 978-7-5171-2138-1

谨以此书献给我的好友邹进

序 言

以戏谑获得净化

〔日〕是永骏

世界是混沌的，谁也不能预知末日何时来临。然而卓然敏锐的文学家能够从混沌无序里用语言这种符号震撼我们的意识，让我们看到生活本身的荒诞性。贝加的作品描写出现实生活里的形形色色荒诞不经的事物，正如他在评论《生活在何处》中所指出加缪的观点那样。加缪认为在荒诞的世界中，最有力的反抗的武器就是艺术创造，最后的一点希望就是描述。小说这一文学体裁的吸引力就根植于故事情节的巧妙安排，读者欣赏作品，从流逝的时间里不断起伏生灭的情节的展开，获得精神上的乐趣。小说提供的这种精神上的乐趣可以说是一种相对于现实而言的幻象，而这种幻象的产生，正如亨利·詹姆斯所说的，来自于精确的细节描写。编排故事的情节、挖掘现实的细节，这两方面都需要具备文学上的敏锐的感性，这两方面的才能充分地得到发挥，塑造出生活、命运的悲喜剧，这正是贝加的小说世界。

《裤裆胡同》这部作品集提供给我们饶有风趣的小说、戏剧和文学评论。作品《过年》里的"我"，在冬天的奥林匹克公园跑步，跑完后坐在长椅上歇息，渐渐感觉出神入定似的，园子里生出一种梦似的幻境，在这幻境中出现了一个男人，这个男人在长椅的另一头落了座。他是一位精神科医生，"我"跟他聊了聊，知道了他的孤僻忧郁的性格、他和患者的各种奇闻轶事。他穿了一件蓝色羽绒外套，而作品的结局是"我那件蓝外套还搭在我坐过的长椅上"。从这一句话，读者可以意识到这位精神科医生其实是幻境中的幻影。在《电梯之恋》里，"我"有一天偶然邂逅他一直痴恋的对象，在商务中心大厦的电梯里只有他们两个人。对方本来跟他很陌生，无话可说，然而当彼此终于找到话题时事情却发生突变，电梯失控坠了下去，两个人不幸遇难。这正像正文前面的引文里引用的司各特·菲兹杰拉德的文句所写的那样，"他们走进了一部升天的电梯……再加高点，一直加到天堂"。主人公巧遇一直痴恋的对象，并在坠梯事件的遇难中完成痴恋，一起升到了天堂。《养生的主》是一篇围绕着养生发生的悲喜交集的故事。主人公巨日华在日常生活里十分忙碌，要伺候老太太，接送孩子，还要去学校上课。他的参评教授也不顺利；他的爱人组织游览养生胜地，事后惹起种种风波；他们要买房子却又上了当；巨日华揭发学校食堂供应死猪肉却受到学校领导的批评和处分。这一系列波澜迭起的生活逼真地展现在读者的眼前，而且最后是悲剧性的结尾。贝加的作品悲剧性的收场较多，好像要让读者意识到命运本来是既不可知又不确定的。

贝加的另一部作品集《北京北》中，表现出作者擅长设置伏线，让悬念处于悬而未决的状态，作品最后一般都是悲剧性的结局，也让人感到一种通过阅读悲剧、厄运而获得的情感宣泄或精神净化。其中早期短篇小说《泥沼》描写了围绕接送孩子上学发生的一场悲剧。吴昊天有一天被办公楼保卫处的刘科长拿走了自己的自行车钥匙，因此没有来得及去学校接孩子。当他在马路上看到他六岁的孩子被摩托车所撞而丧命时，他却猛然发觉路边盛开着的一株桃花。这株桃花"似乎就是要以这娇艳而短暂的生命来提醒人们：不要忽视了我，春天到了"。贝加擅长描写教员、演员、医生、市民等人的生活百态，他的描述是以荒诞、惨变和净化为内核的。贝加在《裤裆胡同》这部作品集里，还以生活里的痛苦挣扎为底色，时空的展开切换更加自由。他在《北京北》中的《狗爸狗妈》里就写过变形，狗与人互变的荒诞故事。阅读了他这两部作品集，我觉得贝加的作品引导读者打开了另外一种思路，就是在看到生活是这样的荒诞不经的同时，从这样痛苦无奈中学会戏谑荒谬并寻得乐趣，也就是情感净化。长篇戏剧《裤裆胡同》是一篇杰作，这或许是贝加对弗洛伊德的精神分析和阉割情结的一种挑战式的戏谑模仿。贝加说"戏剧的文本形式完全可以独立于舞台而自足"，"我的戏剧是为了阅读的戏剧"。就像他在评论《流亡与自赎》中剖析纳博科夫的小说那样，认为小说和戏剧是对现实生活的戏谑模仿。他通过丰富的寓言、隐喻和象征的手法，执着地描写人的性本能和挖心削骨的疼痛。主人公患者在幼年时（即"文革"时期），被当时任北京某剧院院长的父亲踢伤了睾丸，因此终身饱受近乎阉割的痛苦，他的第一任妻子也遭父亲占有，结尾是患者刺杀心理医生未遂而自杀。贝加深入开掘混沌的现实，力求发现其本质，执着于表现荒谬，以足以灼伤人的文字投掷于读者的脑门。他似乎要对读者说："这就是艰难困苦的现实，你们去戏谑荒谬并获得净化吧！"

2016 年 8 月

（是永骏，日本著名汉学家；现当代中国文学专家及翻译家。）

目　录

养生的主

缘督以为经，可以保身，可以全生，可以养亲，可以尽年。

——《庄子·养生主》

一

活了近半辈子，巨日华突然发现自己被大便干燥憋住了。开始他并没当回事，在老婆的再三敦促下，他吃香蕉、喝蜂蜜，乃至喝香油；后来不得不去了校医院（他是最懒得去医院的，一年只去一次，就是一年一度的例行体验），吃了一阵麻仁丸，全不济事。于是，校医便给他下了诊断：顽固型便秘。

这本是他个人的生理问题，想不到常常会引起一些家庭内部纷争。便秘的人往往一连好几天全无便感，好不容易有点感觉了，得赶紧往厕所跑，特别是早晨；稍一延迟，那感觉便消失得无影无踪，再想有不定什么时候了。他坐上了马桶，却怎么也解不出。这时厕所门总会被敲响。

"华子，你快点！"老婆在门外叫，"闹闹要上厕所。他憋不住了。"

"爸，我憋不住了！"儿子也叫。

"要不你先出来，让他先上。反正你办事也没个准谱，光占着地方。"

他只好提着裤子从厕所出来，白儿子一眼："烦人！"

儿子也冲他"哕"地一吐舌头。

校医曾多次叮嘱他，不要等便感强了才去，要有意识地培养便感。每天早晨起床后，无论有没有感觉都去蹲一蹲，养成习惯，天长日久就通畅了。说得倒轻省！我蹲得了吗？校医的话说到了根本，却让他大为气恼。他认为他的毛病就是生活的紧张和压力造成的。他每天早上起来，扒拉一口饭就得送儿子去上学，接着自己去学校上课，两人谁都不能迟到，哪有时间蹲厕所？要赶节骨眼上，有感觉也得憋着，日久天长就没感觉了，结果就憋出毛病来。再说，总不能为培养这种最低下的感觉，牺牲清晨宝贵的睡眠时间，起大早去蹲厕所吧？即使他去蹲，恐怕也培养不出感觉来，只会坐马桶上呼呼大睡。

每次闹了这种家庭纠纷，朱茉莉总有一套说辞堵丈夫的嘴："谁让你没混上教授来着！你看你们学校教授住那房子多好，两厅两卫的大三居，真宽敞。你一人占一厕所都成，整天在里边蹲着也没人管你。"

巨日华便没了话。他的教授只混上个副的。虽多了那么一个字，倒好像是一个把柄给捏在了老婆手里，他自己也觉着气短似的。教授他连着申请了两三年，连年落第，他并不相信是自己学术水平差（尽管教授评委会是这么给他下的结论）。那没水平的教授多了去了！老婆一再跟他说，得找找关系，走走门子，该送就得送；可他无论如何拉不下这个脸。这方面他呆

— 3 —

笨得就像一头驴，他总觉着自己还有点自尊有点骨气，舍不下，也许这就是他巨日华的本性，老婆便骂他没用。他有时想到放弃，不再往上混了，真懒得再费那个劲；问题是学校不依不饶，在规定时间内混不上教授，便会遭到解聘。再者说，他自己也并不甘心，一想到教了一辈子书，只落得个副教授的结局，便惶惶然不得自安；夜深人静时，辗转反侧难以成眠，内心里仿佛煎熬着一锅糨糊："我这辈子就这么完了？"

想住好房子，老公看来是指望不上，朱茉莉便想要自己买。她生活中的主要内容之一就是买房子：整天注意房产信息，参加房展会，东看一处西看一处，至今也没看好一套。每次看房归来直咂舌："太贵！"接着便习惯性地向老公发难，"早些年让你买，你就是不买。现在怎么样？"他就为自己辩解："早些年我们也没钱啊！"

不过大便干燥这事他无论如何也无言辩解，这是一个铁的事实；任老婆怎么说，他都得听着。

"你得多吃菜！"她整天提留他耳朵，"你得多吃水果！"

朱茉莉是很注重养生的，可以说养生是她生活中的头等大事，很多时候超过了对房子的渴求。她对养生达到了这样一种认识：它不只是一种时尚，更是现代人对高质量生命过程的一种追求。刚开始她只是感兴趣好奇，后来越来越着迷，还加入了养生协会；因此也越来越专业，越来越有理论。她认为养生就得从生活中的一点一滴做起，平时注意饮食，多吃新鲜水果和蔬菜就是最基本要求。她认为老公的问题恰恰就出在这里：这两样他都不爱吃。常常是老婆辛苦了半天的成果，最终剩一大盘子，叫她空发感慨。有时，在她的强制下，他也能尽力把菜全吃光（按她养生的标准，每人每天至少要吃一公斤以上四种蔬菜），问题是他感觉事后并没达到所预期的效果。

"你都顽固型便秘了，偶尔吃那么一两次就有效了？"老婆说，"你得长期坚持，才会促进大肠的蠕动。我估计你的肠子都是死的，根本就不动，所以废物全都淤在里边，排不出去，长此以往就会得癌。"

话说到这份上，老公的脸子就有点不是色儿，"你咒我呢！"

"我不是咒你。"朱茉莉一脸的认真，"我只是叫你警醒。真的，忠言总是逆耳。毒素积在体内排不出去，就会在身体上表现出来，你自己照照镜子，看看你那张脸就清楚了。"

老婆的话总叫他心里犯堵。其实她不说，他自己也看得到，镜中的自我形象总让他触目惊心：面色暗黄，皮肤粗糙，疙里疙瘩长了些粉刺似的东西；面颊上还长了几块黑斑。难道真如俗话所说，我有一张大便干燥的脸？他总不由得回想起父亲；父亲就是得肠癌去世的。这是他内心一个永远的隐忧和伤痛。

说来也怪，新炒的菜他吃不了多少，可打扫起剩饭剩菜来却很能耐。比如上顿吃剩的，或者下馆子打包带回来的，全归他一人打扫；老婆孩子是一口不动。据养生专家的观点，隔夜的剩饭剩菜绝对不能吃，里面含有大量的亚硝酸盐，这是一种强致癌物质。按她的意思，凡吃剩的饭菜一律扔掉。他从小节省惯了的，看着那些好好的吃食，怎么也舍不得丢进垃圾桶，从冰箱中拿出来，闻着没有异味，全部一扫而光（他的早餐基本就是这么解决的）。本来母亲要帮他一块打扫（父亲去世后，母亲便搬过来跟他们一起过），可他于心不忍。于是，他总一边嚼着剩饭剩菜，一边回味着亚硝酸盐，一边自我安慰："都说吸烟有害，人们不是照样吸吗？吃点剩饭总不至于比吸烟更有害吧？"不过，这并不足以消除他内心的焦虑，用他自己的话说："我是在冒着生命危险厉行勤俭节约呀！"他还拿自己儿时的生活来教育孩子："儿子，爸爸小时候吃的都是……"

儿子便立刻捂上耳朵："爸爸，你的故事我都听了一百遍了！"

老婆一再让他明辨："是你的身体重要，还是那几口剩饭剩菜重要？"

是啊！这的确是个问题。他一直在这取舍之间无望地挣扎。

二

因此，在朱茉莉的生活中，买房和养生是两件大事；两者之中又以养生为上，而养生则以吃为先。她至今记得刚加入养生协会时，一位著名资深营养学家在报告会上说过的话（当时他情绪激昂，慷慨陈词，给人留下深刻印象）："我要向全国发出呼吁，中国人，我警告你们，你们的病百分之九十都是吃出来的；不要再胡吃海塞了，是时候了；你们要讲究吃，要善于吃，要吃得明白，要吃上，吃好……"她回来后兴奋不已，如获福音；她打电话告诉父母，告诉兄弟姐妹及亲朋好友："专家说了，病都是自己吃出来的；要学会吃。"尽力把这福音传播出去。她开始在吃上下功夫，什么蔬菜里含有什么营养、有哪些功用她都一清二楚，比如西兰花中富含硒，可以抗衰老；十字花科蔬菜可以抗肿瘤，清除体内自由基。再比如，菜的不同颜色相对于人的五脏可以起到不同的滋补作用，白色蔬菜入肺，红色蔬菜入心；此外，入口的东西当应时应季，反季节的则有损于人体的阴阳平衡……念起养生经来，她一套一套的，滔滔不绝。

在这一点上，她跟老婆婆巨老太太真是一拍即合。老太太在中医经络方面略通一二，是个经络信仰者，常常拿着书本反复琢磨，照着经络图这儿按那儿压，动不动就拔个火罐、刮个痧什么的。谁有个头疼脑热腰酸背痛，她都能给疏弄疏弄；她一贯反对打针吃药（除了她的高血压，那是非吃不可的）。就儿子便秘的毛病，她没少给下功夫，"你就是经络不通了。"她下诊断说，"你就按摩大肠经准行；大肠经管便秘。"儿子对母亲言听计从，想起来就自己按摩；问题是他总想不起来。不在一块住的时候，儿媳妇跟老婆婆见了面就有的聊；搬到一起住后，她们常常就养生的话题聊起来没完没了，相互切磋，取长补短。

她们最喜欢看的电视节目当属"养生堂"了。这一栏目中云集了全国各路养生高手、专家、名医和大师，他们的养生经验让她们听得如品玉液琼浆。她们每人手里拿一个小本子，不停地做着笔记，适合自己的便在生活中实行。最让她们兴奋的是节目中经常介绍一些百岁老人，因为她们都有一个美好愿望，就是长命百岁。在朱茉莉心目中，长命百岁是她的终极人生目标，是一项她毕生为之奋斗的伟大事业。想想吧，当你活到了一百岁时，你的同龄人肯定都没有了，你的后辈也所剩无几了，你活过了所有人，孑然傲世，你就是最终登顶珠峰的王者：这难道不是人世间最伟大的成功吗？还有什么成功能与此相比？因此，那些百岁寿星才是她的偶像，有如神仙，他（她）们的经验之谈也便是金科玉律。比如电视里说，日本的寿星多吃鱼，她便天天买鱼来吃，直吃到老公和儿子见到鱼就反胃；节目里又说，宋美龄九十五岁时照样爬楼梯，吃鸡翅时让秘书把肉剔掉，自己只啃筋头巴脑，她吃鸡时便只啃筋骨不吃肉；又有一期节目中介绍了我国南方一个山区的长寿村，说那里的寿星们终生都在地里劳作，水和空气是决定性因素，她便嚷着要离开北京这座污染严重的大都市，找个山清水秀的小山村去自给自足；还有一期节目中说，湖南一位老寿星很邪门，抽了一辈子烟，大碗喝酒，大口吃肉，口味很重，一百零一岁了依然矍铄硬朗，她只好慨叹：老天真是不公平。后来有一期节目，看了几乎令她绝望了，节目中说：据美国科学家研究证实，人长寿与否是遗传基因决定的，跟你后天的努力没关系。我怎么知道自己有没有长寿基因？她马上打电话给老爸老妈，查询祖宗八辈的寿数；据说只有一位祖奶奶活到了九十，其他人都寿迹平平。她一下子心就凉了，那些日子里整天吊丧着脸子，任什么事都提不起精神，就连她一向重视的饮食也应付了事，只是不住哀叹："看来我是没指望了！"

老公就安慰她："活那么大岁数干吗！你想想，活来活去就剩你一人了，孤零零的连个伴都没有，有啥意思？吃也吃不动了，玩也玩不转了，还活什么劲！你把眼光再放远一点，两千年后你回头一看，你就是活上二百岁又算得了啥，不过是一把灰。"

巨老太太显然也有些蔫，不过她还是尽力劝慰儿媳："要我说，人活着就快快乐乐活好每一天，别的事都不用管。明天就天塌地陷，谁知道！"

"那不一样！这可不是吃喝玩乐的问题，这是一种精神。

人活着就得有一种精神追求。你还想当教授呢！为啥？"

巨日华也觉着自己的劝说底气不足，没有多少说服力。我们的肉身太有局限了，沉重又脆弱，拖着它根本无法穿越时空的巨大障碍；我们既不能活在过去，也不能活在未来，只能活在当下；我们只有竭尽全力把捉襟见肘千疮百孔的当下拉扯开向前延展，再延展……他扪心自问，难道你就不想活得长久吗？愿意像你爸似的，六十刚出点头就一命呜呼了？不说长命百岁吧，怎么也得照着七八十上活吧？……或者再尽力往前拱那么一拱？

不过老婆的情绪很快从那种基因决定论的打击中恢复过来。有一天下班回来，一进家门就扬着手中一张 A4 打印纸，兴冲冲叫着："基因决定论是错的！"她常常在上班闲暇时间，上网查一些养生资讯，打印出来向家人发布；无疑，今天她又带回了福音，一家人立马都围拢来。据美国科学家新近研究表明：人的寿命长短，遗传因素只占百分之三十，主要还是由个人后天的生活方式和习惯决定的。

"两者观点截然相反，前后矛盾，"老公疑惑地问，"美国人怎么也来回忽悠？是同一拨科学家吗？"

"那谁知道！不过这篇报告来自美国《遗传学杂志》，应该更具有权威性。"老婆说，"我更相信后者。我就说嘛！"

巨老太太也高兴："人佛祖都说过，人皆有佛性；只要修行得法，人人皆可成佛。"

"妈，您说得太对了！"她搂住婆婆，"人人皆可成佛；我们都能长命百岁！"

于是，换了衣服便下厨；家里又恢复了以往的养生餐。每上一道菜，她都习惯性地道出一番养生之理："百合入肺经，清暄理气；芹菜富含纤维素，降血压又通便，妈和华子，你们俩应该多吃。"

老太太住过来以后，本想把做饭这活接过来，朱茉莉没有放手。她知道老太太是考虑她每天又上班又做饭，太辛苦，就让她试了一阵。她发现她做饭太马虎，菜也洗不净，又油又咸，动不动还混进根头发，引得孙子大叫恶心。后来就让她负责采购，每天列好一张清单，交给她；东西倒都买回来了，全是便宜货，质量根本没法保障。

"妈，你不要在咱们小区门口的菜摊上买东西，"她一再叮嘱她，"马路对面就是大超市，贵不了多少。"

不管她怎么说，老太太还是更习惯门口的菜摊，每回走到那儿，便觉得这也不错那也不错，就再不往前走了。采购的任务就转交给了巨日华。老太太在楼下一同遛弯的老姐妹中便有了话说："我那儿媳妇吃东西，可是讲究！咱门口那些菜啦饼啦馒头的，人都不吃，我做饭人都嫌不健康不卫生。"

又上班又做饭，有时工作累了一天，回家来也叽歪也抱怨，但她都咬牙坚持着，觉着为了心中那梦想，值！有时要是得加点班，她就打电话回来让老公先做好准备，该洗的洗该切的切，她一到家就上灶。

老太太住过来后，家里一下就显得挤了。巨日华住的是老式的三居室，三间房子都不是很大，中间带一个小厅。原本住得还比较合适，他们两口子一间，儿子单独一间，另外一间做书房；母亲来了以后，他就把书房腾出来给她住，小厅权且当了书房。一张餐桌，一张写字台，外加一台电视，就把个客厅占得满满当当。每天晚上夜深人静了，他便独自坐在那张写字台前，为他的人生目标奋斗。常常是老太太都睡一觉起夜了，还看见儿子在看书，或在电脑上不停地敲敲打打。老太太便有些心疼：

"华子，都几点了，还不睡！这天天点灯熬油的！"

"没事，妈！你睡你的。我弄完就睡了。"

老太太是家里起得最早的，夏天五点、冬天六点准按时出门。她知道早上家里总是一片忙乱，便早早躲出去，跟小区里那些老姐妹们一起遛遛弯，做做甩手操；等他们上班上学的都走了，她才一个人回家吃早饭。接送孙子上学，曾经是她的活，后来被车撞过一次，巨日华再不敢让她接送了（北京这路况太复杂，老太太应付不了），还是得自己亲自出马。

他们家里有一位常客，就是巨日华的妹妹巨日欣。周末或节假日，她常常来看望母亲和哥哥；一来总是带一大包东西，吃的用的整个全乎。妹妹、妹夫都在银行工作，搞的是金融证券投资，有钱！妹妹一直想让母亲住到她家去，她那边又宽敞又方便，老太太死活不肯。按她的话说，靠儿子养老是天经地义，名正言顺；况且，儿媳妇待她也不错，除了住得紧巴点，没什么不满意的。

三

朱茉莉是一家旅游公司项目经理，每天早九晚五；不过下班时间有点没谱，一是有时需要加班，再就是每天的下班晚高峰，正常情况下路上要走一个多小时；要是赶上下大雪或大雨，那可就说不准了。那一年京城罕见的大暴雪，让她在路上堵了四个小时。她家住在城西北，她们公司在城东南，每天大掉角地跨过半个北京城。从前挤公交来往奔波，觉得太辛苦；后来自己开车，仍不轻松，有时还不如挤公交呢。她就这样日复一日地在路上奔波了十几年，沐浴着一路的带有酸性的烟尘和雾霾，呼吸着呛人的汽车尾气，闻着地铁上密集的人群散发出的浓烈汗臭，外带风吹日晒和雨雪交加。她时常对着镜子哀叹自己的容颜在种种侵蚀下日益萎黄，皮肤粗糙干燥，脸颊上点点暗斑，便向老公抱怨："照这样下去，等不到退休，我就成了地道的黄脸婆了。我可怎么办啊！你给我想点办法。"

他能有什么办法？只能眼睁睁看着。

仅仅是路上的奔波还不算，工作上还年年加码。今年定额完不成，年终奖就没了；完成了，明年的定额就往上翻。她和同事得挖空心思不停地挣钱，挣钱，再挣钱！他们想出各种名目，什么消夏之旅，游学之旅，红色之旅，进香之旅，商务之旅……恨不能把全天下人都招引到他们导游旗下，把他们一批批发往全国各地，乃至世界各地，长此以往，源源不绝。就在她如此殚精竭虑之际，发现自己的头发一把一把地往下掉，其间夹杂着根根白发，令她禁不住倒吸一口凉气，这还算是运气。他们公司的一位副总，上着班突发心梗，一头栽倒在办公桌前，抢救无效，终年四十五岁。公司上下一片震惊。遗体告别回来的路上，哀伤悲叹之余，他们似乎对生命都有了新的体悟。

"我们就得学会养生。"朱茉莉说，"没人爱我们，我们就得自个爱自个儿。养生就是一种自我关爱。"

就这样，她对养生的理解和认识不断强化，一步步加深。她开始学会从工作中脱身出来（当然不可能完全脱身，至少精力和心思不再那么投入），得过且过，能敷衍了事即可，她更多地专注于养生。可与此同时，她在养生事业上也遇到了巨大的挑战和威胁，也就是说，日常的饮食安全越来越没有保障。她不知道什么东西能吃，什么东西不能吃，但又不能不吃，所以她吃什么都提心吊胆。电视上每年一台的"3·15"晚会她是必看的，看完就惊得她头皮发麻，脊梁骨里往外冒冷气：节目中被点了名的某某食品她也吃过！竟然还一度觉得不错！于是又一批东西给列入黑名单，这也就意味着她的取食范围再一次缩减。因此，这一点也常常成为巨日华反击老婆的利器：

"瞧见没有？你以为你多吃蔬菜就养生了？你都不知道吃下去多少农药。菜农们种的菜人自己都不吃，是城市专供的。他们只吃自家后园子自留地里出的东西。"

这话的确很有威力，不过似乎并没说到老婆的痛处。她早就有所防范了，这正是她不让婆婆随便在外边买东西的原因。

她笑笑，回应道："你知道，我们家餐桌上的菜都是有品牌的，是带绿色有机标志的。从栽种到进入超市，受到全程监控。"

"得了吧。这话你也信？昨天电视上还说呢，有的超市把普通蔬菜贴上有机标签卖高价。你吃的什么菜，你根本就不知道。现在我们能相信谁？"

这话使她大受刺激，有些恼了，"那我们总得相信点什么吧？他说是有机的，你就当真好了，我们总得有条活路啊！"

她只是嘴上说相信，她买回来的菜都要放到碱水里浸泡的。从前她都是用淘米水泡；后来听一营养学家说，淘米水没用，碱水才有利于清除蔬菜中残留的农药。于是，用碱水泡洗蔬菜便成了她的一个惯例。

巨日华对老婆的做法总是冷嘲热讽，嘲笑她对长寿的渴望，嘲笑她活得疑神疑鬼和胆战心惊，嘲笑她的谨小慎微。殊不知，老婆每天念道的养生经正像天上普降的春雨浸入板结的土地一样，无声地滋养着他拒不开化的心田。有两次他下班时，路过小区门口的那一排小吃摊，便顺手买点大饼或火烧当晚饭。

"你怎么跟你妈一样？"老婆一见就急了，"我跟你说过不要在外面乱买东西。"

"我看人家都在那儿买。没事！"

"什么没事！你知道他们在面里都掺了什么东西？吊白块，增白剂！你买了你自己吃啊，反正我不吃。"

他一边吃着大饼，一边反复咀嚼着吊白块，便觉得嘴里不是滋味，一哕吐了出来，剩下一半全扔了。如此各种事例，种种教训，在老婆的教导下，让他眼界大开，长了不少见识。当然，她还少不了给他以具体指导，就像她常常指出的那样："你的问题就是大便干燥。这可是个大问题，得尽快解决掉。你别不当回事！"为了引起他足够重视，让他加深认识，她从网上下载了许多材料，打印出来拿给他看，"我让你看看便秘的危害到底有多大。"

他一页一页地看下去，全是医生、专家的看法，讲解得很专业，不少医学名词术语他不懂；有的还带有图示，显示的是排泄物久积肠内的性状及其后果。他一边看，心跳不由加快起来，额头上渗出一层细密的汗珠，长出了一口气。老婆的谆谆教诲开始潜入他的思想意识；由此说来，把日常采购的任务撂在他肩上，的确是给他出了一道不小的难题。

他一般下午挤出点时间来去超市，按老婆的话说，就当是一种体育锻炼了（他平时的确没有什么锻炼）。不过这种锻炼往往让他心力交瘁。每次走进超市，他都感到心中一片茫然，眼前虽是琳琅满目，却仿佛走入一座大空房子，目中一无所有。他所取食的范围一缩再缩，所剩无几。熟食？不成，里边含有大量添加剂，而且肉的来源也不靠谱，过期的往往被贴上新标签。豆腐？算了吧！全是转基因大豆。大米呢？基本都重金属超标，杂粮还凑合。海产品？海水都污染了，鱼虾好得了？从旁边一过都一股臭海水味；再说现在都是养殖货，用什么养的你都不知道。奶制品？得了得了，歇菜吧……往往兜了一大圈，篮筐里仍空无一物；他踟蹰着，徘徊着，计较着，挣扎着。还是老婆说得对，得买绿色有机的；贵是贵点，吃着放心啊！哇，这也太贵了吧！这么一小块肉就七八十？别不会随便拿块什么肉一包装冒充的吧？那也说不准，反正你看不出来。得了，别老疑神疑鬼的，人说啥你就信啥不完了吗？你他妈的还想不想活了？……于是，他眼前浮现出他的大肠，里面一片漆黑，积满的污物凝滞不动；肠壁把污物中的毒素大量吸收，通过血液流遍全身各组织器官；毒素越积越多，肠壁上现出一个菜花状肿物……他为之一惊，抹一把脑门上的汗，仿佛打噩梦中惊醒一般。

他还有个生活习惯也是老婆极力反对的，就是久坐。没错，他除了上课时站着，基本都坐着。他中午下了课，回到家稍事休息，便坐那儿鼓捣他的学术，一坐一下午，不带动窝的。等吃过晚饭，他们都上床睡觉了，他还要在那儿坐到下半夜。老婆说："你老那么窝在那儿，你那肠子能动弹才怪呢！"（他不仅肠子动弹不了，腰还疼呢。往往坐一下午后，腰都直不起来了，他就是没敢跟老婆说。）她又给他下载了一大堆材料，"久坐的危害！"看了照样叫他脑门冒汗，冒汗归冒汗，他由不得自己。老婆就建议说："你最起码隔半小时起来活动一下呀！要不你干脆站着写。你看人家叶圣陶，就站着写了一辈子书，活了九十多。"

"我跟人家能比吗？我站着无法集中注意力，一站起来那点想法全跑了。"

他一进入工作状态，根本就想不起来要活动。他心中老有一种紧迫感在激励着他；这种紧迫感有时压倒了生活中的一切，叫他无法停下来喘口气，无法悠闲地左顾右盼。他正在撰写一篇学术论文，可以说是个急活。作为副教授，他必须每三年在全国核心期刊上发表一篇论文，否则就会受到弹劾降级（工资待遇等全都要降）；要是连续两个周期没有论文发表，副教授职位就不保，他就会被解聘。那将何其悲惨！他可不想落到这种地步。可是，全国有几家核心学术期刊？全国又有多少个副教授？想一想就叫他心慌气短，就像产生了高原反应似的要就地栽倒；不过他仍努力坚持着往上攀登，攀登，再攀登。他的一个大学同学曾在一家核心期刊当编辑，给他发过几篇文章；总算一直应付着，没费太大劲，不过花点钱而已。问题是现在他那位同学离开了那家杂志，虽然人家答应给引荐另外一位编辑，但毕竟不是直接关系，还没打过交道，结果如何都很难说。这个头要是断了，他还真抓瞎。他就这么一边日夜突击着论文，心里一边打着鼓。

他生活中没什么娱乐，也没有特别的爱好。如果勉强算有一个的话，那就是上网。每当论文搞到头昏脑涨之时，他便上网去轻松一下，看一下时新热点、公共笑料。他在他们校园网上有一个个人主页，经常在上面就学校某些问题发表看法，用他的话说就是"为自己的独立见解争得话语权"。比如校领导换届，新任领导班子总要放点火烧烧荒，不成想就烧到了他的屁股。原来新校长有感于校纪松懈涣散，于是发下校长令：严禁学生考试作弊、课堂上吃东西；教师上课严禁迟到云云。那些日子，他们教研室主任诸老师一再向大家三令五申，上课一定不要迟到，学校正在督查。害得老师们夜里直做"流行性"噩梦，不是上课时在迷宫般的教学楼里找不到教室，就是听着上课铃往学校狂奔，可怎么也跑不动，然后就心狂跳着大汗淋漓地惊醒，再也睡不着。这成了他们的一个职业病。他上课是从来不迟到的，基本都提前那么几分钟进入教室（虽然不能做到像学校要求的那样提前十到十五分钟）。那天他送完孩子上学，按点进入了教室，突然感到内急，便跑了趟卫生间，花的时间长了点。当他最终一身轻松走向教室时，发现校教务处杨处长正站在教室门口。杨处长脸拉得老长。

"巨老师，是你的课呀？我说的，上课铃都打过这么长时间了，学生怎么干等着，没老师呢！"他点着手腕子上的表，"你看看都几点了？学校在严抓教学纪律，你不知道啊？"

"我知道！"他赔着笑脸，"我不是……上个卫生间吗！"

"上卫生间！"处长现出又鄙夷又无奈的神情，"这都应该课前打扫利索的，你不能利用宝贵的上课时间上厕所呀！"

杨处长还想接着往下讲，巨日华打断道："咱们回头再说好吧，我得上课了。"

还有什么好说的？他被学校记上一笔，按规定扣了钱，点了名。后来再遇到这种事，他也只好干憋了，可他心里不忿，便在个人空间中发文，从天人合一的哲学高度，以《养生、便秘和上课迟到的辩证关系》为题做了回应。一时他的点击率飙升，引起强烈反响和共鸣。他还经常就学校的体制、学生的管理及教师待遇等问题向学校提出质疑。他总是满脑子想法，一肚子牢骚。给学生上大课倒还好说，讲完夹包走人就是，让他烦恼的是带研究生。说实话他是想带研究生的，看着人家同龄的教授都博导了，他是很眼气的，他只能带带普通的硕士生。问题是他带的学生没几个争气的，学得吊儿郎当半死不活，最后论文答辩通不过全得他给擦屁股，还得不着几个钱。他就在他个人主页上倾吐着内心的苦楚。真别说，他在师生当中颇有一些粉丝，有不断为他叫好的。老婆对他这种作为很不以为然，甚至很反感。

"你别老整事！"她就像告诫他要多吃菜一样告诫他，"你没事老捅鼓学校干吗？把人家惹急了对你有什么好处？这本身就不符合天人合一的思想，更违背养生之道。养生的最高境界就是能与你周围的自然环境和人文环境和谐相处。"

"行啦，干吗这么当真！"他笑道，"我消遣消遣还不行吗？"

没错，他很清楚孰轻孰重。他知道应该在哪儿下功夫；但是老婆反对他下点灯熬油的功夫。他已经不是二十几岁的时候了，哪经得起这么熬？熬夜是对身体伤害最大的。可这方面老婆无论如何说不动他：要奋斗就会有牺牲。

也不知是太用功的原因，还是长期便秘的结果，最近他觉得胃不太舒服。他的胃好像承受力变得很弱，吃一点东西就觉得饱胀，全积在里边，好久不往下走。开始他以为是吃多了，就注意少吃；可这个尺度很难把握。上了一上午课，他总是觉得很饿；到了食堂（午饭他都在学校食堂吃，学校食堂的食材质量最起码是有保障的，不会有地沟油、工业盐什么的），见了什么菜都想吃。吃完当时没感觉，一出食堂大门，胃就开始胀，想打嗝又打不出；胀得坐卧不安，晚饭都没法吃了，以致影响到晚上的工作和睡眠；好不容易睡着了，就梦见一大堆好吃的，全是有机食品可以放心食用，他不停地往嘴里塞，塞得胃中胀疼难忍。

老婆就嘲笑他："我真服了你！就你们学校食堂那破饭菜，你竟能吃撑着。"

他还不至于那么没出息。他担心是胃出了问题。难道这是什么病的前兆？当真要来病了？他心里不住地犯嘀咕，七上八下地忐忑。他又去了校医院。校医也没看出什么问题，只是说消化不良症，开了些消食丸、吗叮咛之类助消化的药。老婆和老妈一致反对他吃药，特别是西药。他便吃了一阵子消食丸。在老婆的建议下，他开始跑步。一吃撑了，他就去跑。

跑步是没有场地的。学校倒是有一个运动场，可下了课回到家后，专为跑步再过去，他实在犯懒，就在楼下跑跑得了。小区里有一个中心花园，里面散布着一些健身器材和花木，周围是一圈甬道，既走人也走车。因为半径距离较短，他跑着跑着就有种驴拉磨之感。即使这样的驴拉磨，他跑起来也并不轻松；平时不运动，又惯于久坐，明显体重增加，肚子也起来了，一身的赘肉，稍一迈步就呼哧带喘，再跑就头晕眼花、金星乱蹦了。常常是一圈磨还没转下来，就蹲在地上揣气儿了。他最讨厌跑步的时候汽车过来过去的。当初他们家刚搬来时也没这么多车，就几年的工夫，如雨后的蘑菇，沿着路旁一辆挨一辆都挤满了，有点像他家橱柜里好溜边扎堆的蟑螂（尽管他们家那辆捷达也在其中），不大的小区叫人深感逼仄。往往路上一过车，他正呼哧带喘，恰好把那股尾气吸个正着，呛得他直翻白眼。所以一见有车，他先屏口气，躲得老远。他本来是避开了车道，只在甬道上跑的；按规定，甬道只供行人活动之用，禁止停车和行车；偏有些人不自觉，要么进来掉头，要么借道行驶。汽车驶过后，留下的那股尾气久久不散。

他常常一边跑步心里一边犯嘀咕（就像他一边吃饭一边犯嘀咕一样）：我每天吸进去多少有毒物质！这些说不清道不明的东西日久天长聚积在体内，被血液输送到各组织器官，越积越多，跟吃进去的那些毒素相互作用，于是机体开始产生恶变，形成肿块……我跑步就是为了达到这种目的吗？那些令人惊恐的肿块死死纠缠着他，挥之不去。不过，按照专家们的说法，肿块的形成需要一个漫长的过程，现在没有就当不存在吧，忧虑也没用，步还是要跑。解决他的当务之急，跑步看来不失为一种良策；每当他上气不接下气、脸红身热之时，便开始上下通气，又打嗝又放屁，腹中顿觉轻松。

四

那是一个周末的傍晚，他跑完步回来，看到妹妹来了，先打了招呼，便去洗澡换了衣服，然后俩人才坐那儿说话。儿子在他屋里写作业，母亲跟老婆在厨房忙着做饭。

"听嫂子说，你们又看了一套房子？"

"没错！她非拉着我去。周末有看房班车，我一想，去就去吧。"

"房子咋样啊?"

"房子倒是不错,精装修,格局好,面积大;不过那地方不行。都六环以外了,周围是一片荒地,要啥没啥。怎么住啊?再说,房价也不便宜。"

"哥,钱的事你不用太考虑,"巨日欣说,"只要你看好了房,钱我可以给你出,咱可是无息无期贷款。"

妹妹无数次说过帮他出钱买房。妹妹在生活中,多方面接济他;她知道母亲在哥哥这儿住着,造成许多不便,她常常来看望;每次来都带不少东西,家里人人有份:给哥哥和母亲买的衣服啦,给嫂子的化妆品啦,给外甥的运动服或文具啦,吃的就更不用说。妹妹的慷慨让他感动,不过做哥哥的总是接受妹妹的馈赠,面子上有点过不去。每次她说到出钱的事,他都说:"不用不用,你哥有钱!"

"有钱,就是舍不得出手!"这时朱茉莉从厨房进来,接过话茬儿,"我们昨天看那房子,我觉着挺好,你哥一口就给否了。"她坐沙发沿上,扶住老公的肩膀。

"多远啊,昌平都过了!在那儿买房,谁去住?在城里上班,整天那么来回跑,我可跑不起。再说,孩子上学怎么办?这些问题你都得考虑。"

"人家不是说了吗,以后地铁会通过去。"

"你听他说!不定猴年马月的事呢。周围一片荒地,要啥没啥,怎么住?"

"没见学校、医院、超市这些配套设施都在建吗?"

"等他们建完再说吧!"

"建完就不是这价了。"她转向小姑子,"瞧见没,你哥

— 21 —

就是这样！想当年五环外的房子，他也嫌远，死活不买，现在怎么样？房价翻了十倍。"

老婆又翻旧账。他辩道："我怎么不想买了？问题是那时候我没钱啊！"

"你得了吧！你现在是想买，晚了。你就老实承认你眼光短浅得了。"

"我哥这方面是不行，缺乏商业头脑和预见。"

"主要问题还不是钱。"他不忿，"你买房得收到实效。买完住不能住，租不能租，不是浪费吗？就像你们公司那小施似的，想得挺好，在三亚买了房，度个假什么的，结果一年有十一个月空着，房子都长毛了。"

"那人家还可以作为投资呢！"

"投啥资啊！没见电视上说，现在三亚房价大跌。"

他们聊着，母亲端着盘子从厨房里进来，"开饭喽！日欣啊，你也跟我们一起吃点。"

"你们吃吧，我吃过来的。"

"我们这可是养生餐，在别处吃不到。"

巨日欣似笑非笑地撇了撇嘴，"我不用养生，有啥劫难佛祖就给我化解了。"

"姑姑，"闹闹从他屋里出来，接了话茬儿，"要是你们领导诬赖你贪污公款，佛祖能给你化解吗？"

"咋说话呢！"当妈的一旁嗔道，"姑姑来半天了也不露个面，一露面就胡言乱语。"

"闹闹，最近在学校表现怎么样啊？"姑姑笑问道。

"我表现一贯都很好。"

"很有自信嘛！"

"还好呢，就前天，他爸又让老师给拎学校去训了一通。"

"他们那班主任那叫一个厉害，"巨日华说，"每次一见我面就点我鼻子，'就你们家巨星特殊，人别的孩子上课都能按要求双手背后，坐得板板整整，他可倒好．那手就闲不住，一会儿就拿到前面来，鼓捣鼓捣这个，捅鼓捅鼓那个……'我心说，孩子是块木头啊？那是个大活人啊，好动是他的天性。这种教育不是在泯灭人的天性吗？"他摇头慨叹，"简直没法跟他们说。"

"闹闹，怕你们老师吗？"

"怕！"他坐对面椅子上，摇晃着胖墩墩的身子，"我们都怕她。她一发起狠来，都能把我们活剥了。"

"那你还老惹事？"

"我没惹事。都是他们惹我。"

"这倒是实话。"当妈的说，"白长那么大一坨，净挨同学欺负。"

"我没挨同学欺负。他们谁敢欺负我？"

"还嘴硬呢！"当爸的说，"上课的时候有人丢纸团，他们就说是你丢的，然后老师就拿你开刀。是不是这么回事？"

"是他们先丢我的。"闹闹抗辩道，"他们丢我，我就丢他们。"

"你就不能告诉老师吗？非跟他们一般见识？"爸爸说。

"我告诉老师了，老师不听。"

"对，就不能挨欺负！闹闹，你记住这句名言：'人不犯我，我不犯人；人若犯我，我必犯人。'你知道吧？"

"我知道！"

"你姑说得对！谁要欺负你，你就狠狠揍他，把他打服打怕，他就再也不敢欺负你了。"当妈的鼓励说。

"我知道了！"儿子显得很不耐烦。

"你跟他说完，下回肯定还那样！"

"茉莉，你来端汤！"老婆婆在厨房叫道，"这锅太大，我可不敢端。"

"唉，来了！"她起身进了厨房。

餐桌很快摆好，碗筷都上齐了，一家人围着饭桌坐下来。日欣再次受到邀请，她拒绝了。

"要不你来碗绿豆汤？"朱茉莉说。

"又是绿豆汤！"闹闹嚷起来，"天天喝这破玩意，我都喝恶心了！"

"没让你喝！来，奶奶给你煮了鲜肉馄饨。"老太太说着端到孙子面前。

"妈，大晚上的还给他吃肉！"巨日华叫道，"消化不掉全长身上。照这样他体重能减下去才怪呢！我看你中考体育能达标的！"

儿子一吐舌头冲他做鬼脸。老太太说："一碗馄饨不碍事，一会儿不还得写作业吗？孩子晚饭吃不饱，夜里饿得睡不着。他都跟我说过好几次了。"

"妈，要不给我来碗绿豆汤吧！"日欣说。

"你真应该喝。"朱茉莉说，"绿豆可是好东西，排毒养颜，保肝护肾，特别是对女人。"

"的确是，味道真不错！"

"要不要给你拿点去？咱妈买了五十公斤呢。"朱茉莉一时兴致高涨，放下了碗筷，"我告诉你怎么煮啊。先把水烧开了，然后绿豆洗净下锅，多少你自己掌握，不要煮得太过，汤色一变绿你就关火。绿豆捞出来不要扔，你可以煮粥啦，炸豆馅啦……"

"算啦，不拿了！"日欣直摆手，"上次给我拿那一大兜子煮过的还在我家冰箱放着呢。"

"你吃不完送人啊！我就送，同事，朋友，邻居，全送到了，你哥的同事，朋友……"

"哎哟，快别提这绿豆了，"巨日华说，"一提我头都大了，你看看我们家那冰箱，塞得满满的全是绿豆，都成灾了。你说这东西吧，扔了又可惜，吃又吃不完……你还别说，咱妈做的那绿豆糕真好吃，你尝尝！"

闹闹忽然抬起头说："姑姑，你不知道，我们家这阵绿豆吃得，放屁全都绿豆味。"说着自己就乐喷了。

"闹闹，又胡说！"当妈的嗔道，"人都吃饭呢！"

"我说的是真事！"

姑姑倒给他说乐了，"我说的呢，现在市场上绿豆这么贵，原来都跑你们家来了！"

巨老太太现出得意之色，停下筷子，"贵？你现在贵贱都买不到。我买的时候是两块五，现在二十五也买不来。缺货！当时我一看这行市要涨，马上下手。怎么样，这就叫远见。"

"妈，你真行！有炒股潜力。赶明儿聘你当我们证券营业部经理。"

"我可不干那个！"她吃菜喝汤。

"哥，你便秘的毛病还不行啊？"日欣关切地问。

"便秘没好，胃又添堵了。"朱茉莉替巨日华回答了。

"你怎么搞的吗？"

"没啥事！别那么一惊一乍的好不好？"

"没事你老下去跑步？"

"跑步！真新鲜！这我哥可出息了，竟然跑步了。"

"他真就是吃饱了撑的，要不他才不跑呢。"

"啥话打你嘴里一说出来，怎么就变味了呢！"

"是不是这么回事儿啊？"

"奶奶，我吃完了！"闹闹放下碗筷就走。

"吃饱了没有？别再半夜嚷饿。"

"吃饱了！"

"来，喝口绿豆汤，解解肉里的毒。肉吃多了那毒才多呢！"

"我不喝！我写作业去了。"闹闹回自个儿屋了。

"妈，我这次去五台山给你请回来一个观音玉坠儿，是方丈开过光的，你挂脖子上。"说着女儿从包里拿出了一个观音玉坠儿来，"我也给闹闹请了一个，是文殊菩萨的。"

"你别给我弄这个，挂脖子上滴里搭拉的我嫌碍事。"

"不一定非往脖子上挂，放枕头边上就行。当你的护身符。"

日欣信得很诚。这似乎是老太太不愿意去她家的原因之一。她家里供着佛龛，整日香烟缭绕，佛乐不绝于耳。有时还请来个活佛或方丈做个法会什么的，把家里弄得像个大庙。她受不了那种气氛，到各名山古刹去烧香许愿也是常事，她刚参加完一个进香之旅，就是她嫂子组的团，什么五台山、九华山、普陀山的转了一大圈。

"这一圈玩得不错吧？"朱茉莉问。

"那怎么是玩呢！那该叫朝拜。"日欣笑笑说。

"对，朝拜！瞧我，净说这外行话。总之，安排得还满意吧？"

"不错！该拜的我们都拜到了。"

"反正我是个彻底的唯物主义者。"老太太说，"我不信啥神了佛的能给你带来好处。那玩意看不见摸不着的，他在哪儿你也不知道，你说啥想啥他就给你办了？这就是封建迷信。你自己的命运，还得掌握在自己手里。"

"妈！什么封建迷信，那都是过去的提法，你的观念又落伍了！宗教现在又成为人们的一种文化生活了，国家都大力支持呢。"

"我觉得咱妈思想境界挺高。"朱茉莉说，"马克思早说过了，'宗教是人民的鸦片。'是吧，妈？"

"对，就是鸦片，叫你抽上，晕晕乎乎的还觉着挺幸福，死都不知道咋死的。"

"我们的大教授，"日欣一捅巨日华，"伈怎么看？"

"我？"他一愣神，显然脑子在溜号，"什么怎么看？"

五

到了六月份，一个预期已久的难题终于无可回避地撞上了巨日华两口子的面门，就是闹闹的小升初。这就像是非过不可的一道关口，远远望着它，心中不断揣想着它的模样和过法，即使不能处之泰然，倒也权可以放下，走着走着便蓦地矗立在眼前了，虽有准备也不由心中咯噔一下。闹闹本可以就近升入中学，最起码有三所学校可供选择，但这三所学校在社会上的认可度都很低。像所有学生的家长一样，他们心中怀着种种莫名的惶恐和忧虑，无论如何也要把孩子送入一所好学校。他们选中了离家最近的一所名校，东华一中。

闹闹去参加了入学考试，考的是体育特长生，他篮球打得好。考篮球绕桩的时候，球几次打在自己脚上，闹闹不得不跑去捡球，那高高胖胖的体态，行动起来显得磕磕绊绊。考完试回来，闹闹往床上一躺，说：

"爸爸，我已经尽力了！"

"孩子上小学是我找的人，"朱茉莉说，"这回该你想辙了！"

巨日华的头立刻就大了，愁得两天吃不下饭睡不着觉。他没辙可想，他直有种给逼进死胡同之感。对他来讲，这几乎是一道无法逾越的难关。他生性不愿意求人，求人就像是伸手从别人口袋里往外掏钱一样令他难堪。况且，他无人可求，他跟东华一中扯不上任何干系。他曾听说过他们学校某教授为了孩子上学，硬闯校长办公室的伟绩，难道他也得步这位仁兄的后尘了？他内心焦灼，思虑再三，最终把心一横，为了儿子，得舍下这张老脸了。他从没给人送过礼，不知该送什么，更不知该如何送。据说一中这位校长牛得很，什么人都见过，什么礼都收过。他只好求教于妹妹，妹妹这方面比他强得多。她给他拿了三样东西（都是她家里现有的）：一块瑞士英纳格手表，两瓶陈年茅台，两盒上等哈瓦纳雪茄。经过精心包装，一天下午，他跟老婆拎着这几件敲门砖直奔东华一中。他们被校保安挡在了门外，尽管申明了来意，但校长传话出来，正在开会，拒不见客。他们决定死等。那天下午下起了大雨，他们俩举着伞在雨中站了三个小时，直到学生都放学了，也没见校长出来；后来一问，说校长已经走了。他们如此这般去了三次，也没见到校长的影子。

一天下课后，巨日华跟教研室主任诸老师坐一块闲聊，说了自己眼下的烦心事，诸老师就说："那你去找王珏啊！她跟一中校长是大学同学。据说关系还不错呢。咱们学校不少人找她帮过忙。"巨日华一时喜出望外："是吗！这可真是踏破铁鞋了！"诸老师说："这事你都不知道！你找了她，没准还能少要点你的赞助费呢！"

王珏是他们院书记，学校一级教授，也是校学术委员会委员和职称评定专家组秘书长。王老师为人很有一股傲气，说话口气很冲，仿佛跟谁都不论；曾有过一段不幸婚姻，至今孤身一人；前两年因为卵巢癌做过手术，从此那脸色就没恢复过来，就像是在泡菜缸里腌过头的大白菜。巨日华平时跟她没什么过往，总觉得这人不好接近，只是见面点点头。现在真有事求她，他心里十分犯怵。他跟老婆说："我评教授都没找过她。"朱茉莉说："这不都是为了儿子嘛！"

巨日华硬着头皮去找了王珏。王老师倒很爽快，答应给问问，第二天就告诉他去找东华一中校长厉校长。他们再次拎上那几件见面礼，按约定时间来到东华一中校长办公室。办公室相当气派，宽大的黑檀木写字台，上面摆着一个硕大的地球仪，右后方插着一面国旗，正面墙壁上写着励志语录："独立，求知，向善，自强。"写字台后面的皮转椅上坐着一个人，无疑就是厉校长了。人还没看清楚，巨日华两口子先老老实实来了个九十度鞠躬。巨日华一边鞠躬心里一边骂娘："妈的！我巨日华活了半辈子，给谁鞠过躬！就小时候给毛主席像鞠过躬，后来参加同事的葬礼给死人鞠过躬，现在倒跑这儿鞠躬来了！"他抬起头来，恭恭敬敬把礼物送上去，厉校长看都没看说：

"就放那儿吧！"

厉校长瘦削，嗓音沙哑，梳一头短发，眼睑上长了一颗硕大的痦子，她右手夹着一支烟，做派和姿态都很冷峻有力。猛地一瞅，巨日华以为她是个男的。她一边抽着烟，一边翻看着闹闹的材料。

"成绩差点。"她眯着眼，"体育也没达标啊！"

"是是是！"巨日华点头哈腰地说，"要不就不来麻烦厉校长了。"

"我倒可以帮你这个忙，"她透过烟雾乜斜着他，"你能给我提供什么帮助呢？"

"这个……"他一下子蒙住了，他万没想到人家会直截了当提出这样的要求。他一介教书匠，无钱无势无本事，能给人提供什么帮助？可这时候又岂能退缩。他硬着头皮笑笑，"厉校长，我是搞教育的，我愿意在教学上义务为贵校进言进策。"

"哼！我们学校的教育专家一抓一把，"她在烟缸里弹弹烟灰，"都是全国一流的。"

"如果您在理财投资上有什么……"

"理财？"她深深吸着烟，"我不理财！"

"厉校长一定喜欢旅游吧？"身旁的朱茉莉突然开了口，"如果您想去哪儿玩，打声招呼就是，我可以为您安排。"

"嗯！"校长若有所思地点点头，眯起眼瞧着她，烟雾仿佛迷进了她的眼，"迄今为止，月亮上我还没去过。你给我安排一下？"

"哈哈！——"巨日华突然大笑，不过笑得有点干，"厉校长真幽默！"

朱茉莉捅了捅老公，"不瞒您说，我是个养生专家。厉校长一定很注重养生吧？这方面我完全可以为您提供支持。"

"养生是我日常生活的必须呀！养生馆是我常去的，按个摩啦，泡个温泉啦，吃个药膳啦，做个瑜伽啦。你们看我养得不错吧？"她抬起一只胳膊，"身上没一块肥肉。"

"其实养生不只是泡温泉、吃药膳，它的领域和意义要广泛得多，它是一种由内而外的……"

校长抬起那只夹着烟的手朝他们挥了挥，苦笑笑："行了行了，交钱去吧！"一截烟灰掉到锃明瓦亮的黑檀木写字台的台面上。

俩人再次鞠了躬，千恩万谢。从校长办公室出来，巨日华心里很不是滋味。他禁不住对老婆发出一股怒气。

"你跟人家扯什么养生！简直是乱弹琴。"

"你得了吧！你还跟人家谈教育呢。你看人那态度，'我们这儿教育专家一抓一大把'。我要不吭声，你连台都下不来。"

"那你也不能把养生扯进来呀，这完全不搭调嘛！你也不怕人笑话！"

"怎么不搭调！现在人人都注重养生，她肯定有这方面的需要，我就可以……"

"你拉倒吧！"他们走到楼梯口，巨日华突然站住了，"我怎么感觉她像在打发俩要饭的。你瞧她那态度！"

朱茉莉拉着他往楼下走，"你小点声！也不怕人听见。你就收起你那点可怜的自尊吧！老老实实承认你没本事算啦。"

"就她那样，我不信能搞出什么好的教育来。"他仍不肯罢休，"我真多余，把儿子往这儿送！"

"得了，你就别跟这儿瘦驴拉硬屎了！"她拉着丈夫向前走，"人家让你去交钱，你就烧高香吧！"

到了校财务部，那位出纳张口就是五万，这几乎又给了他们两口子当头一棒。

"不是三万吗？"朱茉莉怯生生地问，"说好了的。你赶紧问问王老师怎么跟厉校长说的。到这儿怎么变了？"

"三万？哪有这价呀！"出纳白他们一眼，很有点不耐烦，"多少人拿着十万都进不来呢，五万还不是看我们校长的面子。"

巨日华赶紧到门外去给王珏打电话，王老师承认三万只是她个人的估价，不足为据，还要以学校实际要价为准。他们没带够那么多钱，巨日华只得屁颠儿地回家取钱。

六

九月份一开学，儿子入了校，他们两口子心里踏实了，逢人说起来觉着挺美，毕竟并不是所有人的孩子都上得了东华一中。不过很快他们发现，生活并没轻松起来，甚而是更紧张了。巨日华原本以为，儿子一上初中就可以独自去上学，不用再接送，早上的时光他可以悠闲自在一些了，结果完全不是那么回事。学校的位置离家倒不算远，可也不能说近，骑车至少二十多分钟（还得快骑），更要命的是得过五道口。这是一个人口高密集区，又是一个南来北往的交通要道，公司、商铺、居民区混杂，一条贯通南北的铁路线从中穿过。即使他们在家里，也时常听到那个高音喇叭发出的警报："有火车开过来，不要抢行，不要钻栏杆，以免发生危险！"汽车、自行车、行人挨挨挤挤相互交织在一道，浩浩荡荡形成了一股股阻不断理还乱的交通流，势不可挡，人们不由自主地就被卷进去。你能让一个小学刚毕业的孩子独自穿过这样一个城市空间？孩子一出门，父母的心就该悬着了。还是得送。

巨日华继续担当了接送孩子的重任。早上六点整被手机闹钟叫醒（比从前提前了半个小时），他便去叫儿子起床，有时儿子赖床，急了他就掀被子。他们洗漱停当，朱茉莉把早餐也端上了桌，六点半他们准时走出家门，坐进自家那辆破捷达。等他返回家，已七点多，他也该准备去上课了。生活在照往常一样继续，他仍旧没时间稳稳当当地蹲厕所，仍旧在同便秘和肚腹胀满进行着不懈斗争，晚上照样点灯熬油地开夜车……有时他会毫无来由地进入这样一种状态，眼前的一切一下子变得隔膜而陌生，恍然如在梦中，他禁不住自问："我这是在哪儿？我在干吗？我活着吗？"可是他明明感觉老婆、孩子、家庭、工作等，这一切都并不如他所愿，这并不是他的生活。他在过着别人的生活。这一切都是别人强加给他的，他在按照一种强力意志的规定生活，就像给关进了一个无形的牢笼，再没有什么自愿可言。他的那个自己瞬间崩溃了。他一阵惊悚，倒吸一口凉气："怎么会这样！即使长命百岁也是在牢笼中啊，那岂不是如同不灭的灵魂在地狱之火中接受永世的煎熬？啊，不！"好在这种状态往往只是一闪而过，就像他看到的那些个大肠上菜花状流血肿物，只是一种幻觉。现实的力量毕竟是强大的，他的注意力马上就会被极为现实的一些细枝末节的烦扰吸引过去，比如老婆指令让他买而他前一天没有买到的某种有机蔬菜，比如家里那堆积得令他发愁的半生不熟的绿豆（为此他撰写了《绿豆也疯狂》一文发在自己的空间里）。

闹闹在名校的学习生活并不如想象的那么惬意，他似乎把小学时的那点精神原封不动地带入了初中，比如马虎、好动、好跟同学计较。从打开学一排名，他的成绩就在给全班打狼，一直没挪过窝。数学老师常常在课堂上拿他开涮，活跃课堂气氛，"巨星的成绩是与体重成反比的，与智商成正比的"云云。每次开家长会，他都成为反面教材，在全体家长面前展示，弄得巨日华两口子脸上无光，班主任也不止一次地找过他们。

"你说你们家巨星，大中午的，人别的孩子都在教室写作业，就他拿着个篮球到操场上去投篮。满操场就他一人儿，好像就他会打篮球似的。"班主任吴老师瞪着严厉的三角眼跟巨日华抱怨。

"吴老师，我不明白，"巨日华困顿而又谨慎地说，"中午不是午休时间吗？孩子不能休息一下，活动活动？这没什么错吧？"

"活动当然可以呀！你倒把作业写完了啊！他倒是活动了，第二天一交作业，你看他那语文练习给我写的，丢三落四，满篇的错，别的都不用说。平时你检查他的作业吗？"

他在儿子的老师面前，总感觉矮半截，他们总是有理的。他是不关注儿子的学习吗？不，他总是在为他的学习操心的，他经常过问，给他买书，给他报课外补习班，可以说儿子的学习让他深感焦虑。同时，他又不像有的家长那样把孩子逼得贼死，他总觉得，还是应该给他留有一点自由发展的空间，人家国外的教育就不像中国这样逼着孩子死学。可话又说回来，我们是在中国，你不死学就拿不了高分，拿不了高分就上不了好大学，上不了好大学就前程难保……于是他又陷入那种两难选择的怪圈循环中，难以自拔。

　　每次开完家长会，或被老师训完回来，他都把一肚子的憋闷撒到儿子身上，心说："这小东西太不给我争气！不能再这样了，得严加管教！"然后逐科检查作业完成情况、课外班学习情况，等等。他们发现儿子学习是有问题，似乎老不能专心，刚写了一会儿就开始溜号，捅鼓捅鼓这个，鼓捣鼓捣那个，一块破橡皮都能玩上半天（幸好手机、电脑都严格禁止了）。两口子决定，只要儿子放学一回家，就搁一人看着，督促他写作业。要是他们两口子忙不开，这个任务就由奶奶来完成。儿子对此很逆反，开始把回家叫作蹲监狱，说是他们仨看守。后来朱茉莉在一份养生杂志上看到一篇文章说，肥胖会导致孩子注意力下降。她像亲手解开了一个千古谜团一样兴奋，当着家人高声宣布她的新发现：闹闹的减肥才是问题的关键。从此，闹闹的晚餐受到更加严格的管制，奶奶以前那种偏心眼是再不许可了，全家一律平等地吃养生餐。这回奶奶不断地规劝孙子喝绿豆汤，生吃蔬菜啃窝头，一边大谈养生餐的好处；孙子一到吃晚饭就叫唤，大嚷受虐待，比犯人伙食都不如；餐桌上老是充满了一股火药味，一家四口彼此间都在较着劲。每到这时，巨日华一声不吭，漠然注视着眼前的情景，他深感心力交瘁，力不从心；他生活中的一切就像是一个个肥皂泡，徒然追逐却无能掌控。

　　按理，他是应该谢谢王珏书记的；他也有这种意思，要不总觉得欠着人家一份情。这叫他心里很不踏实。可怎么个谢法，他一直拿不定主意。朱茉莉说："你就得送礼！这也为你以后评教授打下一个基础。"一听这话他就心烦。一方面他对送礼本身就有一种心理障碍，感觉像小偷似的；要说为儿子，又是生人，他可以把脸一抹低三下四地去送也罢了，给他的领导他是无论如何送不出的；再者，他不想当一个送礼送出来的教授。

"要不就请她吃顿饭？"老婆又建议。

"太俗！"他当即给否了，"人家要不接受，让我多尴尬。"

王书记那副傲岸的神情又浮现在眼前：她十有八九会拒绝。他是最怕摊上这种事的，叫他总放不下，一时又没有一个妥当的了结，只能先那么惦着。上课下课的，有时在路上碰了面，他总是先热情打招呼，王书记还曾问起孩子的情况，他连连道谢。

七

又是一年深秋，天气明显转凉，离供暖的日子还早，但屋内已阴气袭人。巨日华晚上坐那儿看书、写文章时，常常给冻得浑身发抖；他的两条腿伸在桌子底下就像伸进冰窟窿似的，一会儿就发麻了。他只好穿上羽绒服，腿上裹着毛毯，脚上穿上毛袜子，全副武装起来。一天深夜，他正陷入深深的遣词造句的思想表达中，十指在键盘上迅速地敲击移动着；他母亲起夜，跟他咕哝一句什么，他也没在意，两眼仍紧盯着电脑屏幕。忽听卫生间传来咕咚一声闷响，接着是丁零咣啷盆子翻倒的声音。他半天才回过神来，心头一惊，意识到不好，马上起身，推开卫生间的门大叫："妈，你怎么了！"

巨老太太住院了。幸亏抢救及时，脱离了生命危险。她住院期间，把儿子忙活够呛；早上送孩子上学，上午上课，下午就得到医院照看母亲，帮她做康复治疗。有时候老婆和妹妹给他搭把手。巨日欣把母亲的生病全都归结到嫂子身上，说是她害了母亲。姑嫂之间第一次翻了脸。两人一碰面就吵。

老太太坐着轮椅出的院。大夫说，她要想站起来，必须每天坚持康复训练。如此一来，接送孩子上学的任务就移交给了朱茉莉，巨日华好腾出一部分精力照顾母亲。老太太现在半边身子不能动了，坐也坐不起来，只能卧床。吃饭的时候，把身子垫起来，仰靠在被摞上，巨日华用勺子一口一口地喂，老太太的嘴兜不住饭，一边吃一边往外漏，他得用勺接着不停地往嘴里送，一顿饭要吃好长时间。病倒后老太太脾气也见长，对吃的比从前更挑剔，老嫌饭菜没味；要是放点盐，她又嚷："我都这样了还让我吃这么咸！"弄得儿子左右为难。巨日欣多次跟母亲商量，要把她接过去住，说她家有保姆，是受过专门训练的，照顾得更好。她死活就是要在儿子家待着。老太太还特别事儿，支使儿子一天到晚围着她转。

早上一睁眼，巨日华就忙活开了：扶老太太起床，穿衣、洗漱、喂饭，然后他才吃饭，去学校上课。出门之前千叮咛万嘱咐，要她躺着别乱动，等他回来。他最担心上午他不在家这段时间母亲出什么闪失；他把家里电话放在了她的枕边，一到课间就给她打电话问问情况；要是她没接，下边的课他就上不踏实了，下了课赶紧往家跑。一般中午下课后，他照常先去学校食堂吃饭，然后打回来一份给母亲。喂她吃过午饭，便开始了一天的康复训练，给她按摩、捶打、活动关节，扶她下地走动。要是外面天气好，就推着她下楼活动，跟小区里那些不能常见面的老姐妹们聚一聚，解解闷。接着他就得去超市买东西了，等老婆孩子回来。吃过他们家那营养又健康的有机养生晚餐（这一点朱茉莉是坚持不懈的，特别是在老婆婆病倒后更加坚定不移），还会有一些附加的康复治疗，比如刮痧、拔火罐，在母亲的指导下，他也成了一把熟手。不过，有时母亲要求放血，他就不灵了，就得朱茉莉动手。在大腿弯处的静脉上扎破一点小口，血便向外喷涌，直到它自动停止。放出的血污黑，黏稠如冻，周围凝着一圈黄乎乎的油脂。老太太觉着放完血浑身都轻松，按她的理论，这都是身体里储存的垃圾、毒素，就是这些东西叫人血流不畅，血压升高，动脉硬化，以致形成各种病变，人就得时常放一放血。他妻子完全赞成她老婆婆的看法，并且会加以进一步更科学更专业的解说，夹杂着中西医的术语，听得他云山雾罩。朱茉莉说她给人放血有瘾，她给同事和养生协会的会友都放过，可至今还没给身边最亲近的人——老公放过，她多次表达出这种意愿，并一再说他才是最受用放血疗法的，便秘患者身体里的垃圾和毒素很多，长期淤积体内，要等血液循环送入大肠再排出体外得很长时间，通过放血直接就排出来了，他的血肯定又黑又稠又油。老婆的话说得他心惊肉跳，几年以前单位里体检，就检出他血黏稠，小护士给他静脉取血总是鼓捣半天也抽不出来。

"你可别给我放，我一见血滋滋往外蹿，非晕过去不可。"

"爸爸，你看妈妈给奶奶放血，看得挺乐的，也没晕啊！"儿子在一旁接话道。

"那是给别人放，轮到我自个儿准晕。就护士给我抽那点血我看着还犯晕呢。"

"知道了吧，儿子！"朱茉莉笑说，"你爸就是这种人，只惜自己命，不惜别人命。这种人是最需要放血的。"

闹闹说："妈妈，我看你要是扯起一杆大旗来，比张天师还大师呢，追随者肯定像蝗虫一样铺天盖地。"

当妈的兴奋地搂住儿子，"哎呀，到底是我儿子，最了解你妈！——那你寻思呢！等我失业了，你看我拉起一座山头，也弄个大师当当！"

"那我就是你的军师喽！"巨日华说，"名号我都给你想好了，就叫'百岁师太'。"

瞧着他一脸坏笑，她咂摸着有点不对味，"报复我是不是？"

"我报复你什么呀？怎么好赖话听不出来啊！"

"我爸这名号起得不错，"闹闹说，"听起来多响亮，肯定特有号召力。"

她眨眨眼，一边收拾着血污血迹，"嗯，我儿子要说好，那就错不了！行，以后你老妈我就是百岁师太了。"

现在只有夜里那点时间完全属于巨日华，他照样点灯熬油地搞他的科研论文。同时，他还要想着问问母亲需不需要起夜，常常是等服侍她上过厕所，他才睡下。夜里也总是睡不安稳，因为她可能随时有需要会喊他，他担心自己睡得太死听不见。好几次他仿佛听见母亲在黑夜中叫喊，他跑过去一看，只见她睡得正酣。如此一来，他白天总感觉困乏无力，打不起精神，站在黑板前面总是一边讲课一边打哈欠，传染得学生们也都跟着哈欠连连，课堂上弥散着一层昏昏欲睡的气氛。

经过他半年的精心照料，母亲终于可以自己站起来走路了，只是走得很慢，颤颤巍巍的一条腿吃不住劲，只能偏着身子一步一挪；一只胳膊可以抬起来了，但拿东西拿不稳。他就弄了一个小推车让她扶着走，仍是每天带她下楼去遛，晒晒太阳。老姐妹们都夸她恢复得又快又好，她受到鼓励，信心倍增；儿子心里也感欣慰。

有一天，巨日华在镜子里看到自己的模样，不禁大吃一惊：他的头发几乎全白了，脸又黑又瘦又皱，病恹恹的。顿时，一阵深深的疲倦袭上心头，又迅速地溢满全身，他虚弱的躯壳仿佛给灌实了铅水，他几乎给压垮了。他实在是太累了，常常早上起床时腰酸背痛，浑身僵硬；那种长期积聚起来的疲惫感深深扎进他的骨髓和灵魂深处，绝不是一般的睡眠能消除的。现在他只有一个愿望，往那儿一躺，像死猪一样睡他七七四十九天，可就这么一个单纯的意愿却无法实现。他胃里还是经常堵得慌，便秘症状也仍没有缓解，可是跑步他却没能很好地坚持。一方面是照顾母亲占了他的时间；另一方面他有时也是犯懒，吃过晚饭那种疲乏感就让他不想再动了；此外，老婆对他的晚上跑步并不很赞成，她说："你想想，大气中聚积了一整天的汽车尾气、雾霾之类的，你呼哧带喘的正好全吸进去了，这对身体能好吗？"她的话不是没有道理。可是有时他撑得实在难受，还是得跑，让胃里的积食尽快往下走；为了少吸点废气和雾霾，他跑步时尽可能屏住气，保持一种浅表呼吸。不过小区中混杂的气味还是侵扰着他的嗅觉；随着他脚步的移动，气味也在依次变幻：垃圾的酸腐味，装修材料味，狗尿的臊味，炒菜的油烟味，老太太们散出的衰朽味，抽烟人喷出的烟味，汽车尾气味，还有说不出的什么味……这样一来他很快就累得跑不动了，憋得上气不接下气，胃里直返酸水，胸中一扎一扎地疼，反倒不由自主地大喘粗气来缓解。偶尔，他大便中带出一丝血迹；心惊之余，他觉得这也并不为怪，便秘的人都伴有痔疮；他自己上点药完事，也没敢跟老婆说。她要是知道了，还不定怎么咋呼呢。

八

这一年快放暑假的时候，朱茉莉组了一个特殊的旅行团。说它特殊有两个原因，其一它不是为了观光旅游，而是纯以养生为目的；其二，参团的大都是老弱病残者，因此参团费很高，而且每位团员必须上保险；再者，去这地方也很有些特殊：湖南神马。神马原本是个坐落在穷山沟里的贫困县，近几年一下子声名远扬，因为它成为世界著名的长寿之乡，百岁以上人口比例很高。据国际自然医学会认定，阳光、空气、水、地磁和生活方式是当地人长寿的五大因素。这里的生态环境始创未开；泉水中富含多种矿物质和微量元素，且被地磁磁化；这里空气清新纯净，富氧离子含量是普通城市的一百倍；饮食纯天然；乡民们过着几乎与外界隔绝的自给自足的生活，每天勤劳躬耕，日出而作日落而息，无欲无争，原始而落后，宁静而安详。他们并不以长寿为人生目标，活一天算一天，任其自然，因而他们得以终享天年，因而长寿也算不上什么了不得的事；据说这里的牲畜都比别处的长寿。人活久了成仙，动物活久了成精；长久以来，当地就流传着一些某某神物显现种种特异功能的故事……

现在的神马可远非昔比了：每天这里人潮涌动，无数行将就木者到这里来寻求延年的良方；无数绝难杂症者到这里追讨回天的神药；无数企望百岁者来到这里探取长寿秘诀。以往的安宁被人群的吵闹和癌症患者一声声的惨叫打破了；乡间小路上整天车流滚滚，尘土飞扬；人们拥挤着，有的挂着拐，有的被搀扶着，有的被抬着，有的坐着轮椅，匆匆奔向泉水边、河流旁、溶洞中；他们或洗濯沐浴，或深吸狂饮，或匍匐紧贴那冰凉巨石（据称在磁力的作用下，神马的狗见人都不叫不咬），恨不能一下把那些传说中的神奇物质、元素统统纳入体内。很多人来了，走了，又回来；还有不少人拉家带口，来了就驻扎下来，准备在这里安享余生。山坡上、田垄间一时耸立起一座座宾馆、别墅、饭店；农家院也被租用改建，只要一走一过就会有人向你兜售养生公寓。当地政府从中看到了巨大商机，大打养生旅游牌，开发出各种旅游项目和产品：什么矿泉浴、空气浴、地磁浴、寿星养生餐、寿星现身说养生、神驴诊病之类；每天成吨成吨的泉水和空气被灌装打包；整块整块的天然巨石被切割打磨，制成石枕、石杯、石坠，一律打上神马的标识。神马一天天走出它的穷乡僻壤，上了报纸，上了电视，走向了世界；神马——越来越神乎其神……

朱茉莉作为一名旅游业内人士，又是一个养生的主，对神马长寿乡自然早有耳闻，且心向往之；她下决心，一定要组一个去神马的养生团。养生旅游她不是没搞过，但神马这个地方不同，偏远又狭小，刚刚开发，交通食宿都很成问题，接待能力也很有限。为此，她亲自去实地考察踩线，联系地接社等。经过半年的准备，线路设计成熟了，开始打广告。没想到，广告一打出去，报名者蜂拥而至，让他们措手不及，有些招架不住；直到截止日，还不停地有人打来电话咨询。他们不能再收了，近百人的大团，够他们招呼的了。这次朱茉莉要亲自带团前往（作为经理这种情况是很少有的），首先她想再次体验一下神马的养生魔力；另外，这是她组的第一个如此大规模的养生团，又是去神马，团里多是老弱病残，她不放心，生怕有所闪失，必须亲自督阵，随团带了一位医生和五位导游。

听说茉莉要带团去神马，老婆婆也嚷着要去。巨日华当即就给否了。

"那怎么行！你自己都走不利落，茉莉自己事又那么多，谁照看你？"

老太太这回可犯了拗，说什么也不行，非去不可。

茉莉有所松动了，"我们团里倒是有坐轮椅去的。"

"人家坐轮椅的专门带一人照看着，你那么忙，照看得过来吗？"

"要不，咱们也带一人？"

"带谁呀？反正我去不了，你走了，孩子上学我不得照顾？"

"爸，你去吧，我自个儿能行！"儿子倒乐了，"噢，我一人在家多自在！"

"去，写你作业去！没你事。"

"我凭啥不能一个人待着呀？"

"别跟这儿起哄啊！够乱的了！"

"哼，连点自由都没有！"闹闹嘟哝着回他屋了，"你们这帮看守，早晚有一天我把你们全甩了。"

"有了！让日欣跟我们走一趟。"朱茉莉一拍脑袋。

日欣一接到电话就急了，当晚一下班就跑过来。她表示坚决反对。巨日华一脸的无奈，"那你好好劝劝咱妈吧，我是没辙了。"

老太太撺儿了，"我都这样了，一点小小愿望都不能满足我！我不能动了，你们就这样对我。我想多活两天，碍你们事是不是？那还不如早点死了呢！"她嘴上泛出泡沫，脸色惨白，躺床上脸冲着墙，浑身直哆嗦。

"妈，您先别急，我们再商量商量。"儿媳妇说，把小姑子拉到外屋厅里，"日欣，那就得麻烦你跟我们走一趟了。只有你最合适。"

"哎呀，不行！最近大盘A股要上市，我们特忙。"

"特忙也得请假去。你看咱妈这种情况，她是铁了心了；要去不了，我怕她真气个好歹……跟你们领导好好说说呗？"

"都是你撺掇的！"巨日欣又要跟朱茉莉发急。

"行了行了！"当哥的在一旁发了话，"谁撺掇不撺掇的说这都没用，现在就是这么个情况。你陪着去，问题就解决了；你不陪就成问题。你总不能坐视不管吧？再说了，让你免费旅趟游，瞧你这推三阻四的。"

巨日欣沉吟半晌，最后说，"那我试试吧！先别跟咱妈说啊，我怕万一请不下来假……"

她没留下吃晚饭，匆匆走了。晚饭后，一家人坐着说话，巨日华突然产生了一想法，就对老婆说："你能不能再给我带一个人去？"

"带谁？"

"我们院书记王珏。"

听他一说，她就明白了他的意思。他总觉着欠着王珏的人情，一直没有了断；这次请她旅趟游，也算是对她帮忙的一个回报，从此他心里也就坦然了。请她去旅游，这种方式再合适不过，比什么送礼请吃饭都强。

"倒是可以，无非是从我们的利润里再支出一个人头呗。"朱茉莉说，"问题是人家愿意去吗？"

"我觉着她肯定愿意。反正我听说过，一放假她就到处玩。

再说，神马这地方很特殊，是个养生地，她身体也一直不好，一定想去看看。我就怕再给你增加负担。"

"她身体再不好，总不至于不能自理、老搁一人看着吧？"

"那倒不会。人家每天正常上班，还带着研究生的课呢。"

"那不就结了。反正她能跑能炮的，跟团活动就完了呗。你得跟人家说清楚，这么大一团，我照顾不到她。"

巨日华心里挺高兴，"那明天我得空儿问问她。"

第二天，他下了课往外走，王好在教学楼楼廊里与王珏碰了个正脸（平时都各忙各的，要不刻意去找，难得见着面）。自从人家帮了他那个忙，每次见了面他都主动热情地打招呼："哟，王老师，这么急匆匆地，去哪儿啊？"

"嗐，这不一个学生的毕业论文答辩嘛，我说我事太多忙不过来，都想推了，他们非拉我参加。"她菜色的脸上显现出疲惫和无奈。

"瞧瞧！"巨日华说，"这足以说明您在学术上的地位和成就。"

她白了他一眼，浅笑道："你也挤对我！"

"不敢不敢！哪能呢王老师，这是真话，要不他们怎么不让我去啊？"他继续嘻笑说，"不过您看上去的确是挺累的，得好好休息休息。"

"唉，别提了！就说他们这破论文吧，给我搬去好几大摞，看得我昏天黑地，昨晚看到后半夜三点，今早爬起来又去开啥破会，我坐那儿都睡着了。"

"这不马上放暑假了，您可以好好歇歇了。"

"是啊！可也说不定，放假了又给你找什么事，这回我可是死活不能答应了。"

"那您不找地儿玩玩，彻底放松一下。"

"是啊，我正琢磨着呢！"她一看表，"得，不能再聊了，我得赶紧去了。"

巨日华冲她背后叫道："哎，王老师，我正想问问您，就一分钟。"她又转回身来，"如果您想去旅游的话，我倒有一个建议，湖南神马您知道吧？"

"听说过，不就是那个著名的长寿乡养生地吗？最近挺火的。"

"对！我爱人他们旅游公司正在组一个去神马的养生团，就在咱们暑期，您要是感兴趣我让她把您加进去。我看您也需要换换环境，养养生了。"

"真的，那太好了！"王老师眼里立刻放出光来，"我看神马这地儿传得挺神的，正想去看看。给我打点折就行。"

"打什么折呀，还能让您出钱！跟着玩就是了。"

"哟，那多不好意思！"满脸的喜色把先前的那重疲惫一扫而光。

九

筹备已久的养生之旅就这样如期成行，百十来号人浩浩荡荡朝着他们心目中的圣地出发了。出发之前，巨日华千叮咛万嘱咐，听得几位直嫌他絮叨，用儿子的话说就是："我爸比我妈提前进入更年期。"这仁人一走，他突然觉得家里立时清静了许多，用不着再跟这个较劲，跟那个别扭（当然，留在身边的儿子除外），似乎他跟自己也和谐了不少。他不用再每天去超市，拎着筐在货架间徘徊、辗转、无所适从；不用再被老婆督促着吃养生餐，计较着菜里的农药或者摄取的盐量；上顿下顿吃着学校的食堂，尽管食堂的伙食一直被老婆斥为破饭，不卫生不健康；儿子可以顿顿有肉吃，尽管作为父亲他不得不每次提醒提醒他；他似乎感觉他的胃和排便都有所舒畅；晚上他爱熬多久就熬多久（也是因为在假期），全凭自己兴致所至，不用担心影响别人。其实关于养生，按他的理解就是归顺自然之道，无须苛求妄为，清静如意即为常法。像老婆那样，殚精竭虑地孜孜以求，即使获得了某种好处也被由此耗损的精气神给抵销掉了。在这点上，他们俩相互间是说不通的，他也不想多跟她计较，顺着她就是了。他唯一要操心的就是他儿子。虽然放假了，但学校给差生办了补习班，必须参加，并且还得交费；此外，闹闹的课外班仍在继续。因此，巨日华依旧像平时一样得早起，送儿子去上学，放学回来督促他写作业。但至少整个白天时间都归他自由支配享用了；寒暑假都是他生活中的惬意时光，特别是这个暑假他感觉尤其难得。他安安静静地往他的事业上下着功夫。

安静了没两天，他的心又七上八下的了。他脑子里不时地闪过妹妹推着母亲在崎岖的山路上艰难奔走的身影；老婆照应那百十来号人前前后后的忙乱和焦急。大山里毕竟不比城市，到处都是沟沟坎坎，河流湍急，洞谷幽深，处处潜伏着危险；再说，都是些老弱病残，发生意外的概率大为增加。虽说都上了保险、签订了意外责任书，要真出了事，毕竟是麻烦……一想到这些，他就心绪烦乱起来，有些坐立不安。他们走了两三天了，除了第二天老婆发来一条安全抵达的短信就再没消息；他发两次信息也没得到回答；有心打电话过去问问，又怕她不方便接。就这样又过了两天，晚上十点来钟的时候，家里电话突然响了，他马上跑过去拿起听筒；电话里一片嘈杂，像是有八级大风在呼啸，接着老婆的声音浮现出来，时断时续。

"喂，是我！能听见我说话吗？"

"听见了听见了！"他很有些急切，"你们那边怎么样啊？都顺利吧？"

"还算顺利吧，不错！……就是有一件事我想告诉你，王老师出了点意外。"

"是吗！怎么回事？"他一时神经紧张，"严重吗？"

"她让驴给咬了！"

"什么？"他怀疑自己没听清楚，"你再说一遍！"

"王老师让驴给咬了！"她一字一顿地大声叫，"听清了吗？"

"让驴给咬了！"他惊讶道，"怎么会出这种事！"

"大山里边信号不好，就不详细跟你说了。她今天已经返回北京了，我派了一个导游一直把她送到县城，上了火车，明天应该能到家了。这两天你抽空去看看她。"

放下电话，巨日华既感歉疚又十分担忧；本是满心谢意，反倒酿成一场伤害，这似乎全是他的错。他一夜没睡好觉，做了一些离奇古怪的梦；早上起来头昏昏沉沉。把儿子送到学校，回来就坐他书桌前发呆，无法集中精神；无论是看书还是写文章，脑子总是不由自主地回到这事上来，就像是他自己把人家给咬了一样过意不去。傍晚他把孩子从学校接回来，安顿好，估摸她差不多该到家了，便把电话打了过去，她刚从校医院回来。

他马上前去看望。

"王老师，实在是不好意思！"见了王珏的面，他一个劲地道歉，"本想让您去休养，结果却受了伤。谁想到会发生这样的事！伤得厉害吗？"

"唉，没什么大不了的！都过去了。"她看起来又灰暗又疲惫，眼神中仍透着惊恐，一贯傲慢清高的王珏一下子显得这么单薄瘦小无助，"与其说伤得厉害，不如说吓得厉害。唉！都怪我自己，不该信那套神驴诊病的鬼话。"

她并没讲她被驴咬的详情，他也不便多问。她倒把神马这个地方大加称赞了一番，真跟电视里宣传的一样，是个养生胜地，不虚此行；要是有机会她还想再去云云，就没再多说什么。他看出自己不宜多待，劝慰几句好好休养之类便告辞了。

直到朱茉莉带队从神马回来，王珏被驴咬的细节才为他探明。神驴诊病是个自费项目，是不包含在旅游费用当中的；可是很多旅游者都甘愿掏腰包一试神驴之神。这匹老驴原是一农户家的驮畜，据主人讲，他自己都说不清它的年岁，从他爷爷那辈就有了；可以说是他家祖传的宝物，曾多次救过主人的命；曾两次神秘失踪又神秘归来；村里一个瞎子经他舔舐重见光明；它还舔好过瘸子和癞疮头；它能诊断出人身体细微的病变……牲畜要是显起神通来那是人所不能及的，人们蜂拥而至前来就诊；被诊治过的人都说："神驴真的很神！"于是，神驴的美名天下传扬。王珏走过神驴的门前，也受不住诱惑，不由自主地排入了它的候诊室门外的长队；候诊者按排号一个一个被叫进去。巨老太太本也想跟王老师一起排入那候诊的长队，被她女儿死活拦住了；随她大喊大叫满腹怨气，无奈轮椅的方向掌握在人家手里。那驴看着就神气活现，非同常驴；那模样步态的确现出老迈，长长的鬃毛雪白飘逸，而那张驴脸却显得异样的深沉，特别是眉头上那两道深深的皱褶给人一种聚神凝思之感；两只大眼灵动闪烁，洞明而深邃，仿佛凝聚着沧桑岁月和丰富阅历与智慧。它身披一件白色大氅，在腹部由一排扣子扣住；头顶一顶大厨样的白色高帽，两只长耳打半截支出，随情绪变化不住地摇来摆去。它举止沉着稳重，时而在诊室空地中慢慢来回踱步，似乎在思考琢磨，举棋不定；时而蹲坐地上，盯住眼前的患者左看右看，似在察言观色；它对一旁主人的指令总能心领神会，有时言听计从遵照执行，有时则梗着驴脖子犯点驴脾气，打嗓子眼里发出咕噜声，不屑一顾似的。轮到王珏的时候，她在那张椅子上刚坐稳，还没弄明白主人的指令，神驴便突然朝她走过来，一口叼住了她的前胸，吓得她一时慌了神，推也推不开，情急之下猛击那张驴脸。主人马上过来阻止。

"莫打莫打！"

"它咬疼我了，还不打。你快让它松口！"

"它咬你一定是有原因的。"

主人抚摸着驴脸开始跟它说话，好言劝解，求爷爷告奶奶似的；神驴眨着通明的大眼思索半响，总算松了口，站一边扯起驴嗓呜嗷呜嗷一通神号。王珏马上跑出神驴诊所，找到随团医生；她胸前留下两个深红的驴牙印，医生给她做了一下简单的处理。朱茉莉代表旅游公司出面向神驴诊所提出伤害赔偿。神驴主人满脸堆笑说："我们神驴从来不伤人的，这种情况是罕有的事，咬她必有原因，那是她的福分，她有福了。你记住我这话，很快就看出来。"至于什么福，他没说，很有点讳莫如深的意思。王珏很受刺激，再没心思进行下面的行程，当晚便踏上了返京的火车。

朱茉莉一回来，就跟丈夫抱怨这次带团的辛苦，"哎哟，可把我累惨了！我真成了幼儿园大班阿姨，一天到晚有事，没完没了，有时半夜还得爬起来。我就是这么紧着照应，还是出了两档子事。"

"我们王老师就被驴给咬了。"巨日华抱屈地说。

"这都不算事了，没把命搭上就不错。我们团上有一七十岁老头，心脏本来就搭了好几个桥，听法华寺的一个长老给他算命说，只要他留在神马长住，活一百岁没问题；一高兴晚上回宾馆就把酒杯端起来了（他也是往常就好喝两口，得病后就不敢喝了），结果半夜就不行了，等我们随团医生赶到人都没气了。还有一位半身不遂的主儿，到了还阳河边看人家在水里泡浴他也要往河里跳，好歹被他老婆拦住了。人家河边提示牌上明写着：行动不便者禁止泡疗。后来他老婆一眼没照看到，他下去就没上来。据我们地陪说，这条河年年都得淹死几个。"

"那你们这回损失可大了，不得赔偿人家？"巨日华担忧地说。

"反正我们签了责任书，有保险，按合同走呗。"朱茉莉十分淡定，"就是太操心，太累，下回我可不组这么大的团了。哎，那地方倒真是不错！水都是甜的，空气有股清香味，吸进去感觉特滋润；你看，这么多天我一点护肤品都没用，我的脸还是又光又滑的。这地方养人啊！难怪好多人到那儿就不走了；咱妈就不想回来。"

"我回来就走不了路。"巨老太太在一旁咕哝道。她一手抱着一只瓶子，一个是神马矿泉水瓶，一个是神马空气瓶；自打她一回来，这两个瓶子就没离过手，"你们非让我回来。你们就是不想让我好。"

"妈，你放心！我不是答应你了吗？我们还会再去的。"朱茉莉说，"到时候，日欣、日华我们一块去。"

她好像没听见儿媳妇的话，目光中有股呆狠劲，恶声道："我看你们就是不想让我好！"

"什么还会再去的！这都没影的事，你怎么随便答应她？"巨日华压低声音对老婆抱怨。

"我不这么说她不回来。你让我怎么办？"朱茉莉婆回应道，"先这么说呗！再说，我真打算再去的，日欣也有这种打算，她也喜欢神马。"

巨日欣本是怀着一股怨气奔赴神马的，谁知一到了那里，她就感受到一种强引力场的吸引，这种场只有在五台山这样的佛家圣地才会有的。一了解才知道，神马周围的大山中并不乏禅院古刹；在养生的主当中，也并不乏佛徒僧众；在这里，养生和修行高度融合在一起，这是她没想到的：真是不虚此行啊！她心中原有那股怨气一下转为意外的惊喜；在几天的行程当中，她用心体验观察，似乎对养生有了一种全新的认识和理解。因此，当母亲执意不肯踏上归途时，她帮嫂子力劝她："妈，我们还会再来的！再来了说不定不走了呢。"

十

"我回来就走不了路，你们非让我回来！"巨老太太不住地抱怨。

这话不假。朱茉莉也向丈夫惊叹："真神了！咱妈到神马后没两天，就能离开轮椅了，开始走得不太利落，临回来就走得好好的，跟好人一样。到北京一下车，就又不行了，感觉还不如去神马之前了。"这似乎是神马神奇魔力的又一力证。

"神马真有那么神?"巨日华在嘴角拧出一丝笑意。

"不信以后你自己亲身去感受一下。"老婆说。

不过,巨老太太神马归来后的变化是显而易见的。最明显的就是她一刻也不肯放手的那两个"神马瓶"。那不过是两个普通的塑质饮料瓶,在北京随处可见、当垃圾被随手乱丢的那种,但那个惹眼的标识—— 一匹展翅翱翔的红色飞马——却极为罕见:一个上面标着"神马矿泉",一个上面标着"神马空气"。据说这两样商品是专为去过神马的养生主特供的,圈外的人无从得到。于是,巨老太太无论到哪儿、无论干吗都怀抱着这两个特供品,像是害怕一放手就会飞掉似的。手被俩东西占上,行动更加不便;她儿子便想到了一个主意,用一根绳子两头各拴住一个瓶口,挂到她脖子上,这样一来,她既可以随身带着瓶子,又可以摇着轮椅自如行动了。她时不常地拧开神马矿泉的瓶盖喝上一口,或拧开神马空气的瓶盖猛吸一阵。水喝没了,她会指使儿子或孙子:"去,给我灌点神马矿泉来!"他们便乖乖地给她把瓶子灌满,而那个神马空气瓶却从来不用灌的,因为随吸随有。

"奶奶,你喝的不是神马矿泉,"有时孙子出于较劲,或者拿奶奶逗闷子,有意刺激她,"你喝的就是我们北京普通的自来水。"

这时,当妈的就会给儿子一巴掌,封了他的口,"这孩子这么不会说话呢!你奶奶喝的怎么不是神马矿泉了?"然后转向老婆婆,极尽温柔地,"妈,别听他瞎说八道,我们喝的就是神马矿泉,是吧?"

老太太把眼皮一抹搭,撇着嘴,一副不屑的神气,"不管啥水,只要灌进这瓶里，就成了神马矿泉。你当这是一般的水瓶呢？你不懂！为啥这空气瓶不用灌啊？因为空气随时在流进流出；只要一流进去，再出来就不一样了。"她把神马瓶递给所有人，"来，你喝喝！你吸吸！不亲自品味品味你们不知道差别。"

从此，她就再不喝北京的水，再不吸北京的空气，那味道那气味都是她无可忍受的。她摇着轮椅，脖子上挂着那两个特供的瓶子，楼上楼下地到处转悠；电梯里小区里，逢人便讲神马的好处与神奇；以往相熟的邻里，特别是那些老姐妹们，都对她开始有些刮目了。

闹闹对奶奶的变化吃惊不小，经反复思考（省得妈妈总骂他说话不走脑子），决定把自己的惊人发现说出来："妈妈，我怎么觉着奶奶现在老是疯疯癫癫的呀！是不是神马的魔力太大，把她的魂儿给勾走了？我看书上说，人要是掉了魂儿就这样。"

他的后脑勺又挨了母亲一巴掌，"又胡说！小小年纪怎么满脑子迷信啊！把你的学习搞好就行了，奶奶的事用不着你瞎琢磨。听见没有？"

巨日华并没觉得母亲有何不妥之处，母亲依旧是从前的母亲。随着年岁日益老去（特别是再加上生病），人变得越来越固执、矫情、不可理喻，这再正常不过了；何况他妈本来就一副拗脾气。问题是她矫情得家里越来越不得安宁了，常常让儿子儿媳不知如何是好。她对饮食愈发地挑剔。以往令她大加推举的、吃得有滋有味的养生餐都不能让她满意了，她全吃出一股六六粉味或者化肥味。每到吃饭，她总先夹一点菜或用筷子头戳一点汤，小心翼翼地放嘴里抿，便苦了脸："这菜一股子农药味，你们吃不出来呀？"

"妈！"儿媳好言道，"我买的都是有机蔬菜，都是有品牌的，那种来路不明的堆儿菜我一概不买。"

"啥有机蔬菜，可别蒙人了！"老太太横眉撇嘴，"这菜农药绝对超标，我一吃就吃出来了。"

"奶奶，吃点带农药的菜有好处，"孙子现在倒来劝她了，"可以提高人体抗毒能力。你没见农药厂里的蚊子个个又大又壮，灭蚊剂都不灵了吗？就是这个道理。我们人也是一样。"

父亲顺着儿子说："没错！没听网上说吗，最近一个东北老兄到法国去旅游，碰到一个老外想图财害命，在他饮料里下了药。一杯下肚，咱这东北老兄咋都没咋，老外吓得目瞪口呆。东北老兄笑道：'小样，想害我！明告诉你，老子浑身都是毒！'他反灌老外，只一口，那洋鬼子当场就翻了白眼。"

父子俩笑得满嘴喷饭，老太太却丝毫不为儿孙的幽默所动，反倒把筷子往饭桌上一摔，恶声道："谁爱吃谁吃，我可不想害自己！"接着她就磨叨开了，一边用手比画着："那么好的石盘子石碗，你们就是不让我买！那都带有磁化作用，可以有效去除食物中的残留农药和有毒物质……水、空气我都有了，就差一个饮食，有了石盘石碗，我吃啥都不怕，你们就是不让我买……你们就是不想让我好啊……"

"妈，没人不想让你好！"儿子哀求说。

"妈，您别抱屈了！"儿媳说，"等谁再去神马，我让人给您老带一套回来。"

每天中午下课时，儿子照常给母亲带回一份学校食堂的饭菜。从前她就对他们食堂的饭菜挑鼻子挑眼的（很可能是受了儿媳妇观点的影响），不是太油，就是太咸；尽管挑，但还能凑合吃。可是现在她往嘴里一放就吐出来，大叫："呸！这肉，一股死猪味！"

"行了，妈！你就对付吃一口吧！"儿子万般无奈，"大中午的，谁有工夫给你弄饭吃！一上午的课都把我累残了。"

他实在没精力和体力应对母亲的矫情，他心说："还是不饿。饿了还管那么多！等饿了她自己就吃了。"他先稍事小睡，起来便忙自己的事，该干吗干吗，偶尔瞄她一眼。她的确吃起来，只是一边吃一边嘟嘟囔囔，也不知她说的什么。他走过去。

"妈，饭凉了吧？要不要给你热一下？"

老太太抬起头瞪他一眼，"不要你管！"

十一

就是这样，日子还要照常一天一天地过。一天晚上，朱茉莉下班回来，一副兴冲冲的样子，包还没放下，就又提起了买房这碴儿。

"哎，小施今天给了我一个房产信息。她的一个朋友有一套房子想出手，问我感不感兴趣。"

"什么朋友？"巨日华正坐在他的书桌前看书，眼都没抬，"什么房子啊？"

"干吗这么阴阳怪气的！"她抢过老公手里的书，在他身旁的沙发上坐下，"我都了解清楚了：五环外一套三居，一百二十平；两厅两卫，一万五一平……"俩人大眼瞪小眼，相互瞪了半天，"你今天啥毛病？干吗这么瞪我？"

"就这！"巨日华木着脸拧着眉，"这怎么就清楚了？我一点都没弄清楚。"

"我话还没完嘛，就叫你给瞪回去了。你怎么不清楚了？"

"那五环外大了去了，外到哪儿啊？"

"就五环边上。"她又来了兴致，"哎，这地界多好，又方便又近便，完全符合你对距离的要求。"

"五环边上？一万五？这房价你觉得靠谱吗？"

"便宜吧？"她一脸的欣喜，"不便宜我还不动心呢。小施这位朋友人家准备举家移民加拿大，不想再回来了，国内的房产一点不留。他急着用钱，宁肯低于市场价出手。"

"我看还是留个心眼。"巨日华仍旧一脸木然，"现在谁愿意做赔本买卖！"

"他才不赔呢！那是十年前的房子了，当时买的时候才五千多一平，这一转手就赚了两倍，只不过少赚点而已。你当人家傻呀！"

"我还是觉得……"

"你要不放心咱们去看看房，怎么样？眼见为实嘛！人家这房可不愁卖，好多人盯着呢。我还是通过小施的关系，让他给咱留一个星期的考虑时间。怎么样，这周末就去看房？"巨日华还是木着一张脸，眉头紧锁地望着天花板，像是沉浸在一场深刻的难分难解的思索中。朱茉莉的气就上来了；每逢类似的重大决定，他总要耸起一副深谋远虑的智囊相，然后貌似有理地摆出种种事实，末了准把她的计划给搅黄了；过后她总得出一个结论：不能听他的；可是每次又不能不跟他商量。她换了衣服，甩给他一句："这可是打着灯笼都难找的。你看着办吧！"便下厨房去了。

他也只是做出一副思索模样，其实他什么都没思考，他的脑子跟他的脸相一样木。老婆的欲求总是叫他深感焦虑，叫他无以应对；使他的头脑陷入一片混乱。他最怕她跟他翻后账："当初要不是你怎么怎么着……"她把生活中一切不如意后果全都算到他头上。

"我怎么这么冤大头啊！"他木木地坐那儿，脑子里反复播放着这句话。

星期六上午，他开上车带着老婆往北，直奔芙蓉家园。一路很顺畅，沿着一座长长的引桥下了五环路，便直抵芙蓉家园小区门口。朱茉莉掐着点呢，她看了一眼手机说："瞧，二十分钟车程，这距离多理想。"

说是叫小区，其实就靠路边孤零零立着那么三幢塔楼，其中夹几座六层板楼，铁栅栏围墙一围而已；大门两边黑色铸铁镂空门柱上，各雕着一朵硕大的金漆斑驳的出水芙蓉；绿化倒是不错，围墙外成片的草地，有推着童车的妇女带着孩子们在上边玩耍。朱茉莉站在车旁打了电话，十分钟不到，一个四十来岁的男人从大门内走出，梳着油亮的分头，板板整整的格子衬衫和西裤，圆乎乎的面庞上架着一副眼镜，现出一脸温文和气。他热情地伸出手和朱茉莉握了握，便坐进了他们的车后座。

朱茉莉在车座上扭过身介绍说："这是我老公，这是罗先生。"

两个男人客气地握了手，巨日华便在罗先生的指引下，把车开进大门，沿路看到一些假山石和喷水池之类，左拐右拐地在一座六层板楼前停了下来，上了三层。正如朱茉莉所讲，这是一套两厅两卫的三居室，不过每个厅都被隔成了两个小间，屋里显得十分昏暗。罗先生顺手开了灯。

"这是南北向的吗？"巨日华疑惑地问，"这房子可够黑的。"

"错不了！"罗先生微微一笑，用手朝窗外一指，"那不就是北五环吗？"

他们两口子都顺他手指方向看去，不错，窗外不远处，北五环路的高架桥就打他们眼皮底下横过，那正是他们刚来的方向。

"平时就这光线吗？"朱茉莉问。

"哪儿啊！"罗先生又微笑道，"搁晴天儿，这房子亮堂着呢！你瞧这满天阴霾，啥房子也亮堂不了啊。再说，跟屋里打了隔断也有关系，隔断一拆，这屋里特敞亮。"

天是铅灰色的，阴沉沉地压在高架桥上；那灰色比桥身的灰还深还重，似乎顷刻就能把桥身压垮。天沉得比他们刚才出门时更低了。他们收回目光，开始查看房子。每间房中都配备了些简易的桌椅床铺等家什，到处都散丢着一些搬走的人遗弃的杂物。

"罗先生是把这儿当出租房了？"巨日华说。

"是！"罗先生一直面带微笑，那笑容既诚挚又和善。

"这厨房真大！"朱茉莉从厨房门口惊叫道，"我真没见过这么大的厨房，都可以在里边吃饭！"

"这么说你不想再租了？想出手？"

"人罗先生举家移民了，还租什么！"朱茉莉走来说，"是吧，罗先生？听说您移民加拿大了？"

"唉，是这么回事！"他笑得有些不好意思，那是一种谦逊的笑。

"移民跟租房并不矛盾啊！委托一个人给照看一下就是了。"

他摆摆手说："我操不起这心！要走我就走个干净利索，不想藕断丝连的。再说，移民过去后，我正用钱，不可能在这边还压着房产。"

"没错！有钱人都兴移民。你看北京这模样，有什么待头！"朱茉莉说，"现在不是有一股逃离北京的潮流吗？能逃的都逃了，像我们这样没本事的只好死守。"

罗先生笑起来，"这么说我也是在逃离喽？你要这么说，我也不反对。中国人出国始终脱不了出逃的嫌疑，就连旅游者都不例外。这是没办法的，你只要出去走一圈一比较，就看出差别来了，你看人家那环境，你看人家那制度，你看人家那素质。人总往高处走嘛！"

"罗先生该不是搞房地产的吧？"巨日华问道。

"我？你们看我像搞房地产的吗？"他意味深长地望着他们夫妻俩，"我是搞人工智能的。"

"我一看面相就知道，罗先生是个智能很高的人。"朱茉莉说，"绝不是一般的生意人。"

"哪里呀！"他又不好意思地笑笑，"谈不上智能高，不过碰巧做这种工作罢了。"

他们就这样一边看房一边聊，竟聊出了几分熟识与亲近。亲近熟识了人就好说话，朱茉莉深明此理。也许这一攻略产生了效应，经过几番商讨，最后罗先生答应再给他们一星期时间考虑（包括筹款时间，因为一下子拿出那么一大笔钱来，总得有些时间来准备）。回来的路上，朱茉莉已经开始筹划新居的未来，真好似那房子已纳入囊中。

"看了那么多房，我觉得这套是最理想的。"她说，"你说呢？"

"理想什么呀！离高速路太近，吵得慌。"

"我们换套隔音窗不就得了吗？再说，近有近的好处，出门方便。将来一通地铁，就在咱家楼下，房价立马就涨。"

他没再说什么。接下来几天，巨日华对此事只字不提，照旧过着他们那刻板而又烦劳的家庭生活，就像没这回事一样；

朱茉莉有点沉不住气，想问，又一再踌躇。终于有一天晚上下班回来，她把包往沙发上一扔，冲老公开了腔：

"今天小施问我考虑得怎么样了，我说还没决定呢。"她在他身旁坐下，"你到底怎么想的？小施说得对，罗先生可不只联系了咱一个买主，人家是多头并进，谁先下手归谁。"

他放下书，长叹一声，仍旧木着一张脸，"说实话，我心里还是不踏实。"

"还有啥不踏实的，房产证什么的你也都看了，人家三证齐全……你呀，就是这毛病，肉咕囊叽的办不成个事，不像个男人！"

"谨慎点总没坏处。"他抗辩说。

"你那叫谨慎？你那叫磨叽！磨磨叽叽的烦死人！"她换了衣服又一头扎进厨房。

老婆的发急让他大受刺激；他知道，这次的房子要是买不成，他得落一辈子埋怨，给她一个大大的话柄捏在手里；往后他别想再过清静日子。其实，那套房子对他也不是毫无吸引力，位置、面积、格局都不错；要真住上，他的居住条件会大大得到改善。也许真像老婆说的，这是个难得的机遇？他是害怕冒险的，他也便难得成功；另外，钱也是一大问题。十年前他买不起房，至今他仍然买不起，尽管十几年来他们两口子拼命干拼命攒，尽管罗先生肯低于市场价出手。

吃过晚饭，他主动招呼老婆把家里现有的资金做一盘点：一百六十万，至少还差四五十万的缺额，"唉！罗先生要是肯接受贷款就好了。"巨日华感叹道。

"可以理解。要搁我，我也不愿接受。一把付清，拿钱走人多利索。"朱茉莉一点不犯愁似的，"我都想好了，剩那点差额，咱们管日欣借。你意下如何？"

"不行不行！"一听他就直摇头，"我可不想老麻烦她。"

"有啥不行的啊！她是你亲妹妹，又不是外人。哥哥有困难，妹妹相助，这是理所当然的呀！这么些年咱妈不一直咱们给照顾着，也没用她操什么心。再说，她又不是没这个能力。四五十万对她来说，还不是小意思！"

"照你这意思，日欣借给咱钱还算是尽义务喽？"

"瞧你说这话！什么叫尽义务啊？咱们又不是不还她了。"

看来他是拗不过去了。第二天，他只好硬着头皮给日欣打了电话。一听说哥哥要买房，她痛痛快快答应了，六十万块钱很快便打进了他的银行账户。房款准备就绪，他们又跟罗先生见了面，商定了付款及房产过户事宜。一切手续办理齐备，拿了钥匙，只等房产证下来了。他们再次站在这套房子里，环顾周遭破敝的景象，俨然已是房屋的主人。朱茉莉不时地拾起一只破袜子或一只空酒瓶扔进垃圾桶，拿起一扫把东扫西扫，扬起满屋尘土。

"你弄它干吗！"巨日华叉着腰，惯常木着的脸上现出一丝笑意。

"简单归置一下！不能就这么乱着呀！"

"你歇着吧！以后有你忙的时候。"

她扔下扫把，"那你的意思先不装修？"

"我可是囊空如洗了。除非你还暗藏了私房钱。"

"那人家想住新房子呢！"她亲昵地把头靠在老公肩上。

"你呀！"他搂住老婆的腰，那腰身连年来已越发肥硕了，"你先喘口气吧！"

"唉，往后这就是咱们的家了！"她叹道，"等这边装修好了，就搬过来，把那边的房子一租，咱们也当回房东，坐收余利。"

"是啊！有这一进项，还款还能快点。"

"等闹闹大了，那房子给他婆媳妇用，咱俩养老就有指望了。"

"你想得倒真远！"

"那当然！别忘了，我的梦想可是长命百岁。有了一个安心的窝，再加上我的养生经，咱们的梦想肯定能实现。"

那一段时间，她一直沉浸在对未来的惬意畅想中；新到手的房产给她的生活增添了无穷的滋味和动力。她每天工作得愈发勤勉刻苦；养生之道讲求得也越加细致入微。巨日华倒并没表现得像老婆那样喜形于色，他更专心于自己的梦想，每天仍旧点灯熬油地奋发钻研。他那篇旷日持久钻研出的成果即将完成；他暗自欣喜之余，更有几分黯然神伤。曾经给他发稿的那位大学同学离开了那家学术期刊；尽管大学同学保证说跟另外一个编辑有所交代，但他联系之后，那位编辑似乎并不知情；那是一位年轻女编辑，声音在电话中听起来又生又冷。

"我们现在不发有偿稿件了。"她说。

"那就是说，你们不想挣钱喽？"他有意把语调拿捏得俏皮，以化解电话那头的生冷。

"为了保证办刊质量，我们现在严格把关，只发那些学术价值高的论文。"

那言外之意就是：你都是自己付钱发稿，你的论文学术水平肯定是不行的了。他本想为自己辩解几句，可是忽然感觉浑身泄了劲，像拉了几天肚子似的，软塌塌一点力气都没了，心中空茫茫一片。他又给老同学打了电话，老同学也很感慨："什么他妈的严把质量关！不过是人走茶凉而已。"他答应再给想想办法，同时也敦促他再找找辙。他很清楚，这就等于说没辙了；这就等于说，他的副教授职位难保；这就等于说，他每天点灯熬油的钻研，坐冷板凳坐得腰酸背疼、大便干燥、消化不良、痔血淋漓，这一切都付之东流了。这事他没跟老婆说，说了她不定怎么捏咕他呢。她始终对他的作为评价不高，因为那一切都有违于养生之道；现在他们已拥有了新居，他的作为的那点意义更是丧失尽净。

十二

那天他正上课呢，手机突然响了，把他吓了一跳；这倒像是给沉闷的课堂上注入了一针兴奋剂，学生们都现出活气，一个个乐不可支，有的咯咯笑出声来。他马上道着歉把手机关了。他平时还是很注意对手机进行管制的，课堂上一般都不开机。只是近来为了母亲的缘故才保持了线路的畅通，但一时忘了静音。中午下了课，在食堂买好饭坐那儿，边吃边拿出手机。手机上显示好几个未接电话，还有一条短信，是老婆发来的："开机后马上给我打电话。"他打了过去；她声音很急。

"闹闹学校给我打来电话，说他今天没去上课，我想问问怎么回事。"

"这不可能啊！我是照常把他送到学校门口才走的，他怎么没去上课？学校怎么说的？"

"他的班主任说，今天课堂上就没见他的人，他那座位是空的。她说孩子要是病了也应该请病假，也没见咱们的请假条。"

"不可能！"他一时慌了，"我明明眼见他朝学校大门走了，怎么会没去上课？那他能上哪儿去？"

朱茉莉声音发颤了，"你先跟老师联系一下，马上去找找吧。

我把手头这点事处理完就回去！"

他马上拨通了闹闹班主任的电话，不仅证实了情况，还挨了一通训。午饭没吃完，他给母亲打了一份饭就回家了；把母亲安顿好，让她踏踏实实吃上，他便开着车奔向闹闹的学校。他在学校周围转了好几圈；一边开着车一边四下里撒眸，连闹闹的鬼影也没见着。他又气又急，心里空落落一片；他也不知到底发生了什么，到哪儿去找。最后他决定蹲在学校门口死守，直到学校放学，同时他把目前情况通报给了老婆，她已在回家途中。

"要不要报案啊？"她急火火地说。

"不需要！"他语气异常镇定，"等等看吧。等学校放学了再说。"

"那万一在这段时间里有个三长两短……"

"哪来那么多三长两短！"

他没好气地把电话挂了。学校地处繁闹的中关村大街，正值午后时分，满大街熙来攘往的车流人群：大都是午休的公司职员和身穿校服的学生。他瞪大了眼，试图从那成群的一模一样的校服中辨识出儿子的身影；而脑子里却在不由自主地闪现出一幕幕的"三长两短"：儿子被车撞倒在地，躺在那儿无人过问？儿子被绑架，那个勒索电话随时都会响起？儿子被劫，遭取角膜、取肾？……这都绝非他头脑中的想象，而是他身边生活的现实。他在车里坐不住了，便在人行道上来回遛，如同猛然身处冰天雪地，竟禁不住瑟缩；几次想报警，最终又抑制住了。再等等！他告诫自己，一定等到学校放学。

好不容易熬到了时候，校服们三五成群地从学校大门中涌出，然后四散；于是那鲜明的或红或蓝的颜色便散布于大街上那涌动的人潮中。忽然，儿子出现在那三五成群的校服当中，胖大的个头晃里晃荡，好像背上的书包时刻会把他压垮似的。那是他惯常放学走来的方向，巨日华心中一块石头落了地，但却生起一股火气，直想臭揍这小兔崽子一顿；但他抑制住了，在大街上打孩子总归是丢人现眼的，他决定回家再说。

一路上爷俩跟演戏似的，都装得没事人一般，还有说有笑呢。一进家门，朱茉莉一把把儿子抱住，仿佛怕他转眼又踪影全无，一边大叫："儿子，你可把妈给吓死了！你上哪去了？"

闹闹还想继续装，不耐烦地甩开当妈的，"你干吗呀！就上个学，一天不见也不至于这样啊！"

当爸的把外套往沙发上一摔，便撂了脸子，指着儿子逼问："你上什么学！小兔崽子，胆子不小，还逃起学来了！老实跟我说，你今天到底上哪儿去了？"

他从没见过爸爸这副凶相，当时腿就软了，书包从肩上滑下来，抽抽搭搭地抹起了眼泪："爸，我不想上学……爸，我不想上学……我不想老师整天挖苦我……"

他照儿子屁股踹了一脚，把他踹坐在地上；朱茉莉拉住他往后拽一边尖着嗓子嚷："唉，你怎么打孩子啊！"

她这一拉，巨日华的火倒更旺了；他工作上的压力和不顺、他生活中的烦闷和憋屈，乃至身体上的不适，都为这股火添加了燃料，使它烧得更猛，叫他难以抑制。他甩开老婆，又冲向儿子，却再次被她死死抱住，往后推搡着。

"你想干吗？"她气焰也很高，试图压过他，"你疯了！"又回过头去叫，"儿子，快回你屋去，把门关上。"

闹闹那一大坨委在地上不动，只顾抹泪哭号："爸，我不想上学……"

"小兔崽子，长本事了你，是不是！还逃开学了！"他在老婆的推搡下挣扎着，一边指着儿子骂，"我花那么多钱，低三下四地去求人把你送进最好的学校，你倒跟我说不想上学。你对得起谁？"

"你有话好好说行不行啊！"她仍拉住他不放，"别动手行不行啊！"

"干吗跟我拉拉扯扯的！"他不耐烦了，"你放手！"

"我不许你打孩子！你冷静点行不行啊！你会把孩子打坏的。"

他忽然感到极度疲惫；那疲惫从内心里生发出，放电般地酸麻地流遍全身，直逼手指尖：这时他才意识到，一上午的课，加上没吃好午饭和一下午的焦急煎熬，早已耗尽他的气力，一时瘫软得好比泄了气的热气球，打空中直坠在地，"我不打他，行了吧？"离开她的把握他似乎再也支撑不住，身子一下倾倒在沙发上；闭眼喘了口气，才又抬起软绵绵的手指着儿子，"臭小子，说说吧，今天你到底去哪儿了？"

"我在网吧里待了一天。"闹闹仍旧哭哭咧咧，"爸，我不想上学……我不想老师整天挖苦我……"

"你逃学逃了几次了？"

"就逃了一次，今天第一次。"

"你给我说实话！"他猛地挺尸似的从沙发上坐起身，把儿子吓得直向后躲，"到底逃了几次？"

老婆又把他按倒下去。"别那么大劲，躺下说。"

"真的，就这一次！我说的全是实话。"

儿子哭，老婆叫，家里乱得仿佛进了黄鼠狼的鸡窝。巨日华这才意识到，近来他忽视了儿子，没注意跟他交流，没注意他学习中出现的新问题，他是有责任的。买房子那通折腾，为科研成果发表的无望的努力，足以叫他应对不暇。他忽然觉得他的生活就像一艘航行在苍茫的大海上的破船，四处漏水；封堵一处，漏了另一处，已堵不胜堵，不定何时就会沉没。他慨叹一声，照自己脑门猛拍一掌，沉甸甸地沉入沙发深处，再也起不来了，也不想起来了。也许他们过于纠缠在当下的事件中，谁都没注意到，还有一双眼睛一直在漠然注视着家里这幅乱象，那就是巨老太太。她站在自己屋门口，扶着门框探出半个头，仿佛在窥视不该看却又想看的一幕场景；嘴角似笑不笑地微微抽动着，眼神有些呆滞，既像是看入了神，又像是不明白眼前到底发生了什么事；她唯一的动作就是不时地拧开挂在胸前的那两个瓶子，对着嘴一仰脖。

十三

不知从何时开始，巨老太太对饮食不再那么挑剔了，给什么吃什么，拿来就吃，也不吭声，默默埋头于餐盘之上；巨日华注意到这点后，禁不住暗自欣慰：老妈有进步了！不过有时一家人围坐在一起吃晚饭，母亲那副吃相叫他有点吃惊：她头埋得很低，嘴几乎贴到盘子上；左手护住盘子边沿，似乎生怕谁抢了她的饭碗，右手拿勺子（自打中风后她就使不好筷子了）狠命地往嘴里扒；喉咙里不停地发出咕噜咕噜声，弄不好就呛到了，便满嘴喷饭。

"妈，你慢点！"他便赶紧轻拍母亲的后背。

"哎呀，不用你管！"老太太总是一边咳着一边扭身甩开他的拍抚。

有两次他有意低下头去观察她，发现那张埋头于餐盘之上的脸是毫无表情的，双目紧闭，只有那张嘴乜甩开腮帮子大吃大嚼，似乎根本没在意或不知道自己吃的是什么；要不是出于习惯在挥动勺子，简直就是直接下嘴啃了，那形态令他联想到某种贪吃的动物。每当餐桌上响起那种咕噜咕噜声，那仨人便警觉地停下筷子，各自护起饭菜。

"妈，你慢点！"儿子提醒她，以防她再次喷发。

不管怎么说，他觉得母亲还是挺有起色：她能离开轮椅站起来走了，尽管走得很慢，走得颠簸，也走不长。有时她在轮椅上坐着坐着，就突然站起来四处走动，那动作干脆利落，让你觉得她根本就不是一个需要坐轮椅的人，不过是偶然坐在上面休息一下；不过她的表情却呆板漠然，目光恍惚，如在梦游一般，似乎并不知道自己在做什么。有好几次她自己打开家门走出去，上电梯之后却并不按楼层数按钮，或者干脆每一按钮都按个遍；要是碰上好心的邻居问她去哪儿，她便以她那句口头语回应："不用你管！"然后随便在哪一层走下去，站在楼道窗口向下张望，结果害得儿子到处找。

有一次朱茉莉担忧地说："妈是不是老年痴呆了？"

"你妈才老年痴呆呢！"巨日华反唇相讥。

"你也别不高兴，我说的可是实情。瞧她那情形，我看就是！"

"照你这么说她应该糊涂才是，可是她一点不糊涂。你把她脖子上那俩瓶子拿下来试试？她清楚得很！"

那天巨日华中午下课后，在校食堂吃过饭，照常给母亲带了一份饭回来。进了家门，发现母亲并没在屋里，轮椅也没在；

他下意识地喊了两嗓，没有回应。也许像往常一样，她又不知在哪层楼道里犯呆呢；于是他整幢塔楼上上下下找了一遍，也没见到她的人影。他问开电梯的小姑娘看没看到他母亲乘电梯，她只是愣愣地摇头。他心说："问也是白问，她们常常擅离职守。"他把搜索范围扩大到整个小区，最后问门口的保安，看没看到一个坐轮椅的老太太出去。保安说没注意，因为一天中进进出出的人太多，他们只管进出的车辆。巨日华相信，一个摇着轮椅、行动不便的老太太走不远；他也顾不上一身的疲惫，把小区周围的几条街区、大小马路全都转了个遍；直到太阳西沉，他把儿子从学校接回来，朱茉莉下班回到家，他不得不宣布了母亲走失的消息。

"啊！——"母子俩大声惊呼。

"我知道奶奶去哪儿了！"闹闹说。自从他上次逃学，爸爸跟学校协商把他降到最差一班后，他的情绪好转了许多，再次充满了自信，"她去了神马！"

"别胡扯！"巨日华说，"现在可不是说笑话的时候！"

"真的！我不胡扯。"闹闹一脸严肃。

"对呀！我同意闹闹的看法。"朱茉莉一拍大腿，"她肯定去了神马。"

"荒唐！"巨日华说，"我看你们脑子也有点不正常了。你们想想，一个半身不遂的老太太，坐着轮椅，她一个人怎么去？这可能吗？"

"咱妈如果并非老年痴呆，那她肯定就是悟道悟得太深，走火入魔了。她不是老惦着再去神马吗？心里就憋着这股劲呢。她看谁都指望不上，就只身前往了。"朱茉莉说，"不信咱们到那儿去找找，准能找到她。"

"神经病！我看是你走火入魔了。"巨日华白她一眼，"爱去你去！"

他想，母亲也许并不是走失，只是去了一个他们一时想不到的地方；半夜里，或许明天就会回来；他没敢问妹妹，母亲要是真去了她家，她会打电话过来的，他也便无须担心。他想往后拖延几天再说，万一母亲回来了呢，不是叫她虚惊一场？可是他又一想，万一是真的走失呢，还得抓紧最佳时间尽快寻找，事不宜迟。他当即赶往五道口公安分局。片警隔着柜台窗口递出来一个卷了边的满是黑手印的大本子，让他进行了案情登记。看着厚厚一大本子各种走失案的记录，他心就有点凉。

"有找回来的吗？"

"有啊！"片警接回登记簿，查看了一下，"好吧，我们会尽力而为。不过说实话，结果怎么样看你的运气了。有情况我们会给你打电话。"

从派出所一回来，他便坐在电脑前草拟寻人启事，准备连夜张贴出去，明天一大早便可广而告知了。他仔细描摹了母亲的模样、年龄、穿着、身体状况等，特别强调了挂在她脖子上的那两个带有神马标识的塑料瓶子；但在提及她的精神状态时，着实叫他斟酌了一番。问题不在于他愿不愿意承认母亲是老年痴呆或精神失常，而是他根本就拿不准她到底是不是老年痴呆或精神失常。要是写差了，他扫心给母亲带来不必要的伤害；要是不写，似乎又不大合情理（凡走失的人往往都患有某种精神障碍），对寻找不利。最后，他勉强在"老年痴呆"前面加了个"轻微"字样，末尾又加上"必有重谢"之类。

他在家周边两公里范围内能想到的地方（超市、居民区、公交车站、主要街道等）都张贴上了，直到半夜才精疲力竭地回到家。躺在床上他也睡不着，脑子里不停地闪现出母亲可能遭遇到的种种情境。第二天早上照样什么都不能耽误，送儿子上了学，然后去学校上课；他只觉得头昏脑涨，腰背酸痛，心不停地慌跳；面对一张张学生的面孔如在梦中，简直不知自己在说什么。他手机一直开着，随时准备接听电话；直到吃过午饭他再也支持不住了，回到家倒头便睡，差点错过了接孩子的钟点。吃晚饭的时候，老婆关切地问："有电话吗？"他似乎连话都懒得说了，只摇头做答；他们家如此讲究养生的餐桌上从没如此沉闷过。突然，这一沉闷被一阵电话铃声打破了，一家三口同时惊得从饭碗上抬起头。

"喂！"巨日华赶紧接了电话。

"哥呀，是我！"是日欣打来的。近来她又出差又开会，而且忙，有两个星期没联系了，"前两天我做了一个怪梦，梦见咱妈来看我，进了屋也不说话也不待，转头就走。我说：'妈，你要上哪儿啊？'她也不搭理我，出了门就不见了，把我急得，一激灵吓得我醒过来。你说我怎么做这么个梦呢？想起来又好笑又害怕。"她兀自咯咯笑起来，"咱妈没事吧……"

巨日华手捂话筒，半天没敢言声。

"喂！哥呀……说话呀！你听着吗……你怎么了？"

他声音发颤，"妹子，咱妈失踪了！"

"你别吓我！我告诉你我做了怪梦，你就顺杆爬。"

"这是真的！昨天咱妈从家里走失。"

"啊！——"

日欣当即从家里赶了过来。哥哥向她讲述了事情发生的经过和他的寻找措施。

"那我们现在怎么办？就坐家里干等？"她焦急地问。

"该做的我们都做了。你说我们还能怎么办？"

"我就觉着咱妈从神马回来后不对劲，要你带她去看看大夫。我是不是早跟你说过？你就不听！"妹妹说。

"她除了有点半身不遂，我没觉得她有什么问题。"

"到现在你还不承认！就是你的错！你要是早点给咱妈看病，她也不至于现在走失。"

"日欣，要我说呀，"朱茉莉插言道，"咱妈也算不上走失，她是有去向的。她很清楚她要去哪儿。"

"什么意思？"

"她去了神马呀！我说她去了神马，你哥死活不信。连闹闹都知道！"

"行了，你就别跟着瞎搅了！"巨日华无奈地摆摆手。

"她一个人？去了神马？"小姑子惊异地瞪着嫂子。

"姑姑，奶奶真的去了神马！"闹闹放下作业从他屋里跑出来说，"不信你们现在追过去准保能找到她。"

"写你作业去！"当爸的抢白道，"哪儿都有你！"

儿子又冲他做出那副经典怪相，皱起鼻子一吐舌头，哕的一声缩回头去，砰地把屋门关上了。

"你作死啊！"

"瞎掰吧！一个老太太，半身不遂，自个摇着轮椅……这怎么可能！"

"哎呀，算了！"朱茉莉把手一挥，"不跟你们说了，反正说了你们也不懂。"便开始收拾吃了半截的晚餐。

"都怨你！"小姑子冲嫂子发起火来，"整天养生养生，你养个鬼生！把我妈给弄得五迷三道的。要不是听信了你那些混蛋逻辑，有病不吃药，她能半身不遂吗？现在又迷上了你那鬼神马，连家都不要了。是你把我妈给毁了，还我妈！还我妈！"
说着呜呜哭起来。

"这怎么都成了我的罪过！"朱茉莉一脸的冤屈，"是我
把她撵跑的？碍着我什么事！"

"当然怨你！就是你那套混蛋理论把她给害了。要不是受
了你的蛊惑，她也不会这样！"

"你才混蛋呢！整天烧香磕头、鬼呀神的。我看是你自己
拜佛没拜明白，把你妈给害了。还怨得着别人？"

"就是你给害的！"她从餐桌上抓起一只碗，狠狠摔到地上，
"就是你给害的！"

"你别跟这儿撒泼呀！这儿是我的家！"

"你的家怎么了！把我妈给我找回来。"她又摔了一只盘子，
"她要是有个好歹，我跟你没完！"

"巨日华！你站出来主持个公道啊！"朱茉莉冲巨日华大
叫，他龟缩在他写字台前的椅子里，低着头抱着膀，一个十足
的受气包似的。她禁不住哭诉起来，"告诉你，轮不着你来指
责我。你哥最清楚，我对你妈究竟怎么样。这么多年来，我没
让她干过什么活，洗衣做饭，全我一个人包了，她顶多打打下
手。每天晚上下班，都得赶紧往家跑；这一天不管再忙再累，
到家就下厨房，还不能对付，想法让家人吃好，吃得营养健康；
我图啥！我不知道下班回来往那儿一躺舒服？你瞧瞧我的脸，
都熬成了黄脸婆，跟谁抱怨去？还不是日复一日地熬着？她在
我们家住着，我生怕她冷着热着累着，什么都尽着她好；说实话，
每顿饭我都是从她身体的具体情况出发来安排食谱的，都是为
她的健康着想的；对我儿子我都没这么尽心，你还说我害了你妈。
你说这话你有良心吗？……"她呜咽得说不下去了。

"说得多好听！"巨日欣冷冷地说，"你拉倒吧！你以为你好心就不害人了？你那些好心的蠢招儿害人害得一点不浅！"

"巨日华！你听听你妹妹说的什么话！"

"行了！"他终于吼起来，"你们俩愿意吵到马路上吵去，我受够了！"

"窝囊废！"妹妹终于骂出来，"咱妈这么不好，你也逃不了干系！当初真不该让她在你家住！"

"你就少说两句吧，姑奶奶！没事别在这儿搅和了，回家去，行吗？"

日欣再没二话，砰地摔上门走了。

十四

巨日华把希望寄托于他的报案和发出的寻人启事上，特别是后者。工作之余，他又张贴出一批，把搜寻范围扩展得更大更远，同时他也在网上发布了寻人启事。现在他的手机一天二十四小时开机，甚至上课时也不关；天天到网上去查看，生怕一不留神漏掉一条重要线索。日子一天天过去，无论是手机上还是网上抑或是从警方，都没收到一条有关母亲的回应；倒是经常接到一些推销电话和垃圾短信，有的分明就是在诈骗。可是只要手机一响，他还是不由得心里一惊；特别是正上着课时，他的手机尤其令他尴尬，他只得向同学们道一声歉，拿出手机看一眼，要是电话他往往先挂断，等下课后再打回去一问，结果不是推销保险的就是卖房子的。他感觉自己就像地球人向茫茫宇宙中发出了寻求外星人的信号，他们只是理论上存在，现实中却毫无回馈。

那些日子，他常在睡梦中梦见母亲。梦中她不是在一条陌生的城市街道上徘徊，就是在一片荒野中游荡，他欣喜于发现母亲的行踪；她却拒斥他的召唤，仍旧一副"不要你管"的架势，似乎在说"我过得很好"；而她分明是破衣烂衫，完全是流浪者模样。他总是满心伤痛地惊醒。母亲的出走令他怅然若失，家里空荡荡的了无生气；她的房间还保持着她离去时的原样，不曾动过；看书看累了，他偶尔进去转一圈，一切都在随时等待着她的归来。不过，怅惘之余，他也感到一种适意的轻松；那是一种从一个拥挤的闷罐里给突然释放出来的松快。家里的活动空间一下子大了不少；中午在食堂吃过饭，他不用再另打一份；回家躺下便睡，再用不着想着督促谁吃药、吃饭、带着下楼活动，跟挣命似的还不落好脸；晚上用功爱熬多晚熬多晚，再不用担心有人唠叨他……总之他减少了一份负担。随着日子一天天过去，母亲也慢慢从他生活中淡出。他总这样想：每个人都各有其自终的方式，这是命运使然；离家出走也许就是母亲的方式，这是谁也无可奈何的事，我们所能做的只有接受。

"放心，咱妈到了那边过得比在这儿好！"朱茉莉说，"那是她心中的圣地嘛！"

"你怎么不去？"巨日华权当老婆在说安慰话，就像是说母亲上了天堂一样，可听得多了也禁不住回嘴，"那不也是你心中的圣地？"

"我是想去！可是孩子怎么办？"她慨叹道，"要去也只能等到退休了！"

随着他对这种松快感的调解和适应，他的生活之流又恢复到原有的速率和节奏。每天照常接送孩子上学，上课下课；晚上照样点灯熬油地钻研学术、写论文；老婆朱茉莉照样讲究养生之道，对每天的起居饮食孜孜以求。只是他的大便干燥和肚腹胀满仍不见好转，他还是得隔三岔五地下楼去颠食；便中带血成了他身体的一种常态，他就用点痔疮栓应付过去。据同事讲，痔疮手术极其痛苦，他一直下不了决心。每天朱茉莉仍旧是那话：

"你得多吃水果！你得多吃蔬菜！"

这天是个周六，昨夜的一场大风驱散了荫翳京城多日的雾霾，天竟蓝得有些透亮。一大早，巨日华把儿子送去了课外班；两口子闷在家里，禁不住屋外少见的透亮蓝的诱惑。

"我们去看看新房子吧！"朱茉莉建议说。

自从他们买了那套房子，小半年过去了，他们只去过两次；其实去了也没什么可干的，里边还是那满眼的破烂，不过是东瞧瞧西望望，然后站在那堆破烂中展开一番对未来生活的畅想：客厅应该怎样怎样，两个卫生间得如何如何……至于当真地实施起来，还远排不上他们的日程，然后也就打道回府了。这首新居的"畅想曲"本来会给他们单调的日常生活不时地增添上些许跳跃的音符，带来点变换的色调，可近两个月家庭的种种变故，使他们穷于应对，无暇畅想。

他们开着车来到新居，还没拿出钥匙，只听得屋内一片"叮咣"的锤凿和电锯的"嗡嗡"，里面显然在施工。他们以为走错了地方，连忙再三核对确认门牌号。

"没错吧？"他问老婆。

"没错呀，就是这儿！我们不是来过好几次了吗？"她也惊异地反问。

"是你让装修的？"

"这怎么可能？"

他把钥匙插进锁孔，门却怎么也打不开，那是一把钥匙插进了一把毫不相干的锁里。他们马上意识到出问题了，开始抡起拳头砸门。

"开门！"防盗门发出空洞山响，把他的手有力地弹回来，手腕一阵发麻，"快开门！"

"开门啊！"朱茉莉上了脚。

他们的砸门和呼叫在那片锤凿和电锯声中显得那么微弱，就好像一根火柴投入了一个巨大的无底洞，那熹微的光亮瞬时就被无边的黑暗吞没了。他们砸啊叫的，老半天屋内才有了反应，一双沉重的脚步拖向门边。

"谁呀？"问话人操着浓重的外地口音。

"房主！"巨日华早已气急败坏了，"快开门吧！"

"房主！"

门缝中探出一个灰头土脸的上半身，疑惑地瞪视他们，他们推门闯了进去。屋里已被凿了个稀巴烂，满地的瓷砖和木头碎片；厅里的窗洞上骑着个人，脚下摆着几片窗扇，窗框已卸下大半；另一个人在卫生间里，双手横托一柄大锤。仨人身着相同的制服，胸前后背都标着某某装修公司字样，他们同时愣眼巴睁地盯着闯进门来的两个人。

"谁让你们装修的？"

"房主让我们装修的。"前来开门的人说。

"我就是房主！"

那人上下打量了他一番，咧开胡子拉碴的嘴巴子笑了，"开啥玩笑呢！房主我见了好几面了。房主我还不认识！"一边说一边掏出烟来点上。

巨日华一时有种噩梦之感，理智和意识都遭到扭曲，无法理喻，无以言对。

"你们马上给我出去！"朱茉莉抢前一步，"我们家现在不需要装修。"

"我们凭啥出去！我们签了装修合同的在这里干活。"这时那个抡锤的和骑窗框的也围过来。开门那位对同伴说："他们说他们是房主。"

那俩同伴呵呵笑了，仿佛他说了一个十分可乐的笑话。朱茉莉气得大叫："我们当然是房主！"

巨日华此刻倒镇定下来，他把老婆拉开，"犯不上跟他吵，他们是干活的。"又转向那仨工人，"你们一定是搞错了，我们的确是房主。这房子我们前半年才买下来的。"

"还不定我们谁搞错了呢！"那个骑窗的说。

"算啦，我不跟你们说，把你们头叫来，一问就清楚了。"

他们很快联络上工长，巨日华跟工长通了电话。工长告诉他，业主是一位名叫罗济生的先生，加拿大籍华人；一听这话，他不由惊呼道："我就是从罗济生手里买的房子呀！"他让老婆马上给罗先生打电话，拨了好几次，得到的唯一回答是："这个电话号码是空号！"两口子这才真正意识到：情况不妙。朱茉莉脸都白了，嘴角直抽搐："怎么会这样！怎么会这样！"

"你先别急！"巨日华强打镇定，安慰她说，"还不定是怎么回事呢！"

他又从工长那里要到罗济生的电话打了过去。他马上听出，此罗济生非彼罗济生，这位罗济生声音干涩沙哑。他扼要地说明了情况，并要求见面，只听罗先生叹道："又一个上当的！"

他们在芙蓉家园小区大门口等着罗先生，就像几个月前等待罗先生一样，不过那等待的滋味却是完全的不同；此刻他们备受焦急无望的煎熬，仿佛牲畜们意识到即将被送进屠场却又只能任人宰割的惊恐不安。在长达半个多小时的等待中，他们谁也不说话，甚至相互回避着对方的眼睛，似乎害怕从中看到某种害怕看到的东西；朱茉莉在摆弄手机，巨日华则交叉着双臂远眺，两人相同的动作却是双脚不由自主地来回颠动，那明媚的阳光下宛若冰天雪地。半个小时的等待几乎长达半个世纪，巨日华不断地咕哝着："他怎么还不来！"每一辆拐向小区大门的汽车都引起他们一阵心惊。

终于一辆咖啡色奥迪在他们身旁停下来，打车上下来一个瘦高的男人，戴一顶白色棒球帽，上唇留着一撮浓密的胡子，看上去六十来岁的年纪。他伸出手来，自我介绍说："我是罗济生。"尽管已有充分心理准备，巨日华两口子仍不由吃了一惊：两个罗济生？一真一假？这个罗济生拿出他的加拿大护照和中华人民共和国居民身份证向他们二位证实自己的身份。据他的解释，卖他们房子那个罗济生真名叫毕继生，原是罗先生公司里一位高级主管，由于他的能力和人缘，深得罗先生的赏识和信任。罗先生移民加拿大后，他在北京的全部私人房产便委托给毕继生管理和经营，他可以从中抽取百分之十的提成。不成想，毕继生竟伪造证件，假罗济生之名，将其房产肆意倒卖。罗济生已经向公安机关报案，宣布他的倒卖行为无效和非法；他实施的诈骗现已有三起浮出水面，加上巨日华两口子算第四起了。公安机关已立案侦查，毕继生携巨款在逃。

"那我们也是正儿八经花了钱的呀！"朱茉莉带着哭腔说，"还办了过户的呀！那房产证也不是我们自己造的，这全都不算数了？"

"你被人骗了，懂不懂？"巨日华没好气地说。

罗先生歉意地笑笑，"你们是受害者。你们的损失理应由诈骗犯来赔偿。"

他们去公安局报了案。朱茉莉一直在哭，一边叙述案情一边拿着纸巾抹泪，时不时地为啜泣所打断。接案民警拧着眉，显得有点不耐烦，一指巨日华："你来说，让她做补充。"

笔录完毕，民警整理着卷宗，巨日华试着问："听说我们这是第四起报案？"

"是啊！受骗的可真不少，恐怕还得有。"

"现在案件侦破进展到什么程度了……能问问吗？"

民警一时现出难色，他沉吟半晌，"有一点可以跟你说，据我们了解，这位嫌疑犯已逃到国外，只能设法通过国际刑警……"

"这样的诈骗犯你们怎么能让他逃到国外去！"朱茉莉突然哭叫起来，"十几年的血汗钱啊，警官！就这么叫他给卷走了……还有不少是管人家借的……我们倾家荡产了，警官先生……你们一定要抓住罪犯，帮我们讨回公道，叫他赔偿我们的损失……求您了……"

"别说了，咱们回家吧！"巨日华拉扯着老婆往外走；朱茉莉死命往回挣，似有一肚子的冤屈要倾吐；要不是巨日华强拉着她，她非一头扑到那位民警脚下，就像是去求无所不能的大慈大悲的菩萨，引得办公室门口围了一圈子人驻足观瞧。就在那一瞬间，巨日华注意到民警拧着眉的脸上带着他那种职业惯有的泰然和淡漠，眼里流露出一丝轻蔑的哀怜，像是在说："蠢蛋！谁让你上当来着！"

直至回到家，关上门，巨日华心中压抑着的悲愤才爆发出来，"我说什么来着？你偏不听，跟勾你魂儿似的非买不可，这回好受了吧？我们后半辈子的活命钱，全让你打了水漂了。还长命百岁呢，你就等着喝西北风吧！"

"这账怎么都算我一个人头上了！你就没份啊？房子你不也看了吗？人你不也见了吗？你怎么没说出个不是啊？"

"要不是你火烧屁股似的，我根本不想去。还什么好朋友啊、亲密同事啊，合起伙来蒙你呢！你上当去吧！"

"别把人家扯进来好不好，这事跟她有什么关系！"

"都这时候了还替人兜着呢！我看你真是好上当的主，把你卖了还乐颠地给人数钱。明天你好好问问你那位施小姐吧，看看她在这宗房产中介买卖里到底拿了多少回扣。"

"讨厌，你别血口喷人！"

"你不是一贯都很清醒么，怎么轮到自己头上反倒糊涂了？这年头谁信得着谁！杀的就是熟。你纯粹就是一块挨宰的料！"

"讨厌！——讨厌！——"

两口子恶吵，一个狂吼，一个哭叫；儿子闹闹从没见过父母摆开如此阵势，吓得躲在自个儿屋里紧紧关上门不敢露面。他们正吵着，电话突然响了，便都呆住，谁也不愿去接，不敢去接；巨日华终于拿起听筒，是妹妹日欣打来的。

"告诉你，我刚从神马回来。"她冷冷地说，像是一位刚从战场归来的战士报告战况。

"什么！神马！"巨日华不由自主地重复道，"你去神马了？你真去了？"

"我在那里待了三天。"

"结果怎么样？"他竟有些急切。

朱茉莉噙着泪说："她去也是白去，咱妈是不会为她现身的。"

"你觉得能怎么样？我不过是想证实一下你们的说法和我

自己的判断。我请来一位活佛，下周准备举办一场法会，为咱妈超度亡灵。你们一块过来吧！"

"下周！"他扭头看了看身后的老婆。

她直摆手，"不去不去！就说我身体不好。"

她一点没说错：她着实大病了一场。

十五

每年学校例行的教职工体检，都会有人查出问题；这年巨日华查出了"三高"，外加重度脂肪肝。其实脂肪肝他早就有了，就是没当回事；多年来的夜夜点灯熬油，油没熬下去，反倒全熬进肝脏贮存起来，倒真是应了现代社会的生存理念，稀缺资源须可持续发展地开发利用。这一结果引来了朱茉莉一通严正训诫。朱茉莉大病一场，重伤元气，几个月恢复不过来；本来就一张疲劳综合征的脸，现在是地道的病容了。她更加注重饮食起居，外加中医中药调养，弄得屋里屋外全身上下一股子中药味，就像整天泡在药房里似的，家人也跟着沾上光；闹闹、巨日华到学校去上课，老师同学们都以为他们是打药铺来。不过，最让巨日华挂心的还是他的学术生涯，他终于申请到国家社科基金项目，这是他在经历了生活的种种变故后，唯一感到的一丝欣慰：副教授的职位总算一时保住了。至于今年申评的教授，他仍旧心里没底。他一直深感不平的是，有些不学无术之辈，却稳稳地占着教授职位，真叫他有冤无处诉。

有一人的体检结果让全院乃至全校为之一惊：王珏教授查出患了乳腺癌。多年前她得过的那次癌症，大家都以为没事了，同事间常会有人拿她作抗癌成功的例证来鼓励那些新患者。这一结果让同事们萌生一种不祥之感，私下里议论纷纷。巨日华恐怕是最后一个得知这一消息的，他第一反应就是想去看看她，但马上又犹豫起来。他拿不准去看她是否合适，得了这病一般都不愿别人知道，更不想拿出来跟人面对面地讨论；假装不知道，他又觉得过意不去。自从她帮了他的忙，特别是那次神马之行后，他们之间一下近乎了不少；在同事及上下级关系中，似乎编织进一种无法言说的情意，这从他们每次在路上或楼道里偶然相遇的闲谈中便表现得淋漓尽致，此外虽无更多交往。他几次曾想把自己评教授的事拿去跟她讨教一番，但最终都打消了这个念头；他担心这样一来，他们之间那层微妙情意会顿时烟消云散。他回家跟老婆说了他的顾虑。朱茉莉说：

"你最好别去，就当不知道完了。哪个女人得这病也不愿意跟别人说呀！尤其那么大一个知识分子。"

巨日华就假装不知道，偶尔见到王珏还像从前那样亲热闲聊，就跟没这回事似的；有时听到同事们私下议论，他也跟着掺和两句。

"我看她精神头挺好的，一点不像得病的样。"

"强打精神呗！还能怎么样？"

"哟，她怎么还上班呢，还不赶紧歇病假？"

"她正在联系医院呢。听说找了一个北京最有名的专治乳腺癌的专家。"

那天他下了课，刚一走进教研室，迎面撞上教研室主任，他正往外走。

"哎，碰见她没有？王书记在找你。"

"找我？"巨日华有些诧异，"她在哪儿？"

"可能在她办公室吧。你去看看。"

门虚掩着，他敲了敲便推门进去。王珏正坐在办公桌前，侧着头，似乎在专心看电脑，并没听见有人敲门。

"王老师，您找我？"

"噢，小巨，下课了？"她在转椅上转向他，"你坐吧！"

他在办公桌前那张长沙发上坐下，感到有些拘谨，他绝少走进院领导的办公室，也似乎从未与他们面对面进行过这种正儿八经的谈话，至少从她表情来看，这场谈话将会很有点正儿八经。他这才注意到，她的脸愈发灰黄消瘦，两个眼袋现出明显的青黑，颧骨凸出来，把干涩的面皮撑起两道下行的皱褶，头发像是不服从主人的梳理，支棱八叉地挓挲着，黑白夹杂十分扎眼，唯有那目光依旧坚定、犀利，维持着应有的尊严。此刻，她正用这目光盯住他，像是要从他身上发现某种新奇，半晌无语，他一时有些不知所措。

"王老师，您找我……"他又说。

"小巨，我得病了，你听说了吧？"她语气迟缓低沉。

"是啊，听说了！"他松了一口气，坦言道，"我一直想来看看您，又怕打扰您。"

她把手挥了挥，似乎表示不在意，"我在神马被驴咬的事你没跟别人说过吧？"

她突然提及此事，让他一愣，他早把这事给忘了，"当然没说过！我说这事干吗？"他猛然意识到，她这件只有他们俩知道的、她又不希望任何人知道的事（或许可以算得上一个秘密吧），一下子把他们之间的关系拉近了许多。他马上补充道，"我跟谁去说？"

她放了心似的点点头，现出若有所思的神情。

"王老师怎么忽然提起这事了？"

"不瞒你说，我一直觉得那头驴有点邪性。特别是查出病来后，我就一直在琢磨，是它咬了我那口以后使我得病的呢？还是它当时就预测出了我要得这病才咬我的？它咬的那一口到底意味着什么呢？或许真如驴的那位主人所言……我百思不得其解，你帮我判断判断。"

巨日华迟疑片刻，心中不觉暗笑她的愚，这么大的一位教授竟然也……"您觉得这两者之间有关联？"

"你觉得没关系吗？"

"不过是一种偶然吧！那头驴不过是他们招摇蒙骗的一个广告牌。"

"不尽然！"她摇摇头，说着递过来一个信封。他这才注意到她手里一直拿着一个信封。他接在手里一看，上面手写直书"王珏教授台启"的字样，寄信人是神马乡抗癌养生协会，落款后面印有一个徽标：一个驴头，头上一顶高高的医帽，长耳大眼，一副神气活现模样。

"我可以看？"他疑惑地问。

"我就是想让你看看。"

他打开信封，抽出信来，信纸上同样印着协会的称号和会标，漂亮的钢笔行书，流畅洒脱又带有几分苍劲：

亲爱的王珏教授：

当您读到这封信的时候，我们知道您正身处危难之中。虽然我们素不相识，但同样的危难把我们紧密相连：我们都是在这相同的危难中走到一起来的。我们来到了神马，来到这举世闻名的养生地。这里的生态环境自不必费言，您也清楚；更主要的是我们拥有一支由患难与共的兄弟姐妹们组成的庞大的团队，更拥有一批经验丰富的肿瘤和养生专家；那股强大的抗癌能量场是人世间任何一处地方都难以找到的。我们不敢担保您长命百岁，却可以助您战胜病魔，重获新生。多少实例都一再印证着神马的魔力，印证着我们的能量场的强大！值此危难之际，我们向您张开双臂：投入到神马的怀抱中来吧！相信您的到来也必将为我们注入新的能量。

神马乡抗癌养生协会敬启

下面留有联系人和联系方式，还有一个网站地址。他折起信，重新放回信封，"我感觉像是一篇营销广告。您不觉得吗？"

"他们肯定知道我去过神马，"她现出一脸疑惑，"关键是他们怎么知道的？"

"嗐！现代信息社会，已经不存在个人隐私。你这边放个屁，明天大洋彼岸就都知道了。这不说明什么问题。"他为自己的粗话歉意地笑了笑。

他的粗口似乎并未引起她的注意，她接过信，指着信封上那个驴头让他看："你注意到没有，这还不说明问题？"

"我觉得你大可不必为此烦心。这类的商业广告我们每天不知接到多少，别理它就是，该怎么治疗还怎么治疗，可不要受它影响。"

她低低地叹口气，现出疑色，"但愿像你说的……不过，恐怕不那么简单。"

一贯以女强人面目示人的王珏，在他面前显露出了她的另一面，一时他不知该如何劝慰她。其实长久以来，他一直想找机会跟她好好畅谈一番，特别是这一年多来，他遭逢了那么多生活变故：关于儿子的教育，关于母亲的失踪，关于买房的遭遇，关于如何健康地生活，特别是关于他的学术生涯的前程；他内心中郁积了太多的苦闷和烦恼，总想找个人倾吐，而他生活中是没有这样一个倾吐对象的。如果沟通顺畅，他觉得王珏应该是一个合适的人选，无论从身份、学识、年龄和性别上都很理想。可是当这样一个机会到来时，他突然发现他需要做的却是给予劝慰。他如何劝慰？

她又摆出他进门时那副姿态，愣愣地半天不言声，他也不知再说什么，便起身道："王老师，别胡思乱想的，还是抓紧治疗吧！有什么需要及时打电话，我会随叫随到。"

晚上在餐桌上，一边吃饭他把这事跟老婆讲了。朱茉莉一听就兴奋起来，"你看怎么样？我当时就说那头驴不是随便咬她的，它肯定发觉了肿瘤迹象，提醒她要注意。"

他讥笑道："听你这么说，王老师也许会很高兴呢！"

"肯定的！"她说，"这次体检结果就是个证明。"

"那你怎么知道她的乳腺癌不是那头驴给咬出来的？你怎么知道两者之间不过是一种偶然的巧合？"

"因为那是头神驴呀！它会诊病的。你没见他们抗癌协会的会标都用它作吉祥物？"

"瞎掰！"他呵斥说，"明明是打广告蒙人呢，你怎么就看不出来？"

"你呀！我看你脑子完全被商业社会给物化了，什么都当成广告。真叫假做真来真亦假！在现代社会，你得有点辨别真伪的眼光才行。"

"我爸就做学问还成，一到社会上就晕了头了。"一直闷

— 88 —

头吃饭的闹闹突然开言道。

"瞧瞧儿子对你的评价，多准确。这叫旁观者清。"她转向儿子，"话说回来，你说他做学问行，他现在也没混上个教授啊！"

"教授混的不是学问，混的正是人际关系。"闹闹稚嫩的脸上一本正经，"所以我爸当不上教授。"

"哎呀！"当妈的瞪大了眼，抚摸着儿子的头，"我儿子啥时候变得这么深刻，简直是一针见血！我得刮目相看了。以后你多教教你爸如何立足社会。"

母子俩一唱一和，净说到他的痛处，巨日华心里很不是滋味，脸上红一阵白一阵。儿子上初中这一年多来，的确长大了不少，越来越有大人模样了。不过面对他的刺激，当爸的仍不免耍起家长作风："大人说话，你少插嘴！正经学习搞不好，歪门邪道你倒学得快。"

闹闹又冲他吐了舌头，朱茉莉伏上闹闹的耳朵，两人喊咕喳了一阵，相互窃笑。

"搞啥阴谋诡计！"巨日华大叫，"嘿，大点声！好话不背人！"

朱茉莉转过身，"算了，不跟你说了，说了也没用。咱们言归正传，还说王老师的事吧。那你说她接到抗癌协会的邀请，会不会去神马？"

"怎么可能！她疯啦？除非……"

"怎么不可能！而且我敢肯定她会去。"

"不可能！王珏，国家一级教授，我们学校学术带头人，著名学者，全国有突出贡献的专家，那么有个性，你当是普通

— 89 —

老百姓呢！"

"咱们打赌好不好？"

"赌什么都成。我怕你！"

"儿子，我跟你爸打赌了，你做我们的见证人啊。"

十六

转眼又放寒假了，紧接着就是春节。这是多年来巨日华家过得最凄冷的一个春节。往年有母亲在，妹妹都会大年三十早早过来，带着一大抱东西，带着老公和孩子。今年，她只年前打了个电话，说是一家人出国旅游去了。朱茉莉说要回老家过年，巨日华不想动，一家三口就在家里糗着了，门也没出；每天就是吃、喝、拉、撒、睡，外加看电视和上网；只听得窗外一阵阵噼里啪啦鞭炮乱响；烟花四起，他们也只是隔窗相望。这种生活状态又加重了他的老毛病，吃了不消化，全积在肚里。他想下楼围着小花园跑跑，颠颠食，可空气中弥漫的硝烟呛得他难以喘息，把他逼回家中。于是大便也干燥得厉害，好几天没感觉。好不容易有感觉了，却解不出，便没出来血先出来了。他只好吃泻药，耳边老婆的训导如循环播放的录音。

"不听我的，你就吃吧！肠胃功能就是这么弄坏的，最后就形成恶性循环。"

闹闹躲在自己屋里玩电子游戏，他看着不顺眼，便过去干涉，"你就不能利用假期好好补习一下功课？寒假作业写得怎么样了？整天鼓捣这破玩意儿，将来能有什么出息？"

闹闹不服，大叫："我学习的时候你没看着，刚放松一下你就看着了。"

当妈的在一旁帮腔，"大过年的，孩子想玩一会儿，就让他玩吧！平时捞不着玩。那你还上网呢，怎么不说！"

"他平时玩得还少啊！"当爸的就对当妈的吼，"他这德行都是你惯出来的！将来他狗屁不是，你得为他负责。"

"他是你儿子，你当父亲的倒把自己推个溜干净。你教育儿子有啥好方法，又下过多少功夫？就你这样还想当教授呢！"

如此这般，两口子拿拌嘴来增添新春佳节的欢乐气氛。

巨日华在自己桌上立了母亲一张像，像前摆了些点心果品，算是一份告慰。朱茉莉斜眼瞄着那张像直撇嘴，嘟哝着："好像咱妈不在人世了似的。"他没理她这茬儿。年前他还跟派出所联系过，问询他报案的结果——没有，尚无结果！无论是母亲的失踪还是钱款的被骗，只有耐心地等待，但多半是毫无结果的等待了。他很清楚，随着日推月移，那结果会变得越来越模糊，越来越无足轻重；而等待本身也会日益塌陷坍缩，就像一座遭遗弃的建筑，最终被时间夷为平地，仿佛什么都不曾发生过一样。他也想到了王珏，她只身一人，又拖着病体，真不知这个年怎么过的。年前他就给她打过电话，过年期间也打过，她都没接。听同事说她住院呢，住的哪家医院他也不知道；或许是由于自己的种种遭际使他过虑了，那么大一位教授，学校会派专人护理的；也许她的某位入室弟子在她身旁陪护照顾着呢。这么一想他那颗揪着的心便得到了一丝舒缓。

春节一过，寒假也将尽。新学期一开学，一个意想不到的消息在全院上下传开：王珏要去神马了。她去那儿干吗？甚而还有人发问："神马是个啥地方？"于是，各种传言和猜测纷纷出笼。似乎只有巨日华明了个中底细，听着众人的七嘴八舌自己并不插言，但心下也不由吃了一惊：他跟老婆打赌那么坚信自己赢，想不到结果竟与他的坚信截然背离。这不只是一场打赌的输赢问题，可以说是对他的某种信念的一种打击。当天下了课，吃过午饭他便直奔王珏家。正是她本人来开的门，一见她面，他不由一怔：她比年前那次见面又瘦了一圈，整个就一棵彻底抽巴干的白菜了；干白菜头上压了一顶红绒线帽，低低地盖过了眉。他极力掩饰着自己的惊讶。

"王老师，听说您出院了，我来看看您。"

"进来吧！"她惨淡一笑，"屋里有点乱，你随便找地儿坐吧。"

屋里是一幅搬家前收拾东西的图景，主人显然在翻箱倒柜，整装打包。他向周围扫了一眼，椅子、沙发都被箱包或衣物占着，他也只好站着说话；王珏干脆坐在沙发那摞衣服上，身子向后歪斜着，现出一脸的疲惫。

"过年的时候本来想来看看您，也不知道您住哪家医院。"他说。

"唉，不用！大过年的你往医院跑什么。"她有气无力地一抬手。

"您的治疗还可以吧？"

"不过那些老套子，没啥新鲜玩意儿。五年前怎么治的，现在还怎么治。"

"总归是有些效果的吧？"话一出口他便觉出有些不妥，她头上那顶帽子似乎向他无声昭示着全部的疗效。每当这种时刻，他总是口笨言拙，词不达意，他暗骂自己没用。王珏没吭声，他马上切入正题，"听说王老师决定去神马了？"

"是啊！"她语气中透着一股无所谓，"我这不正准备……"

"这么说您真信了他们的话？"

"我上他们的网站看了看，也跟他们联系过了，情况基本属实吧。不就那点事吗？我觉着他们也没什么好骗人的。"

他心中一时气恼：想不到她竟如此轻信。她一肚子的学问、她一贯的精明和见识都干吗去了？北京这么好的医疗条件你不利用，跑那穷山沟沟里去，不是找死吗？再说了，如今的神马已不是从前的神马；由于养生人的涌入，对资源大规模的开发利用，原有的生态系统已遭毁坏，山间水中到处都是随意丢弃的生活垃圾；带有养生人各种病毒的排泄物随着污水排入还阳河；当地农户为了增产增收，开始使用化肥和农药，食物不再纯天然；大面积兴建的宾馆住宅侵占了农田和山地，造成水土流失，破坏了原生态自然能量场，建筑垃圾随处可见，尘土飞扬；空气中负氧离子含量急剧下降；那些百岁寿星已有一半相继谢世，余下者人人自危……他把从网上和报刊上得来的这些信息一股脑地兜给她。

"这些情况您都了解吗？"他几乎是在质问了。

"那又怎样！"她针锋相对。他发现她已是泪如泉涌，泣不成声。他再次意识到说错了话，不仅是说错，简直是残酷了。他咒骂自己太混蛋。王珏的眼泪叫他不知所措。他手边的写字台上有一沓面巾纸，他拈了两张递过去，她接右手里抹脸。突然她抓住他的衣襟，扑在他怀中失声痛哭起来。

"小巨！……我完蛋了……我没救了……已经全面扩散了……"

巨日华只觉得一股寒气窜过脊背，电流般刺透全身。他不顾一切地紧紧抱住她，就像在湍急的洪流中抱住一个遭受威胁的生命，生怕一不留神她就会被激流卷走，感觉她真只剩下了一把骨头了。他不觉也流下泪来，他的泪滴打湿了她头上的红绒线帽。瞬时间，他理解了神马及其神驴对她所蕴含的价值和意义，这就像是抛给一个身处激流中的人的一段绳子头，无论它是麻绳还是草绳还是纸绳，抑或仅仅只是一个幻影，谁还会仔细去辨认呢？而把那段绳头从她手中抽走，不是过于险恶了吗？他后悔说了那番无情的话。他大骂自己混蛋，不停地咕哝着："对不起！对不起！"

突然她从他的怀抱中挣脱出来，惊慌地整理着头上歪斜的绒帽和凌乱的衣襟，拿湿透的纸巾抹着脸。他又从那沓纸巾上拈起两张来递给她。她一丝不苟地抹着脸，极力收拾起自己破碎了的尊严。

"对不起！"她说。巨日华一时又深感局促无措，也抹着脸上的泪痕，很是不自在。她一边擤鼻涕，带着颤音说："我跟他们联系过了，好多都是身患绝症到那边去的，人现在都还活得好好的。"

"是的，没错！有不少在我们这边被医生放弃的，到了那边都慢慢恢复了。"他说，还举出一些他了解到的实例。

"即使那边环境遭受一些破坏，也比我们这边强。"她朝窗外一指，"你瞧瞧这天儿，喘气就等于在吸毒一样。人好得了！"

窗外灰蒙蒙一片，不见天日；远处的建筑物都淹在那层灰不溜丢的雾色里，阴沉沉没有一丝活气，似乎正酝酿着某种不可预知的灾难；如果这时地动山摇、天降大火、房倒屋塌，也不会有人吃惊。

"是，是！"他收回目光，"当地政府正在对养生地进行规划和治理，很快就会恢复自然生态原貌。难怪很多人到那儿就不走了。"

"那还走啥！我真后悔上次去了没留下来。现在回想起来，当时那驴咬住我不放，意思大概就是不想让我走。我要是没走呢，也许就……"

"王老师，您跟别人不一样的，"他突然找到了话说，"您是一个有事业有抱负的人，您正处于学术生涯的顶峰，不可能弃之不顾地在那边待下来。说实话，您这样离开学校，中断您心爱的学术生涯，我真有点替您惋惜……"

"徒劳，徒劳！"她连连摇头慨叹，"不值啊！我这辈子天天点灯熬油刻苦钻研，成果是有了，名誉地位也都有了，换来的却是不治之症。到头来我突然发现，我得到的这些东西并不是我真正想要的。我一个女人家，没有丈夫，没有孩子，没有家庭，孤身一人漂泊一世，一个女人该享受到的我什么都没享受到，我这辈子等于白活呀……"她又哭泣起来，他赶紧又递给她两张纸巾，"人总是到生命将逝才反省自己走过的路，可是……可是已经来不及了……"

"不，不能这么说！怎么是白活呢？"她这一席话比她去神马还让他吃凉，他为她慷慨辩言，"人生并非只有一种轨迹。您的生命经过高度锤炼，化作了思想和文字，永远保存在书本中；您的学术理论也将对后人产生深远影响，并为他们所传承，这样一种人生不是更具有价值吗？"

"以前我也这样想；可是自打这次病倒才进行深刻反思，才发现我一直在欺骗自己；学术成就不过是真实生活的一种替代品，是退而求其次。思想理论什么的，永远是灰色的，就像窗外的天空一样；真实人生应该是五颜六色、丰富多彩的；我的人生只是灰涂涂一抹色，毫无色彩可言。"她擤了擤鼻涕，"小巨啊，我知道你一直很努力，想在学术上有所成就，其实也不必太过苛求了，适可而止吧，把生命全都消耗在这上面太不值了。

这是我作为一个过来人对你的一句忠告。听我一句话吧，好好享受你的人生，趁现在还来得及，或者……"她顿住了，像是被抽咽所阻，半晌她才把捂在口鼻上的面巾纸拿开，啜泣道，"或者干脆趁早离开，离开这儿吧，离开这一切，远远离开，别再像我似的……"她说不下去了。

他垂手一旁，表情和心境就像窗外天空一般灰，心想："难道这就是长久以来我想从她那里得到的指教？"

十七

朱茉莉为赢了打赌兴奋异常，抓住老公的胳膊要他兑现赌誓。

"你得说话算话，不能耍赖皮！"她一边抓着他，一边召唤儿子，"闹闹，这回咱俩的愿望都能实现了。我就说嘛，神马的魔力无人抵挡得了，只要你去过一次，就会被吸引过去。今年我准备再组他一个神马养生之旅。这回你去不去？"

"我去什么呀我去！"他说。

"唉，你没跟她说，咱妈也去了神马？"

"我说这干吗？再说，你怎么那么肯定咱妈就在神马？"

"肯定的！说不准一到了那儿，她们俩就能见着面呢！"

"我倒想跟她说说咱妈的失踪，可那气氛也不合适，一想还是算了！"

王珏给他留下的那番话，叫他回味再三，最终似乎想明白了："这人啊，总是没有什么想要什么。她这辈子没个家，到头来她就想要有个家；要是老公孩子都全乎，她就该念道事业的好了。人都这样！"至于劝他"趁早离开"之类的话，倒是对他产生了一些刺激；特别是眼睁睁瞧着移民潮风起云涌，就是卧在河底的顽石怕也要给触动了，不过也仅仅是触动了一下而已，他总是这样想："也许我儿子还可以移个民什么的。移民是有钱人的事，像我这种又穷又没本事的，只好在老窝里了此一生了。"他再细一想，似乎不全是这样，至少不全是钱的问题。他主要是感觉自己无处可去。他感觉自己是一棵被栽下的树；一栽下便扎了根，与这里的水土及其环境融为一体；无论土质、环境如何都生息与共，深深地浸淫其中，并为此而生；如果硬把它挖出来移栽别处，它会因水土不服而凋零。他这样一棵树，还有什么地方可去呢？为了生存他只能长在这里，尽力把根扎得更深，尽力把枝丫伸展得更高，与这块土地共生死了。而像王珏那样，死到临头生生地拔出根来，另谋他图？设身处地地想一想，他会出国？或步王珏的后尘，也赴了神马？他不禁打了个冷战，不敢再想下去。

这年他参评教授又未通过，似乎比以往更惨，第一轮就给刷下来了。他便进行着无谓的假想："要是今年王珏在，我的命运或许会有所转机。"王珏空出来的职位由一个年轻的教授顶替了，年纪比巨日华小不少。说起来他就不忿得咻咻的，浑身直颤悠；就感到胸中憋闷，气瘀中焦，肺火肠火全上来了，于是就大便干燥。朱茉莉给他百般饮食调养也不济事，她就说他修炼得不够，劝他无论遇到什么大风大浪，都要保持心平气和。

"你这样是非常不利于养生的，完全有背养生之道。"她就拿她自己做例子，"你看我吧，去年一下子给人骗走了二百万，我眼睛眨都没眨，这不也过来了？咱们再挣呗！"

她似乎忘了自己那场大病。不过一提这茬儿，他倒更来气了。

"我不像你那么没心没肺！"

他沮丧之极。不过沮丧到极致就沮丧出大彻大悟、四大皆空的味道来。反正生活中你什么也抓不住，抓到手的也是肥皂泡泡，一场空欢喜，何不就在虚空中来个一落千丈，索性落到底，也就踏实了……

这段时间，他不再那么点灯熬油地用功了，顺应了老婆的养生之道，晚上十点来钟便上床歇息；早上早早起来，伸伸胳膊尥尥腿；吃了饭便送孩子上学；下课后在食堂吃过午饭，回家美美地睡一觉，再去把孩子接回来，一天天过得刻板而有序。只是卸下了学问这挑重担，心理和身体上都备感轻松。他不再看书，书桌上那一摞摞曾日夜捧读的大厚本，现在都积满了灰尘，他也懒得去擦。现在他唯一的消遣就是上上网，侍弄侍弄他的个人空间，他给自己的空间起名"自留地"。他这块"自留地"经营得倒有声有色，内容丰富，图文并茂；他生活中的苦闷和遭际，他的人生感悟和畅想，他对现实的愤懑，他对时事的评说，都一一呈现，"自留地"里分成若干不同板块，每一板块用一种蔬菜来代表；比如，辣椒代表"时事述评"，苦瓜代表"生活写真"，西兰花代表"养生心得"之类；他还对每一种蔬菜的功用加以注解，舒肝明目、泻火通便什么的。每天到他的"自留地"采摘尝鲜的还真不少（其中很大一部分是他的学生），人来人往，络绎不绝；来了都不会"白吃白拿"，多少留下点"报偿"：有对他表示同情的；有对他赞赏的；有转发收藏的；有给他鼓励的；当然也有骂他蠢的……无论怎么样吧，他那块"自留地"里车水马龙，呈现的是一派繁忙的丰收景象，这是对他单调生活的唯一调剂。

一天晚上，他在网上漫不经心地流连，突然一条标题吸引了他的注意：《京郊病死猪肉流向北京高校餐桌》。他立刻点开细读。文章作者是《京华时报》的一位记者，他把自己追踪京郊某地病死猪肉进入各高校食堂的过程进行了详尽的报道：人名、地名、时间、如何交易谋利及统计数字等等莫不真楚确凿，其中就点了他们学校的名。他顿时惊出一身冷汗，"我就每天在学校食堂吃饭啊！"他不由大声嚷嚷起来，把老婆孩子都叫过来看，读给他们听。

"我早就说过你们学校食堂的饭菜不行，你还不信，"朱茉莉说，"这回有证据了吧？"

"爸，以后你可别带我到你们学校吃饭了，"阔闹立马表示，"我不去！"

"难道以往我们每天津津有味吃的都是死猪肉？"忽然他猛地一拍脑门，"哎呀，我想起来了，咱妈失踪前，有一次我给她打来饭菜，她吃一口就吐了，说有一股死猪呋。"

"真有这事？你怎么不早说？"朱茉莉瞪大了眼。

"当时我只以为她是找碴儿挑刺，心里还怪她不体谅我的辛苦。这么说这都是真的了！"

"瞧瞧！我就说咱妈不是一般人。我的话你可能又不信，她就是有点神气儿，能看到我们看不到的东西。"

"有时候我就看见一些社会车辆进入我们学校食堂后门，有时是小面包车，有时是小卡车，就是又脏又破那种。有几次我好事，就趴门缝往里看，见他们正在卸货，都是那种大编织袋，一袋一袋的，还浸透着血水，看着就很可疑。可是我也没往这方面想。"

"那没准儿就是！关键是你们吃了多长时间了，谁都不知道。"

一时他又兴奋，又震惊，又愤懑，认为自己发现了一个时事新闻热点，便立刻在他的"自留地"里转发出来，还加了一个长长的述评。想不到一夜之间，他这篇博文被转发了上万次。第二天上课时，就有学生跟他谈到这一问题；中午下了课，他照常去了食堂。食堂里一反往日那种拥挤不堪的景象，此刻冷冷清清；师傅们都拿着大勺在售餐口无所事事地张望，似乎不知发生了什么事。多数学生都聚集在食堂门口，吵吵嚷嚷议论着；有几个学生手拿一沓沓的打印材料，在人群中散发。食堂大门口已打出一条标语：我们拒绝死猪肉！学生们的情绪明显有些激动。

他接过一张传单，上面写的正是他网上发的内容，不过进行了一些剪裁，又针对本校实情加上了学生们自己的意见和要求；有两个学生代表正站在食堂门口台阶上向人群演讲。他遇到几个自己的学生和两位同事，就围拢在一起说话。

"电视新闻看了吧？长江里的死猪漂了一大片，不计其数。太可怕了！"

"听说以前这种死猪肉销路还很好呢！最近猪肉价大跌，猪死得又太多，猪农们措手不及，就大批地抛入长江。"

"没错！网上说北方多地也发生死猪事件。人家病死猪肉早已经形成了一个地下产业链，供销一条龙，不是一天两天的事了。"

大家骇然。

"问题是学校也未能幸免。我们每天吃的都是死猪肉！学校的食堂，怎么能这样！"

人人都愤慨起来。

"得追究问责！"一位同事说，"光跟食堂这儿说有什么用？得去找学校，让有关领导出面解决。这事一定要查清楚。"

"巨老师，您说这事能是真的吗？"一个学生一脸天真地发问。

"怎么不可能！不知你们注意过没有，有时进出咱学校食堂的社会车辆就很可疑，我看见过好几次，卸那货一包一包脏兮兮的，也没个商标，说不清什么东西。"

下了课的学生和老师们不断从四面八方涌来，越聚越多，就好像淤积在闸口泄不出去的潮水，四下里漫开来，把食堂门口及周边的停车场和草坪全都淹没了，黑压压一大片。食堂方面出来俩人跟学生代表交涉，他们大声呼吁，企图压过周围的吵嚷：希望师生们不要受网络谣言蒙蔽……

"你们怎么知道网上说的就是谣言？"一个戴眼镜拎着包的老师登上台阶发出质问，"我们怎么知道你们说的就是真话？"

"我们绝对保证……"

仿佛一阵大风吹过水面掀起了波浪，人潮涌动起来，似乎要把整个食堂都淹掉。巨日华感到又饿又累，只想赶紧填饱肚子倒床上大睡；他又憎恶聚集起来的人群，那黑压压的一片躁动让他有种溺水之感，让他晕眩作呕，因此什么大型集会啦，节假日旅行啦，游园庙会之类，他都避之唯恐不及。他赶紧从人堆里抽身出来，转到一食堂和二食堂，这两个食堂也出现了相同情形。他转身回家了，随便对付了一口，便上床睡下。晚上，一家三口聚齐了，围着餐桌坐下，他才把中午学校里发生的事说出来。

"你可别瞎掺和啊！"朱茉莉警告说，"这不是啥好事，离远点。"

"我掺和啥！我就跟旁边看看，进食堂转了一圈，连饭都没吃。"

"这就对了！"她赞许道，"我看食堂以后你也别去了，午饭都在家解决。"

　　他现出难色，"下了课累得贼死，还有精神头做饭？"

　　"以后那样，我晚饭多做点，把你的午饭做出来，你回来一热就吃，也不费啥事。"

　　"剩一晚上也不新鲜了！"

　　"那也比食堂强啊！你就想吧，是吃养生餐的剩饭呢，还是吃食堂的死猪肉餐！"

　　"这只是暂时的，还总有死猪肉？"

　　"你还存幻想！"她又瞪起眼，"即使没有死猪肉，农药你躲得过去吗？重金属、添加剂你躲得过去吗？转基因你躲得过去吗？就算你侥幸，这些你都躲过去了，那高油高盐你躲得过去吗？"

　　"得了得了！"一听他就有点不耐烦，"你凑合活着吧！"

　　"那不行！我得对得起自个儿。我还想长命百岁呢！"

　　"爸爸，我妈就是一得道高人，"闹闹在一旁敲边鼓，"咱俩一人抓住她一点衣服边就能沾上仙气儿。"

　　"瞧我儿子这话说的，总能说到你妈心坎里去。"她抚摸着儿子圆溜溜的脑袋，"没错，你们俩跟着我，就照一百岁上活吧！"

　　吃罢晚饭，巨日华又上网去转悠。白天校园里发生的事已在网上贴出来，还配发了一系列照片，说学生们为了抵制死猪肉进校园，开始进行罢餐，并联合周边几所受牵连的高校同时行动。这一事件已引起校方的高度重视，正在着手调查处理。另有消息说，当日晚情绪激动的学生们准备走出校园到街上去，受到早已封闭校门的保安们的阻拦，双方发生了一些肢体冲突云云。

"干得好!"巨日华边看边连连叫好,"就得这么干!"

"好什么呀!"朱茉莉说,"事要是闹大了对谁都没好处。"

"你不这样解决不了问题。要搁国外,学生早上街了。"

他又转到他的"自留地",他吃惊地发现这里一片狼藉,一幅遭洗劫的景象;各板块多已残缺不全,版面错位变形;还插进了一些乱七八糟的广告什么的,其间夹杂着谩骂和威胁:傻逼!蠢货!闭上你的臭嘴!小心你吃饭的家伙!他呆住了。

"这是怎么回事啊!我招谁惹谁了?"

他这一呼叫,把厨房里忙活着的老婆和躲自个儿屋里写作业的儿子都给招引来,他们一起趴屏幕上看。

"你的个人主页受攻击了。"闹闹很在行地指着一处标记说,"你看这里,这是很明显的特征。"

"攻击我干吗?我没招谁没惹谁。"

"你是不是又胡说什么来着?"朱茉莉瞪着他。

"我胡说什么了我胡说!我不就转了一篇那个记者写的死猪肉进校园的报道嘛!"

"那还不够吗!我早就跟你说过,不要在网上胡写八转的,你就不听。这回……"

"那文章又不是我写的。我就转发了一下。"

"转发也不成。你知道那文章什么来路?要是作者编造的呢?"

"人家是《京华时报》的记者,经过了长时间跟踪暗访调查取证……"

"你怎么知道?你跟着去了?你亲眼看见了?"

"我是没看到,不过……"

"没看到你跟着瞎煽惑！这是人家给你警告呢，还觉不出来？"

巨日华不言语了，一副垂头丧气模样；两个指头在电脑旁不停地跳动，似乎是准备随时冲上键盘去投入战斗，又举棋不定。朱茉莉又发话了。

"我再跟你说一遍啊，学生的事你可别跟着瞎掺和。这也算给你一个教训。"

"我掺和什么！我是那人吗！"

老婆和儿子都各归其位了，留下他一个人对着电脑发呆。

十八

第二天，他一进学校大门，就觉出气氛与往日不同。地上散落着一些扯碎的标语和彩旗的残片，沿路翻倒着一个个垃圾桶；路上的学生也不像往日那么多，倒好像一夜之间都勤奋了，早早已奔进教室就座，剩下些赖床的正稀稀拉拉赶往课堂；或者情况正相反，大部分学生决定在床上赖到底了。难道学生由罢餐延伸到罢课了？那事可真就闹大了。他脑子里胡乱琢磨着，便来到了教学楼，在楼梯口，教务处杨处长把他迎住，那样子似已迎候多时了。

"巨老师，钱校长在等你，"杨处长急急地说，"让你马上去。"

"等我！"巨日华十分诧异，"现在吗？"

"就现在。马上！"

"我还上课呢！"

"课你就不用上了，已经找人替你了。"

"什么事啊？"

"去了你就知道了！"

杨处长前头带路，大步疾行。处长是个大个头，瘦高，腿长步大，走起来飞快，也不跟他言语；他跟在后面，一溜小跑，呼哧带喘。一路走，他心里已琢磨出个八九不离十。钱校长是一位副校长，据说主管学校后勤，他毫不熟悉，连钱校长的面貌也不甚明了，只偶尔听同事们闲谈时说起过钱校长如何如何，或在校报的新闻栏里见过；要真面对面见着，他却未必认得。来到校长办公室，杨处长推开门，闪身一旁，冲里边喊：

"钱老师，巨日华来了！"

杨处长让他进了门，便在他身后把门关上，径自走了。办公室里烟雾缭绕，巨日华不觉屏了息，抬手在鼻前扇了两扇。一见他，钱校长把烟掐了，从转椅上站起与他打招呼，语调中带一股浓重的天津老哒腔。然后指着对面的一位戴眼镜年轻人，"这是我们办公室主任小葛，认识吧？"小葛点头一笑，算是打过招呼。巨日华在指定给他的一张沙发上坐下，一身的不自在，眼前这两个人他感觉十分陌生，说是本校同事，但确乎从未见过。也难怪，像他这种生活圈子狭小的人，不要说本校同事（何况是一所上万人的大学），就连住同一楼层的邻居都不认识。这样一想，他倒感到某种莫名的宽慰。

"巨老师，咱们就开门见山吧，"钱校长用他那短粗的手指搔了搔谢了顶的大脑袋，重新落了座，"我受校常委会委托，把您请来跟您谈一谈。昨天我们学校发生的学生罢餐的事，想必你都知道了吧？"

"知道！"他瞄了一眼小葛，他正拿着笔，埋头往一个本子上记着什么。

"学校对这事十分重视，连夜召开紧急会议，商讨解决办法，同时对事件进行了调查。结果我们发现——"他把话头打住，两只浮肿的眼睛紧紧盯住他，顿了半晌，"事件起因就是你巨日华。"

"钱校长真会开玩笑！您这是过奖了，"他当真笑出来，"我巨日华有那么大本事？"

"我一点都不开玩笑。"钱校长一脸严正。他从桌上拿起几张打印纸递给他，"这你应该熟悉吧？"

那是学生昨天发的传单和他的"自留地"的几页打印件。他翻看了几下，还递回去，"这说明什么呢？"

"说明什么？"校长不由现出厉色，"学生们一致表示，就是看了你的这些东西，才相信了我们学校食堂吃死猪肉的说法。你是谣言制造者。"

"我……我……"他嗓子突然感到发紧发干，"我怎么成了谣言制造者？那文章又不是我写的！我不过转发了一下别人的报道……"

"谁能证明你是转发，不是你自己个写的？"

他又把那几张打印纸拿过来，指着上面一部分，"您看看，这上面还带有转发的地址和来源呢。这不是我瞎说，一上网就可以查到的。"

"你查一个我看看！"钱校长说，"小葛，你让他上网查一下。"

他坐到小葛让出来的椅子上，上网查起来。他输入了文章题目进行搜索，网上立刻显示出"没有相关信息"字样，他又通过人名和报刊名称查找，还是得到相同的结果。他立时感到脊背一阵发冷，手心和额上都冒出汗来，"他们把文章给删掉了！"

"谁删了？"钱校长那阔大肥厚的嘴巴现出一丝冷笑，"反正我没删。我就知道说话要有证据。我手里有证据，你把证据拿出来我看看？"

他讪讪地坐回沙发上，"当然是网管们删的。"

钱校长把嘴一撇，拐过头去，"现在很多人在网上说话根本不负责任，胡乱发言，更有甚者，打着别人的旗号捏造事实，造谣惑众……"

"钱校长……"

"别介！"他把手一挥打断他，"别张口闭口校长校长的，我担当不起。副校长，副校长！"

"好吧！——钱老师！"巨日华咽了口唾沫，"我只想申明一点，这条信息的来源不在我这儿，别把我当成造谣者。我每天都在咱们学校食堂吃饭，我是个爱食堂的人，是个忠实的吃客。"最后两句话，他尽量表现出调侃和俏皮。

"我钱某人做事一贯喜欢亮亮堂堂，"钱校长似乎并没听对方申诉，"我就讨厌背地里鼓揪。你莫不如当面指我鼻子大骂，你姓钱的小子不是东西，吃了人家贿赂，把死猪肉摆上了学校食堂餐桌。你这样骂更叫我痛快。"

"钱老师，我不是这个意思……"

"你还有别的意思吗？你的'自留地'不都交代得清清楚楚吗？我不怕人指控，但是指控要有证据。请拿出证据！"

"钱——钱老师，您别——别——误会……"他又溜一眼不停地埋头写本子的小葛，不禁磕巴起来。

"我不误会！我误会啥？"由于激动，钱校长油汪汪的脸涨得有些发紫，"你拿不出证据，就是诬陷，诬陷就要负法律责任！"

"我诬陷您干吗？我们无冤无仇，素不相识。"他猛然觉得这话有些不妥，便补充道，"可以这样说吧，钱老师？"

酱紫的脸上有所松动，色泽也淡然了许多，"这么说，你还有别的目的？"

"什么目的？"巨日华一时又摸不着头脑。

"听说——你今年又没评上教授？"那双肿眼泡围着他滴溜转。

"是！"他一时汗颜，似乎没评上教授是他一个奇耻大辱。

"唉！"一声老呔腔的叹息中满是同情，"当不了教授这房子就窄巴多了。听说咋的，你买了房，还没捞到手？一房二主，叫人给蒙了？那钱追回来没有？"

"钱老师！"巨日华不由上来一股火，"你想说什么？我买不买房跟这事扯得上吗？"

"我是说，你倒了运，作为校领导我们都很同情，可是这不是我们的错，你不能把这账算到学校头上。你撒气也得找对人不是……"

"我撒气！"巨日华苦了脸，"我撒什么气了？"

"耶，还没撒气！"那只粗壮的大手在桌上那叠打印纸上一拍，"瞧你那博客写的吧，整个怨气冲天，都能把网络的房盖掀翻了，好像你的不幸都是学校的不是。这也不顺眼，那也不顺眼，天下最顺眼的就是你自己个儿。身为大学教师没一点雅量。你也不好好想想，为什么老当不上教授？你该好好从自己个儿身上找找原因，不要一天到晚老盯着别人身上的毛病不放。"五根短粗的指头肉咕囊地从纸上爬开，悄悄地匍匐着前进，像是五个充满贪欲的肥硕猎手搜寻着猎获物，终于爬到一尺开外的烟盒上卧住了，贪馋地往复摩挲。屋里浮烟散尽，一股老烟底子味便透出来，又干又凉地刺激着巨日华的呼吸道；年熏月浸，它已深深沤进四壁及屋内每件物品纹理，包括其中的人，一边往里沤一边向外散发，"巨老师，我抽支烟您不介意吧？"巨日华还没来得及表示，那肥硕的猎人已迫不及待要享用猎获物了。一支烟飞向了对面，"小葛，你也点上！"

"您先来，钱老师！"小葛瞥了一眼巨日华，讪笑着挡开了递到面前的打火机，"抽烟耽误写字。"

"要想当教授，首先一点，就得明辨是非，有你自己个儿的主见。"钱校长享受了他第一口烟，话也便随着烟出了口，"不能人云亦云，不能听人家说啥你也跟着屁股后瞎说，我这话在理吧？"他扭过头来看他，"不要一听说长江上漂了几头死猪，天下人就都跟着吃死猪肉，不要一听说哪儿哪儿的稻田重金属超标，我们碗里的米饭就都被污染了。哪来那么多死猪？哪来那么多重金属？你做过调查研究没有？没有做过就随便发表这种言论，就是在蓄意制造恐慌。特别是我们大学里，学生们是不明真相的，年纪轻轻容易冲动，你作为教师该怎样引导他们？你言论不当就起到煽动作用，你就要负责任。上面马上就知道了，幸亏我们及时出面，进行劝说、解释，要不……你知道后果的严重性吧？"

"我没煽动他们！"巨日华试图抗辩。

"煽动也好，没煽动也好，后果是一样的。你逃得了责任？"

巨日华垂头丧气，无言以对，半晌咕哝道："反正我没煽动，总不能当煽动论处吧？"语气中透着一股死猪不怕开水烫的劲头。

"听你这话还占点理儿了！"钱校长倒笑了。他翻开眼前一个文件夹，抽出一张印着学校红色抬头的信笺，递给对面的办公室主任，"小葛，你把学校的处理决定给他念念。"

葛主任放下笔，从座位上站起身，扶了扶眼镜，用双手把那份学校的红头文件端在眼前，然后清了清喉咙。

十九

当天晚上，他没有吃饭，坐一边咻咻慨叹。他上网看过了，他的"自留地"已被封，对于学生罢餐事件，已给出定论：由于本校教师巨日华副教授散布谣言，引起部分学生过激行动，相关责任人已受到严肃处理云云。晚饭朱茉莉炖的排骨，据称是山野猪，绝对的绿色有机，那满屋的浓香似乎就说明一切。医生说她血色素低，得吃点红肉补补。

"爸，快来吃吧！"儿子闹闹边啃边说，啃得满脸油脂麻花，"再不吃就没了。"

"别光顾自己吃啊，给你爸留两块！"当妈的伸筷子压住了儿子的手。

"他说他不吃嘛！"

"那你吃得也可以了。别见肉就没命！"她转向巨日华道，"就这点事，饭都不吃了！至于吗？"

"你们吃吧，不用给我留。我不吃！"他仰在沙发上，抱着双臂，阴着脸。

"不就写份检讨嘛！给他写一份交上去不就完了？还值当坐那儿愁眉苦脸？那么大篇文章都做了，一份检讨还不小菜一碟。"

"我要跟他较真，我就把事给他弄个水落石出，看看我们究竟是不是吃的死猪肉。"他从牙缝里说。

朱茉莉把嘴一撇，"你得了吧！说这气话也就泄泄火。就凭你，这事你弄得清？"

"肯定拿得到证据的，我相信那位记者……"

"人记者就干这个的，进行了长期的跟踪、调查、暗访，你做得到吗？人家是有内线的。再说了，这事一出来，人还不罢手了？物证不都锒了？还等着你去拿？你真是太天真了！再说了，人记者不都把事捅出来了吗？捅出来又怎么样了？"

"照你这么说，我就这样不明不白地……"

"不明不白就对了！我们生活中有多少事是明明白白的？太明白了恐怕你都活不成。"

"爸，还是糊涂点好。"闹闹乐滋滋地啃着最后一块排骨，"古人不是说难得糊涂吗？"

"瞧瞧，都不抵你儿子！行，孩子这学没白上！"

"所以我就越学越糊涂，以至于现在学得一塌糊涂。"

"说你胖你就喘了是不是？那是一回事吗？"当妈的教训道，"难得糊涂是古人的一种养生思想，意思是凡事绝不计较，知足常乐，宽大为怀，顺应自然，像你爸这样的，遇一点事就掰不开镊子，死钻牛角尖，就是有违于养生之道。你光学会了理论不行，你得能够在实际生活中应用，得具体问题具体分析。懂了吗？"

"哎呀，我懂！我不过跟你开个玩笑。"闹闹不耐烦了，"你还是跟我爸说吧！"

"是啊，儿子！将来可别跟你爸似的。我活得窝囊啊！"当爸的一拍大腿，发出一声深沉慨叹。

"瞧他，就得出这么个结论。敢情咱俩劝他半天白劝了。"她转向老公，"要我说，你也没啥窝囊的。学校这么处理也算合情合理。你的言论本来就没有多少事实根据，说你造谣惑众冤枉吗？事实明摆着嘛！咱就设身处地想想吧，假如让你主管食堂，有人说食堂吃的是死猪肉，你啥想法？况且引发了学生闹事？给你个留校察看也算对得起你。反过来说，就算你把情况都查清楚了，你说的都是事实，又怎样？你就能在学校呆踏实？除非往后你不想在这儿干了，挣他个鱼死网破。"

朱茉莉的话句句在理，她总是有理的。别看巨日华念了那么多书，一肚子学问，说理方面却不得不甘拜下风。她的说理虽令他不畅，却也令他反思，或许这正所谓忠言吧？那道理字字句句嗞啦嗞啦发着泡泡，像浇在烤肉铁板上的冷水，渗进他翻腾的灼热心田。

"挣他个鱼死网破？"他翻着白眼自量，"我是那种人吗？"

留校察看期满，鉴于他认错态度积极诚恳，反省深刻，学校决定恢复他的原职。说话之间这已是又一个新学期的开学了，每到新学期开学，学校都要来一场教学大检查，检查教师出勤、检查教案、检查课堂教学质量什么的，这就好比上岗的一计当头棒喝，促使你立马从假期的疲沓懈怠中惊醒，以体现新学期新气象。于是，那流感似的噩梦又一轮侵扰了大家的睡眠：老是梦见上课找不到教室，记错了课程表，或者眼瞅着上课时间到了却给死死堵在路上动弹不得……

巨日华这个新学期跟以往没什么不同，自然也免不掉这种噩梦"流感"；只是他刚刚留校察看期满，便矮人一截似的心虚，私下总有种刑满释放的意味；尽管同事们见了他都格外热情关切，都嘘寒问暖，这反倒使他倍觉自己比以往矮了，须加倍努力方能弥补上差的那一截。这便格外增加了他内心的焦虑，那噩梦也比以往更显出凶险，似乎那一系列的检查都是冲他来的，他每天都绷得像上了弦的发条。他教的还是从前教过的那几门课，已教得滚瓜烂熟，可总觉着有什么地方不妥，上课之前得不停地找补，惶惶然不得安宁，生怕教学督导组来听课，听出破绽。如此一来，假期中有所好转的新陈代谢系统一下子又崩瘫了，好几天都没便意；有时起床后有些感觉，但由于早上的忙乱往往被忽视。朱茉莉很照顾他，把做早饭和送儿子上学的任务都主动承担下来，但似乎这也并没给他多少帮助。

"一有感觉马上就去，一定不要憋着！"朱茉莉谆谆教导，"长此以往你要憋坏的。身体是你自个儿的本钱，永远是第一位的。哪怕你正在上课呢，也不要犹豫，俗话说得好，管天管地，管不着人拉屎放屁。"

老婆言之凿凿，这理他也完全明白，做起来却并不简单。他不由自主地受着各种心理或环境因素的制约，似乎越是担心什么事，那事便真的会发生。这天早上，他刚进教室，忽觉内急，而且很急，这在他实在少有，他一下子紧张起来，紧张之余又暗自欣喜。他看了一下教室后边的挂钟，差二三分钟就上课了，学生已大部分就座。要搁以往，面对这种严峻形势，他会毅然选择自抑。理由很简单，时间太紧迫，去了也白去，他会遭遇困难，老半天解决不了问题；他宁可等下课后，轻轻松松的慢慢解决。但此刻，老婆那句谆谆教导在耳畔响起，他毫不犹豫地抬腿去了卫生间。果然他又遭遇了干燥，小腹徒然胀痛却怎么也解不出。他打开手机，播放出轻柔舒缓的旋律，强迫自己身心松弛下来，一边均匀轻缓地用力，可是这得需要时间。就在这时上课铃响了，他已出了一身大汗，便禁不住起急，深吸一口气，铆足了劲使下去，只觉得血往脑门上撞，眼前金星飞舞，猛地噗啦啦一泻千里……眩晕中他觉出很是异样，低下头一看，鲜血呈喷射状四下迸溅，便池中红乎乎一片，顿时大惊。

"从没这样过呀！"

一种不祥之感袭上心头，眼前一黑，他栽倒下去。

2013 年

过　年

奥林匹克公园从没这么寂过，是那种冬日里的死寂，除了城市上空不时爆起的鞭炮和枯树上惊起的寒鸦，我周围便了无生趣了；偌大一个园子，目力所及，空无一人。我独自坐在湖边一条长椅上，面对着一潭半封冻的死水，枯苇一丛一丛支出冰面，岸边满目衰草和秃林……是啊！这时节，谁会往这儿跑？全国人民都在忙着过年，都在忙着跟家人、跟什么什么人团聚，只有像我这样的家伙才会大年初一下午，老哥一个闯到这儿来，闯进这被全民欢乐遗弃的空寂。不过，我可不是来这儿躲清静的，我是来这儿跑步的。跑步是我日常生活必不可少的一项内容，每天都跑，一天不跑就不自在，过年也不例外。对我来说，无所谓过年，过年是别人的事。我要做的，是保持身体健康。

　　我刚刚完成了既定的运动量，坐下稍事歇息，细细品味一下这喧闹中的空寂之趣。午后开始起风了，把多日来的阴霾和昨夜残留下来的硝烟统统扫荡了个干净，露出了蓝天本色；西斜的太阳高高悬于秃木枝头，照在身上，给人融融暖意；加上来自四周沉寂的轻轻抚慰，我渐渐感觉出神入定了似的，这园子便生出一种梦似的幻境……

忽觉身后有响动，转身之际，一个男人已经在长椅另一头落了座。公园里空椅子多的是，非跟我挤一块？成心怎么着！我心中犯疑。别不是嗅出了我身上的某种气味吧？我假装没他这人，偷眼去打量。他穿了一件蓝色羽绒外套，人造毛镶边的大帽兜整个扣住脑袋（只探出个鼻子尖），把自己裹成一只茧，茧下伸出两条细腿，末端是两只大船似的运动鞋；那外套不知多久没洗过，前胸和袖口蹭得油黑发亮，大襟上散布着斑斑污渍。这家伙该不会跟我一样，大过年来这儿跑步的吧？不像！他似乎意识到我在看他，也许是这巨大的空寂产生的压力使两个陌生人更易于接近吧？

　　"过年好！"他开了腔。

　　声音干涩嘶哑，明显需要水的滋润。我在哪儿听过这声音吗？不能确定，来不及多想，出于礼貌我回应道："过年好！"

　　他摘下帽兜，我才看清他的面目。他一头花白的乱发，眉毛却浓黑，脸瘦长，嘴巴子上覆着一层半长不短的胡茬儿，鼻梁上架副金边眼镜，面色呈烟鬼黑，微蹙的眉心给这张脸添上一层阴郁，镜片后面目光飘忽不定，似乎心思无法专注……我再次产生了似曾相识之感，不过我马上否定了这一念头，这肯定是个生人。人群中总会有些大众脸谱突然冒出来，叫你错觉好像在哪儿见过，何况我成天跟生面孔打交道。

　　"这天儿真好！"我听见自己说，或许是为了掩饰险些认错人的尴尬吧，"现在咱北京连太阳都难得一见了。"

　　"我不喜欢这种响晴天儿！"他清了清嗓子说，语调中带着一股怨气似的，"这就像什么……就像人群毫无来由的发出空洞大笑，笑得你没着没落的。"

还有这种人！我心说："那你喜欢阴霾天？灰涂涂一片，什么都看不清爽？"

"那有什么不好？"他顿了顿，"这就像给光秃秃的大地盖上了一层厚厚的棉絮，就像人在大冬天裹了一件厚实的棉服，"说着他往身上那件蓝外套里缩了缩，"让你心里安迁舒坦。你不觉得吗？这阴霾里隐藏着什么东西，一定会有什么事要发生，总让你心悬着，叫你紧张不安，叫你充满期待，叫你有一种……快感。"

"我可没这种感觉！"我打断他。

"你知道我怎么称呼这种快感吗？"他似乎并不在意我的态度，反要把我拉进谈话。见我没反应，他自答了，"我把它叫'末日快感'。"

他扭过头来冲我笑，很为自己的俏皮话得意似的，露出一嘴焦黄的大板牙。

"这天儿你肯定就没那种快感了。"

"那是啊，肯定没有了！"他把两手一摊。

"那你大年初一的，不好好在家过年，一人跑这儿来干吗？"我没好气地说。

"过年！"他打鼻子一哼，"过年干我屁事！谁爱过谁过！"

这家伙！我心头又是一惊。看来人群中不是没有我的知音啊！我一时感到一种心心相通的慰藉，"是啊，过年是别人的事！"

"你说得太对了！"他的手在他那蓝外套的前襟上神经质地摸索着，像是在找什么东西又找不到，"我出来透透气，我实在受不了啦！"

一个陌生人突然撞上门来，大有要跟你掏心窝子的意思，你是听还是不听？这年头人跟人之间都戒备森严，你能信得过谁？人心隔肚皮，一不留神，不是被蒙一把就是给讹一把。或许出于职业的关系，我倒并不拒绝与陌生人打交道；反而，他们往往给我一种新奇的刺激，我对他们的事满心好奇。这么说吧，我宁愿与陌生人一块过年。可眼前这位……我没表示反感，我还是保持沉默为妙。依我的经验，只要是满肚子苦水，只要那只始终紧闭的龙头些微扭开条缝，那苦水就会不停地哗哗往外流，我只管一声不吭。我满耳回响着沉寂的喧嚣，在这喧嚣之上，偶尔点缀一阵鞭炮的炸响或干涩的鸦鸣。

"我抽支烟您不介意吧？"

那只神经质的手终于找到了目标，我还未做任何表示，烟已在那两片黑紫的唇间叼着了，两股烟柱打毛烘烘的鼻孔喷出。真正的烟鬼都这德行，他们只管自己吞云吐雾地享受，才不介意别人介意不介意呢。我没言语。

他干笑两声，"我的一个患者跟我说，过年是中国人害的一场大病，那激增的流动人口就是大片暴起的红疹和水疱；这噼啪作响的炮仗是高烧中的胡言乱语；冷清的街道和关闭的店铺是因病撂荒的生计；亲朋团聚是病榻前的探视……哈！——哈！——这话说的，有点意思吧？"

他又扭过头来看我，镜片后的目光充满期待。

"您的患者？"我禁不住问。

"是啊！"

"您是医生？"

"是啊！不像吗？"又是那俏皮后的笑。

"哪个科的？"

"精神科的。"

难怪这么神经，这家伙！他该不会就这身行头坐诊室里接诊吧？我禁不住暗自揣摩他换上那身白大褂会是什么模样。

"那您的患者都是精神病喽？"我禁不住好奇发问。

"那也不能这么说！我觉得他们有的都挺正常，甚至比正常人还聪明还敏锐。就拿我刚才举的那个例子来说，你不觉得他对过年的看法很有见地？我就很赞同。现在就连孩子都说过年没意思。我想起我小时候过年，那气氛真不一样，孩子们都盼着过年。每当一进小年，年味就越来越浓，大人们都准备些什么我不太关心，我就记着我心里痒痒得去买花炮，那是一年当中最快乐的事。那时买了炮舍不得成挂放，不像现在；而是拆零散了放在兜里，放的时候一个一个掏出来，点着了往外扔，感觉其乐无穷。三十晚上，天一黑，小伙伴们就兜里揣满炮仗，打着灯笼点上香，踏着积雪三五成群地在居民区中走街串巷，从一栋楼窜到另一栋楼，从一个大院窜到另一个大院，一边游走一边放炮，或者拿炮仗互相扔打仗玩……炮仗放完了，也该回家吃年夜饭了。一过年，工厂都会给职工们谋点福利，每人发一包冻鱼；一开包就一股腥臭，洗好几遍水还是黑的，最后光剩鱼脊梁带个鱼尾巴。我家对门的阿姨常常一边拣掇一边唠叨：'俗话说臭鱼烂虾臭鱼烂虾！'那时我就觉得，鱼本就是臭的。臭鱼吃着也挺香。我记得我家年夜饭上最经典的一道菜是清蒸水晶肘子；这是我爸的拿手菜，平时决不露，单等三十晚上，这成了我对过年的一个念想。吃完饭孩子们又兜里揣满炮仗跑出去了，大人们便准备包饺子了。他们一边包饺子，一边听着收音机守岁——那是一台晶体管收音机，节目就是那几出早都听烂的样板戏，外加革命歌曲，顶多再穿插点相声……噢，对了！那时居民区里经常断电，灯亮着亮着忽然就灭了，三十晚上也不例外，我们就点上嘎斯灯，把屋里照得通亮，可比那电灯泡亮多了，火苗子咻咻地蹿老长，现在想起来我都后怕。嘎斯极容易爆炸，而且是有毒的。当时谁管这么多，那是工人阶级困厄中的一大发明创造，也是他们从公家揩到的有限一点油水。这个东西我觉得应该进入历史博物馆……你知道嘎斯灯吧？"

他长长喷出一口烟，从深深的回忆中浮上水面，扭过头来看我。我没搭理他，一声不响地望着眼前那潭冰封的死水，对面湖岸上，几只寒鸦绕着一株乔木哑哑盘旋。

"然后就是东家西家地拜年。平常难得一见的，都得大老远跑过去问候一声；就是天天照面的隔壁大叔大婶也得过去尽个礼数。到谁家都是那一套，说同样的话，嗑同样的瓜子、剥同样的花生、吃同样的水果糖……呃，我家对门的糖总跟别人家不一样，那家的叔叔是厂里的总工程师，常到北京出差；一回来就给孩子们发糖吃，各种各样的牛奶软糖，味道不必说，光包装纸就足够叫人稀罕的了；每一张北京糖纸都成为小伙伴们争相收藏的珍品。那时我就想，将来我一定要到北京去……"

他又把烟送到嘴上，烟已经熄了，烟屁股上弯着一截长长的烟灰散落到他前襟。他一扬手，烟屁股当空一道弧线，落到岸边枯草丛里。

"所以您就来了？"

"……"

"您很怀旧嘛！"

"您这么认为？"他语调和眉宇间都带着股怒气。是我话里的嘲讽意味，惹他这样回敬我？"才不是呢！您要这么理解，就大错特错了，我没一点怀旧的意思。有一句话是怎么说的来着？童年之所以美好，是缘于它的天真无邪。要我说，是缘于它的愚昧无知。"

谁在乎他什么意思！大过年的，撞上一个生人，就粘上人家，巴巴地絮叨他小时候怎么过年。你说他什么意思？……接下来是一阵长长的沉默。沉默久了，沉默就显出它的分量，重重地压在嘴上，压在心头，叫你有口难开；耳边只落下寂静之声，鸦的聒噪，鞭炮噼啪……我不明白我干吗还坐在这儿。夕阳开始收敛起热力，我等什么呢？我一时搞不清长椅那头的家伙还在不在，他毫无声息。我偷觑过去，他双臂交抱在蓝外套上，大脑袋向前倾垂着，镜片后两眼半睁不闭的，目光迷离。

"对，就是这种感觉！"他的声音吓了我一跳，"每到寂静的下午，我一个人的时候（当然过年时尤甚），这种感觉就会从心底深处浮现出来，慢慢把我浸泡……什么感觉？就……就像泡菜坛子里腌得过久的酸黄瓜，就像你突然丧失了听觉，使你陷入一个无声的世界，就像胸口压上了一块冰坨子，憋闷得透心凉……我也说不好！感觉么，总是难以捉摸，只能感觉到它存在，你一想捉住它，它就消散不见了。"

"你这种感觉有多久了？"我话音中不由透出关切。

"你问得很专业嘛！"他又冲我咧开大嘴巴，眉头却仍旧拧着，"每当患者述说了他的某种病状后，我都会这样问'这种状况有多久了？'这就叫作'导向暗示'。"

我不说话了。

"我可以告诉你，这种感觉很久很久了，似乎从我进入青春期开始……不，从我记事开始就有了。这种感觉伴随了我大半辈子，我从没觉得这是个问题，就是在我成为精神科医生后也没觉得，可我越来越觉得这是个问题了……"

我没吭气。

"你知道我每年是怎么过年的？就是一根酸黄瓜，在浓稠起醭儿的酸菜汁里泡着。你说我那老丈人吧，没儿子却想要孙子，非让我儿子管他叫爷爷——爱他妈叫什么叫什么，叫他老天爷都成！这也罢了，每年三十晚上一见面，非得给他磕头拜年。孙子辈的挨个磕，也不知这老头过的什么瘾，还得磕出响来，不带响不给红包。我儿子不愿意磕，他就逼孩子。每年都得演这么一出，有球意思！我就跟他说，红包给不给的，能怎么着？我活这么大半辈子，从没人给过我红包，我也从不给人红包。更烦人的是，一个三十晚上，非得拆成两半儿，前半夜在我爸我妈那儿，后半夜非跑她爸她妈那儿。一个城南，一个城北，大三十晚上的，整个京城跑个来回，路倒是好走了！她还跟我说，这才叫过年……这年过得有球意思！每年都演这么一出。我宁可不过！"

他的目光在我脸上扫来扫去，我没看他，我一声不吭。

"去了就是陪老头老太太打麻将，连襟、七姑八姨一屋子人，分好几桌。我从不跟他们凑这热闹，我自个往楼上一待，连电视我都不看。你知道我在干吗？……我什么也没干，就是走来走去，一根接一根抽烟。楼下那么闹哄哄，外面不停地噼里啪啦，你能干什么？手机偶尔响那么一声，是某个朋友、同事或患者发来的贺新春短信。愿意回我就回一个，不愿意回就拉倒。

我真的很少给人发短信拜年，那些套话、恭维话听着我就肉麻，甭说再叫我亲口说出来。我倒觉得我的患者有时候给我的新年祝辞更来劲，比如说：'让老天降两块大陨石砸到人间，给你当新春贺礼！'或者'七仙女下凡跳脱衣舞，陪你过新春！'把我笑死了！我就给他回了一个：'地下岩浆猛烈喷发吧，这是我献给你的除夕烟花！'"他仰头大笑，"我发现，我的患者一旦恢复正常，他们的拜年话就变得庸俗无聊起来，倒是那些治疗当中的更有趣。就是他们的问候给我的春节带来了一丝欢乐，此外我就一个人在屋子里那么走来走去，一根接一根吸烟，心里暗自盼着这个年赶快过去；直到我困乏不堪，内心和身体都熬不住了，就一头钻进被窝，任楼下他们怎么吵闹，外面鞭炮怎么噼啪，我都听不见了。你瞧，我的年就这么过的，年复一年……"

他又摸出烟来，点上，两眼直瞪瞪远眺着，镜片上映现出光秃秃的树杈；树杈上挑着一个大鸭蛋黄，就要把那层薄膜戳破，油汪汪的汤汁便泄出来……淡淡的蓝色烟幕一时漫过这轻缓的进程。

"他们又支桌子打牌呢，我就悄悄溜了出来。中午她大姐刚请过，晚上她姑还要请，我真受不了！我们的过年没别的，就是一个吃！吃了东家吃西家，年年如此，跟吃请比赛似的，一家都不能落，落了谁家都不高兴，就觉得你瞧他不起。真叫人受不了！关键是我吃了人家的却没话说。我说什么呀？我不知道该说什么，只好用酒菜把嘴占住，心里却虚得慌。人家都在说着这一年又做了啥大事，挣了多少多少钱，升了什么职位，结交了哪位大人物，个个眉飞色舞，洋洋自得，我说什么呢？

我说我今年看了多少精神病？我坐在这群亲戚中间，呆瓜一个，我都纳闷自己干吗坐在那儿？这些人跟我有啥关系？可是我却死钉在那儿动弹不了，看人笑了，我也跟着咧嘴傻笑。我真不知跟他们说什么！弄得我现在……我感觉跟我爸我妈都没话……真的！"

他扭过头看我，目光中充满乞求，听得出他这通独自叨唠，巴不得拉我进去，哪怕接一接他的话头，搭个茬。他两眼微眯，期待在他那烟头上燃烧着，不觉身上爬过一个寒噤，我突然意识到西天开始忙着在这空寂凄冷的园子里铺展开暮色。

"回家我就没话说，"他又说起来，"跟老婆孩子都没话说。好像在班上把话都说尽了，回家就成了哑巴……我感觉我跟我的患者们倒更有共同语言。"他朝我伏过身，像要说悄悄话似的，"你知道，我一直有种跟他们一起过年的愿望，我要是跟他们一起过年，一定过得很开心。"

"那您跟他们一起过呀！"我突然大声说，我们俩都吓了一跳。

"对，我们一起过！"他突然起了兴致似的，"为什么我们不一起过！明年我们就一起过年……其实去年我也说过类似的话，甚至还跟几位患者打好了招呼，可是……"他冲我笑，龇着焦黄的大板牙。

"这就怪不得别人了！"我说。我的言语有点冷。

"是啊！我谁也没怪。"他态度诚恳，"其实我一直在试着进行自我分析……"忽地他又兀自笑起来，"我还是跟您说说我的患者吧，特有意思。有一个二十多岁的姑娘，一犯起病来就要杀她妈，怨她妈在毁掉她的生活，捅刀子、下毒、坠楼，什么招数都用过；看起来一副单薄模样，那劲可大了，两个大男人都捂制不住，可是一见我她就老实了。她见了我特高兴，安安静静地坐那儿听我跟她说话，因为我能帮她出招儿，给她进行各种利弊的分析取舍，听得她满心欢喜，什么想法都愿意跟我说。还有一位中年男子，是一家企业老总，老觉着周围人都在给他使坏，谁都变着法地黑他的钱，成天处处小心提防，包括他家里人他都信不过，连睡觉都睁着一只眼，精神都快崩溃了。还有一对兄妹乱伦的，不能自拔；每次都是那哥哥到我这儿来，妹妹从不露面；每次我都让他把妹妹也带过来……"

"够了！"我厉声道，身上不觉又爬过一个寒噤，"您想拢一块过年的，就这些人？"

"您觉得如何？"他龇着大板牙冲我笑，"跟他们在一块，我特有话，像是老有说不完的……您知道，那种感觉……您能够融入其中，不分彼此……"

"够了！——"我话音很冲，带着股怒气，不由激灵一下。

太阳已经西沉，淹映在那片枯枝后面，只露着半张通红的脸。园子里已是暮气沉沉；空中骤然剧烈的鞭炮声似乎在提醒我，这是大年初一的暮气，而这新春暮气却压得满园格外枯寂凄冷。我意识到我在这里坐得太久了，已坐得浑身冰凉发僵。还坐这儿干吗？我不管不顾地跳起来，拔腿奔上公园的环形跑道。忽听得身后传来脚步声，惊悸中猛回首，悠长的跑道在光秃的林间幽幽地延展，道上空无一人。

我那件蓝外套还搭在我坐过的长椅上。

2014 年 3 月

陌生的房间

迫不得已，你走进了一套住房：或者是为了旅途中落脚；或者是在城市里租房安身；或者是出于什么原因，总之那房子不属于你；或许是你自己花钱买的房子，也未可知，但你丝毫没有回家的感觉。你一踏入房门，首先迎接你的是房间里的气味。那是一股什么味！你说不出；反正那是一种完全异于你、令你深感不适的、与你对立的气味。它来自于四面墙壁，来自于每一件家具，来自于卫生间和厨房（如果有厨房的话），来自于地毯，来自于曾在这里住过的每一个人，来自于密闭起门窗长时间的静静发酵……就在你一愣神间，这些气味早已手忙脚乱地相互推搡着、跌跌撞撞一路狂奔迎面朝你扑来，凝聚成一只巨大的鼻子，把你从头到脚嗅了个遍，就像一只警觉的对陌生人心怀敌意的看门狗；你甚至都感觉到了它那湿热的喘息。你被这只气味看门狗阻在门口足足有一分钟之久，直到你觉得它已悄然退去，你才在脸上展示出一副友善的笑意，提起拘慎之步朝屋内行进；同时向四周环顾，好找个合适的地方安置行囊。你把你的全部家当——一个大旅行袋和一个挎包——放在了门厅和客厅接合部的承物架上。你听见"咯吱"一声响，那是承物架对你家当的重压提出的抗议。这声抗议在屋内听起来甚是响亮刺耳，立即唤醒了长久以来压抑在各处的沉默。你心下一惊，这是你始料未及的。你发觉，周遭的晦暗中，睁开了一只只眼睛，打四面八方投来睥视的目光：从写字台上的镜子里，从电视里，从画框里，从窗帘后面，从沙发后面，从床底下，从茶几下，从你背后的门厅……你浑身爆起一层鸡皮疙瘩，一个冷战差点把你击溃在地。你稳住神，再次四下环顾，对这群看不见的眼睛展示出你迷人的微笑。你紧绷的神经告诉你，这群眼睛是深怀敌意的，就像先前那只气味看家狗；那一束束目光如麦芒般扎在你身上，分明在无声地怨责：

"哪来这么个讨厌的家伙！"

你惭恨自己的微笑不能灿若阳光，不足以软化甚或安抚这些暗藏于幽冥深处的群芒。就在刺痒难耐之际，你腾地跨步向前，就好像有一只手从身后猛地一掌，使你的身体不由自主地朝前冲去，但并没失去平衡；你的双手已抵达了目的地，抓住了那厚重的金丝绒窗帘，抖了两抖，这才意识到它并不是中分的。你一时慌了神，就好像一个慌不择路的人急于找到一个出口，你两边乱扯起来，哗地一下，那厚重的帘幕自左向右拉开了，仿佛是打开了一道巨大的闸门；那瞬时涌入的光流把你冲了个趔趄，幸好你及时抓住窗户的把手。于是，窗外的世界便展现在你眼前了。

你才意识到你的双脚离开地面有多高。你脚下是矮趴趴一片破烂屋顶，每个屋顶上都堆着些废弃物件：一摞摞半截不整的砖头，锈蚀的自行车架子，污渍斑斑的浴缸，散了卯的婴儿摇床，歪斜的鸽棚，鸽子们进进出出，在这片屋顶上空翻飞盘旋……一间阁楼的窗子四开大敞，框着一个赤条条的胖大汉冲窗外吸烟；一条胡同把这片屋顶一劈两半，与横亘在你脚下的一条不太宽的街相通。这片屋顶的尽头是一条城铁线；城铁线的那头，是城市繁闹的街区，高楼丛立，人潮汹涌。你刚从那溺人的涌潮中油离出，爬上沿岸，站在这里喘息。城市的头顶正弥散着重重灰色雾霭，低低压在半空，使天地混成了一体，便把楼宇都虚无缥缈了，那坚实的物质世界正虚化淖；你的心也一同淹在了里边。那雾霭竭力对峙着阳光，反倒将其吸足浸透，再银针状地散射出来，灰蒙蒙的刺目。忽地，胡同里一个移动的红色物体吸引了你；那是一个穿红衫的年轻女子。她竟把一条路走得分外妖娆；拧腰、摆胯、舞臂，动作夸张而佞媚，那是于人背后的自我纵情狂荡。你盯住那鲜活的腰臀，就像两只苍蝇钉上了蜜罐。你心下溢出一丝偷窥的快意：无论是阁楼上那个赤身吸烟的胖汉，还是胡同中这个自我狂荡的红衫女，他们肯定都没意识到此时正有一双眼睛盯着自己。是不是也有一双意想不到的眼睛正暗中注视你？也许，假如老天有眼。

那一点艳红终于给暗灰吞没了。你从窗口转回身：屋内与先前已面目全非；或者不如说展露出其本来面目。你赞赏和喜悦于阳光的锋芒，在它的威逼下，幽冥中那群令你如芒在背的眼睛此刻都给你闭上了；那暗藏着的种种细节再也无处匿身，纷纷涌现在你眼前，或呆板起面孔，或打拱膜拜，将自己分毫毕现。你首先看到的是在阳光里纷飞的灰屑；它们如同细密的雪片般亮闪闪地当空翻舞飘洒，但这是一场永不停息的雪，一刻不停在飘落，已给你眼前的世界装裹了一件灰白的寿衣，直至将来有一天把它彻底埋葬。于是，你挺起胸膛，倒背着双手，踏着堆积得满地的尘雪，开始了你的新居视察之旅，如同一位君主巡视他新获得的领地。你的四方步在墙纸面前停住了，那是麻纹布墙纸，颜面早已为时光销蚀成土灰，只在不经意处尚残留下小片的鹅黄，现出一副衰朽冷漠的斑秃样脸孔；有的接缝处开了胶，耷拉下一角，承接了永无止境的落尘；那墙纸后面正窸窣地响，分明是一些细小的脚爪的慌张忙乱；那是你领地上的土著，或者说你的新同屋蟑螂在跳窜。那肉鼓囊的小身躯在你的拇指下戛然崩碎的感觉电流似的窜过你的脊背，一阵酥麻。这一生动想象造成的心理痉挛尚未过去，你的目光已到了对面墙上，徐悲鸿那幅著名的《八骏图》惹你眼前一亮；它裱在一个粗陋的金属画框里，年代似乎与墙纸一样久远了，泛出尿黄和被水洇过的痕迹。你倒是一贯喜欢水墨骏马的，它总给你一种昂扬的刚劲，叫你莫名地奋然，特别是这幅《八骏图》你再熟悉不过了；你能在这里见到它，心下一阵惊喜，紧倒两步（不顾脚下的纷纷扬扬）到了近前。细一端详，你觉出有些异样；各匹马的姿态、动作、相互透视关系都不大对劲，尤其那匹头马；它的肚子过于圆滚，似乎揣了足月的驹，而两条缩起的后腿给挡在这个大肚子后面，只在肚子下边露出其中一条的蹄腿；可是不管你怎么看，它都是郎当在肚子下的一根马屌。这幅对《八骏图》的拙劣模仿，使你蓦地万分沮丧，你真想一边大笑着一边将它撕成碎片，可你没这个权利，它不属于你……你仿佛听到了雪崩的声音，那是一种于沉寂的深处爆发的低频的轰鸣；它来自你极度疲顿的身心，来自午后这段超稳定静态时刻的断裂，来自那根马屌的轻轻搅动；于是那微妙的平衡不再，你的世界瞬时轰然崩塌了。幸好你正站在床前，你顺势仰倒在床上，那温暖细密的颗粒在你周身四溅飞扬，将你掩埋，阻窒了你的呼吸。你不由得剧烈咳嗽起来；你咳得弯起身，复又倒下，在床上来回翻滚，破床垫很配合地吱哇乱叫……

你终于喘气平定，但浑身气力也消耗殆尽。你仍挣扎起身，晃晃悠悠立住脚，待眼前金星散尽，支撑着完成你的"新领地"巡视；这对于你来说似乎极为重要，特别是入住的第一天。屋内其他地方你都不用看了，家什用具基本情况一目了然，你脑中便蹦出一个词：破败。不过这在你的移居史中也属常态。你重点要看的是卫生间。卫生间的门在你手中执拗着，吱吱咯咯地开了，算是宣布了你的到来，就如同宣示君王到来的号角；只是这声宣示聒噪又突兀，在这么个枯寂的下午令你心惊。卫生间没有窗户，里边瞎黑如洞；你忙去摸了电门，才走进去。一股沤馊味窒息了你；你马上跳出来，待吸足了一口气，复返身进去。墙上瓷砖剥落了好几块，砖缝里泥腻黑黄；抽水马桶、洗手盆和浴缸里都挂着厚厚的渍；浴帘也裂了，地上扔着一团团的手纸和塑料袋，其间夹杂了一条女式内裤和一只长筒袜；墙上的镜子自上而下斜过一道裂纹，正好斜肩带背将你切开。你慌张地垂下视线，生怕从镜中看见不该看见的什么东西；洗漱台上丢着几瓶剩下一半的洗发水和浴液，竟然还有俩用过的避孕套……够了！你一阵头晕，拖着脚步回进屋里，在床头的操控台上找到呼叫按钮，按了下去；你按下去没马上撒开，足足按了有一分多钟。一想到在这幢楼的某个房间里电铃正发疯地叫个不停，你心里就感到一阵无比畅快。

你等待的时间比你预期的要长，甚而远远超出了你的预期，使你不由自忖："这套操控系统本身就是个摆设？或者它所连

接的那一头根本就无人收听？"你一时后悔住进来，可是已经
预付了三个月的租金，不可能再退还；即使给你退了，你又能
去哪儿呢？就这么个地方也是费尽周折才找到的，还跟房东侃
了半天的价。像你这样一个京城飘零者，有个落脚点就算不错，
知足吧。可毕竟我是花了钱的呀！失落之余伴着不甘，你的手
指正要再次按下去，身后突然有人发话了：

"作死啊！没完没了地叫，我耳朵不聋！"

你嗷的一声蹿起；你脆弱的心脏几乎经受不住如此的吓，
手捂胸口，眼前一片金星飞舞。于是，一位身穿制服的年轻姑
娘站在了你面前。

"你进门怎么连声招呼都不打！"你吼道。

"我敲门了，是你没听见！"

你不想再辩究，便直接切入正题："你们服务太差了！房
间都不收拾一下就接纳房客？这哪是人住的！"

"谁说我们不收拾了？我们天天都在打扫。"

"你这叫打扫！"你用脚踢起地毯上那层积尘，"你瞧瞧
这灰，都能把人埋了，至少积了有十年。"

"那没办法！"她很无辜地两手一摊，"我们北京就是灰大，
你刚弄完就又是一层。不信你看，今天我给你打扫干净了，明
天还这样。"

也许她说的不错，可那架势就像在欺哄一个刚来京城混事
的外省土鳖。

"那卫生间怎么回事？没见过你们这样的！"你又吼起来，
以显示你多年京漂内行的不可欺，"厨房我还没看呢！"

"厨房！"她直愣愣地望着你，两眼空洞洞地茫，就像根

本不懂你在说什么，就像根本没你这人，"什么厨房！"

"算啦！"

你把细瘦的身板拔拔直，倒背起双手，在她面前踱了几个回合方步，铿锵地下达了你入主这片新版图以来第一道圣旨：

"把房子给我收拾干净！"

瞬时，吸尘器的巨大轰鸣吸干了午后的全部沉寂，同时也吸干了空气，只落下一大片疤痕似的空虚的憋闷，让你无法填补和抚平。你心里暗自摩挲它，竟满嘴干涩，舌头、上牙膛和嘴唇全巴成一坨，弥浸着尘屑的味道。她动作很快，很麻利，你得不停地围着她左挪右闪，给她腾出地儿，稍一慢了那吸尘器的拖头就杵到你脚上；她满屋杵来杵去，你不停跳脚躲闪，你感觉你们俩就像在玩跳杆游戏。忽然你觉到她的身影你那么熟悉，至少是在哪儿见过的，特别是她的背影；那似乎是个遥远又模糊的回忆了。你看得眼珠一错不错，她双臂极富节奏地挥，她腰臀极具韵致地摆；无论那挥还是摆，都洋溢出水波样的狂荡和放浪。你的意念又暗暗开始发力，轻轻剥下她那身难看的伪饰制服，给她换上你记忆中的鲜亮红裙。你惊讶了，没错，是她！先前在楼下那一抹灰的胡同中消失的引起你无限臆想的姑娘，此刻就在你屋里给你干活。

"你的红……"你几乎要脱口而出了。

你嘴里的部件干得巴成一坨，张也张不开；眼睛虽能动，却也牢牢给她固定住；只有双脚还算灵活，十分配合地与她游戏着。她那制服尽管伪饰，领口处却也明晃晃裸出一道白嫩的深沟，尤在她猫下腰专注于挥臂时，那白嫩的一对便拥到她领口，好奇地向外探头探脑，随着她胳膊的挥动悠来荡去悠来荡去……

这白嫩的悠荡里散着一股催眠的魔力，目光一旦投入，便再无能逃脱。直到她挺起身，冲你扭过头来，你才如梦方醒。那目光空落落地茫，如诱人的陷阱，引你渴望栽入其中；唇边绽出一朵媚笑，那是布在陷阱旁的迷人诱饵；她一只手正摸向胸前那颗伪饰的扣子……你干涩的喉咙终于发了声。

"我出去吃点东西！"你说。

不过，你也不能肯定。你以为自己说了一句话，在别人听来，也许只是一声惊呼或干嚷。事后回想起来，你如此的逃遁，就如同见了鬼。

等你回来时，发现房间打扫过了。你再次做君王巡视领地状；的确，房子依然破败，但可以住人了。

你对住房的要求并不高。这就很好！你满意了。这不仅仅是价钱的问题；任何一间屋子对你来说，都不过是一时居所；你对任何一套房子来说，都不过是位匆匆过客。房子什么样，又与你何干？什么样的房子你没住过？从地下室到简易棚，从筒子楼到四合院，从小旅馆到大饭店，那廉租房更不用说了。无论住哪儿，一个共同点就是，你都住不长；你就是一只道地的浮萍，始终处于漂移途中，无处也无法停靠。于是，那些住房也便都现出同一个面目特征，就是陌生；推而广之，便把这整座京城也都一同陌生了，连同这城里的人。往大街上的人流中一站，你不过是被人随手丢在河中的一块石子；展目一望，那打你四周流过的都是偶然，永不再回头。

窗外天光渐暗，悬浮在半空中的雾霭也把那刺目的针芒收尽，只落下了一团铅灰，沉沉地当头压下来，里边仿佛包藏着什么阴谋，要对这个世界进行暗算；下面的那片矮趴趴的房顶，胡同里的人，那条城铁线以及城铁那头的繁闹街市（包括你自己），都将是这场暗算的牺牲品。他们还毫无知觉呢！或许早有所预感（就像你一样），但却无能为力，只有等着瞧。对，等着瞧吧！"等着瞧"总是叫你产生一种莫名的快感，一种审美快感，就像一部优秀小说激起的悬念……就你在窗口张望这工夫，城市忽地上了灯，远远近近一片片的灰黄；城铁像一条闪着亮光的游龙，发着刺耳呼哨，在灰黄的夜色里往来穿行；胡同呈现出一条深不见底的笔直黑沟，沟沿则显现出参差错落的两岸；除非有一辆车驶入，两道雪亮的光柱瞬时将这层夜视幻觉撕破。你特意向那间屋顶阁楼扫了一眼，只见一个洞似的窗口。紧接着，你的视觉被一阵信号灯似的频闪击中了。那是位于这幅城市夜景图尽头的一幢孤起的大厦，楼顶上的巨幅霓虹广告牌开始向城市夜空发送信息；五颜六色的光束交替变换，穿过黑夜，穿透悬浮于半空的沉沉雾霭，极力把音讯播向远方……

无疑，你脊背又感到了那种芒刺般的逼视，屋内潜伏着的眼睛们借着黑夜复活了，这是你早预料到的。你从窗口转过身来时，屋里已是一片漆黑；你几乎都能看见黑暗中一只只眼睛在冲你眨动。此刻，你坦然得多了；你踱着方步前去开灯，你暗自庆幸此前已摸清了房间内设施操控的全部门道。你把房间内所有的灯——顶灯，壁灯，台灯，门廊灯，床头灯——尽数打开；尽管如此，那亮度依然不如白昼的日光，总有些边边角角隐匿于晦暗中，给那些敌意的注视提供了庇护所。即使是在灯光明亮处，那些眼睛也并不能像在日光下那样给完全掐灭，仍旧让你感受到断续的冷冷的刺痛。在这种情况下，在这样一个依旧生冷的房间里，你想安心做点什么，比如坐下来翻一翻小说，哪怕是打开电视看，都几乎是不可能的，更何况白日里的奔波已使你身心俱疲，你只想躺倒安睡，可是不能。你必须把这房间的生冷先给它滚热。你站在屋子中央，开始慢慢脱衣服，就跟周围坐满了观众在观看你的脱衣表演一般；每一件都脱得和缓而有所用心，撩拨而带有一些示威；脱下的衣服肆意往床上一扔，直脱得一丝不挂。你温热的肢体立刻感到一阵粗糙生冷的叮咬，叫你几乎想皱缩了；但你没有皱缩，你硬撑着伸展开，带着一副威严做巡游状，如同一位帝王在展示他的新装。你走到窗口把窗帘全部拉开，假如对面有一什么人在往这边窥视的话，保证他（她）能看到你；如此一念间，你的后脊竟爬过一阵快意的战栗。

"让能看见我的眼睛都大张开吧！"

你明晃晃地在窗口站了个够，远近地搜寻着那可能躲藏在某处窗帘后的眼睛；你眼前开阔得只有脚下那一片一览无余的矮趴趴屋顶。失意之余，那巨幅霓虹广告牌下的无数小窗洞的某一孔洞中可能存在的一架高倍望远镜给了你些许慰藉。也许还有那只天眼吧！你把注意力收回到生冷的现实。只有一个你在其中可以尽情赤裸的房间，它才真正属于你。于是，你拖着你的肉身，四处去晾晒、去熏染、去温暖，以驱除房间里的那股生冷的异气，以尽快彰显你存在的印迹；特别是那些晦暗的不易被你抵达的边边角角。你甚至去了厨房，在那油腻腻的灶台、散布着食物残渣的水池和发出腐臭的垃圾桶中间辗转了半天；最后你带着满身厨房里的酸腐迈进了卫生间。

卫生间是你最在意的住房设施之一。它不必华丽，但要干净整洁，能洗澡；浴缸完全不必（有了你也不用。躺在里面泡澡固然舒服，但公共之物其洁净度大可怀疑，即使是在大饭店里；且泡澡之时是一个人最脆弱之际，极易引发种种不测，尤其在一个陌生的房间里），淋浴即可。洗发水和浴液新换了两瓶，但你不会用，你宁可用自带的，因为你不能确定里边到底装的是什么东西；你脚上的拖鞋是你随身带了多年的破烂货，穿着却舒心；在一个陌生的房间里穿上不知什么人穿过的鞋，更觉脚下断了根基。浴帘给你换了一个新的，你也不会用；你把它扯到尽靠一边。你倒宁愿没有，它会阻断你对外界的感知，形成一片晦暗不明的广大区域；你洗澡的时候，需要时刻保持对屋内情形的明察；你连卫生间的门都敞开着。对啦，还有那面镜子！镜子是污秽而邪祟的；它具有极强的记忆力，专门记录那些不洁和凶险，不定什么时候它就会使那些记忆重现；特别是卫生间里的镜子，特别是陌生住房卫生间里的镜子。你知道这房子里都住过什么人？都发生过什么事？那面镜子全知道；它会把它所看到的一一记录，不定什么时候就播放出来给后来者看。上面那道斜过镜面的裂纹更增添了一层凶险，就像一张强盗脸孔上斜切下来的刀疤。这样一张脸孔会向你道出什么样的秘密呢？一只向你伸出的沾满鲜血的手？一具泡在浴缸里浮囊着的尸体？一双紧紧交接纠缠在一起的肉身？一个给发霉的钱堆埋死的巨贪？或者仅仅是一个正吸食冰毒的瘾君子？……你只是站在浴缸中冲淋浴，尽量不让水流模糊你的视线；你一边冲洗身体一边留意着四周的动静，特别是屋内；你不时地朝浴室敞开的门口溜一眼，看看那里出没出现一只人脚或者一道身影。你尽力不往镜子里看，可你总是禁不住引诱似的，间或向里面偷觑，就如同一个面对恐怖故事的孩子，既怕又想。不！那面凶险的镜子一直对你讳莫如深；它就像是一张饱经人间险恶的老人的脸，平静而冷漠，透过那重重淡薄的水气，它呈现给你的始终是你自己的只形单影，乃至你对自己形影都感到惊异惶恐了……

你光着身子从卫生间里走出来，身上散着腾腾热气；卫生间里的热气也追随着你一同跟进屋内；你的这股浓烈气息，迅速弥向屋内各个角落。好！你满意了。这是把房间尽快滚熟的好办法；它会驱除屋里的邪异，打上你自己的标记。不过你的这层热气显然太稀薄，远不足以在屋内留下什么痕迹；它散尽后，屋内原有那只生冷粗粝的气味狗又反扑回来，把你团团围住。你不想再抵抗了；你把胜利的希望交给时间，随着你在这里居住时日的深久，你自会在这里扎下根。你在白日里获得的疲惫，让你迫不及待地想要上床了。上床是要关灯的，这是你的习惯，尽管你很不习惯陌生房间中的黑暗。你强忍着扎在皮肉上的麦芒的刺痛，把灯一个一个关掉了；你知道，你只要想在这里住下去，这一关你是逃不脱的：你必须用你的肉身来喂养黑暗中那无数生冷又刺人的眼目，直到它们像葡萄一样熟透掉落。但那金丝绒窗帘你还是一直大敞着；你喜欢窗外城市的灯光在屋内的映射，那遥远的霓虹在你床头的墙上不停地变幻着色彩，橙黄的，丁香紫的，忽地又宝石蓝了，像是一位远方的朋友在打着暗语与你交流，帮你驱除着你的新居中的生冷。

直到你躺在床上才意识到，这套陌生的房子里最陌生的东西就是你身下这张床。你疲乏的身体沉沉地向下压去，似乎想陷进那席梦思床垫里；弹簧们硌硌棱棱顶着你的身体，吱吱咯咯叫着，发出报怨，很不情愿你的挤压；你每一动都把你向上推开，分明是要让你离它们远点。你耍起蛮来：我就不走，怎么着！你翻过身来趴着，伸开两手扒住床沿，脚趾钩住床帮；你特意蠕动起身子，试试自己把握得牢不牢靠，就像一对冤家故意相互招惹挑斗。床的怨气减弱了，也推不动你了。你暗喜自己第一个回合就占了上风。于是，你驾着沉甸甸的疲乏之舟，忽忽悠悠飘浮起来。在这沉寂的夜半时分，你听见了雪粒飘落的声音，细密稀微一片窸窣。听了一阵你马上意识到，这并非是落雪，而是灰尘。这也证实了那位红衫姑娘的话是对的。明天早上一觉醒来，你将会发现整个房间被一层落雪似的灰白尘埃所覆盖，包括床上的你，要是你一直这么躺着不动的话。那就由它去吧！刚想到这里，你在肩背上便感到一个寒冰般的触摸，那冰感迅疾向你周身扩散开来。你在这激冷的刺激下本能地要打个寒战的，可寒战还没打出来，你的身体已僵住了。那是一只柔软的手，柔软又冰寒。就在那手抽离的一刻，你能动了；你激灵一下坐起来，看见你床头站着一个女人，似乎正年轻。

"这床是我的！"她说。

她说话了吗？你不能肯定；你似乎并没听到她的声音，甚至没看见她嘴唇的动作，但你已经明白了她的意思。她一副刚刚出浴的模样，一头长发湿濡濡地散在肩头，肩上还披了块浴巾之类的东西；身上是一件白色丝质睡袍，透过那层薄薄的料子你可以看见她赤裸的蓝幽幽身子；黑暗中看不大清她的面目，只觉出一片清冷的白；从她身上散出阵阵异香。

"我来的时候你并不在，怎么说是你的床？"你辩道。

"这是我的床！"她又说。声音有些发颤，带上了哭腔，像是在恳求你把什么贵重的东西还给她。

"要不咱们把服务员叫来！"你伸出手要去按床头柜上的那个按钮。

"算啦！"她马上说，似乎宁可不叫。

你缩回伸出的手臂，"那我们只好一道睡了！"

她并不犹疑，兜头甩掉那件丝质睡袍，便在你身旁挤出一个容身之处；她卷曲起那青蛙似的身子紧着往你怀里缩，"给我暖和暖和，我都要冻死了！"她的确在发抖。你感觉怀里抱住了一个冰坨，那身子光滑如冰。尽管冰冷，但并没妨碍你的雄起；你早已充满期待地挺起了一根雄壮的马屌。从敞开的窗子，传来城铁线上马群呼啸而过的奔突和嘶鸣；马们正在进入极度的亢奋，相互追逐、撕咬、交欢；你从中受到深深的鼓舞。她的身子正像她的手一样寒而且软，你就像在和一大团冷面；她的身体里是滑而且冷的，像一个冰洞。你相信，依靠你强劲热烈的雄起，能够使她回暖，能够把她浑身的冰寒消融。你不懈地一下一下努力着，越往她的深处那寒气越重，你便一次比一次往那更深处进发。那里似乎才是你渴望的一种存在。没错！此刻你受到的正是那种强烈的对回家的渴望的驱策。你要回到埋藏在她深处的那个家。在你的不断努力下，她的确回暖了；她体温在上升，她像一块冰一样在消融；她在你怀里越缩越小，直至化成一摊水，渗进你身下的席梦思床垫里，只在褥子上留下一个四肢摊展的人形。她那最后一声痛苦呻吟久久在那人形之上流荡……

你从床上爬起身，开了灯，呆望着床垫上那片人形的湿迹，大惑不解；你朝身上一摸，浑身上下水淋淋的，就像刚洗过澡没有擦。你伸手抚摸着那片湿乎乎的人形，心中怅然。你又听见灰尘在暗夜中的无声飘落，又看见城市远方那块电子广告牌在你房间里散射出的五颜六色的讯息。你恐怕难以成眠了，尽管时值午夜，你还是把手伸向了床头操控台上那个召见按钮。

2014 年 7 月

活埋艺术家

最后一锹土在我头顶落下，我听到猪头憨笨的离去脚步，伴着锹头拖在他身后地面的尖利噪响。我跟他说过无数次，在这一刻，铁锹一定要拿在手里，不要在地上拖，那动静很扎人的。他回回答应得好好的，回回把那破锹在地上拖，真叫我没脾气。唉，谁让他是我儿子呢！谁让他是我的傻儿子呢！可话说回来，他要不是我儿子，他要不是个傻儿子，也不会这么一心一意跟在我身边。我只好自个儿找平衡：做人不可能事事称心，有一得必有一失。还是我自己来调整状态吧！我稳住心神，尽力排除掉干扰，把那口气开始往下送；我眼前的无尽黑暗中，慢慢地透出一抹钢蓝，有点像破晓前的夜空。好，还不错！就这样，我又深埋于地下了，陪伴我的只有这口陪伴了我半辈子的金丝楠木箱子。我衣食住行事事率性邋遢，唯独对我这口楠木箱子着意讲究；每次表演完毕，我都用一把专用工具把嵌进雕花图案里的泥土一丝不苟地剔除干净，再用一大块柔软的鹿皮细细擦拭，就像擦拭我刚出浴的心爱的美人。年深月久，这口箱子焕出一种象牙般的光泽和质感。每次我上场前，都是箱子先行；我这老伙计只要一亮相，无不激起全场一片惊叹。它是我吃饭的碗，它是我表达的手段，它是我安适的家——它是我的活棺材。别看猪头埋我的时候大大咧咧笨笨磕磕，他把我挖出来时可得小心了；他绝不能碰坏我这活棺材一毫一毛。他碰坏一次我揍他一次，叫他万万记住这东西的宝贵。我跟它太亲密，我在它里面浸淫太久，我的肉身从里到外都沁透了它独有的香气。我一次次地安卧其中，埋入地下，也一次次地给挖出来；终有一天，我将永远安卧其中，再也不出来了。我预感到，这一天不远了。曾有一位朋友问我，"是因为金丝楠木的这种香气，你才选它做箱子的材料？它可是防虫蛀的。"不错，我很得意它这股香气，有它融融相伴，我便卧得稳，卧得深，卧得更长久。每到这时，在地下黑沉沉的死寂中，我便被四周围袭来的一片细密的沙沙声所吞没。我知道那是泥土中的虫虫们在磨着一对尖利的牙齿，试图对我进行侵犯；毕竟，分解埋入泥土中的肉是它们的天职，不过，它们却遭遇到了一道天然屏障——我的金丝楠木箱子。于是我越发地对我的箱子得意起来。忽然有一天，我却又得意不起来了；我脑筋一下子转过弯来，像是挨了当头一棒：要是埋在箱子里的是块死肉，这金丝楠木还挡得住虫虫们的进攻吗？我幡然醒悟，其实抵挡住虫虫们的并非什么金丝楠木，是憋在我肚子里的这口气。

不！不是的……我估计你们十有八九都理解错了。我可不是那种把自己来个五花大绑，封死在棺材里，埋进地下，然后在规定的时间内巧妙脱身的杂耍艺人，这种人在我过去为之效力的马戏团里就有。他们那套把戏我再清楚不过，他们玩的是智巧，他们越灵便，越是对观众们的一种戏弄。说实话我根本看不上他们。我干吗要脱身？我就踏踏实实在地底下埋着。我靠的是诚实和真功夫来赢取观众。艺术的真谛不就是"诚实"二字吗？我要让观众们亲眼见证，我是怎样突破人类肉身极限的。从最后一锹土填埋上，我就知道观众们也和我一样在屏着气；他们大气不敢喘一口，眼珠子都快瞪出来。随着时间一分一秒地过去，他们的脸都憋成了猪肝；他们已经倒了好几口气，可掩埋我的那厚厚土层仍旧毫无声息……直到他们忍无可忍地唏嘘哀叹，再不抱任何希望了，我却从我那口活棺材里走出来，向他们致谢；他们则向我报以热烈的掌声；我知道他们是真诚的，是我用我的真诚换来的。对于一个艺术家来讲，还有什么比这更令他欣慰的？不过，我对此并不感到满足。我总觉得我还有潜力，还可以把时间再往前延展一点，再延展一点，哪怕只延展一分钟，也是一个进步和提高。真正的艺术家都是要不断突破和提升自我的嘛！遗憾的是我们老板裘团长可不这么看，他认为一切要以安全为第一。他不仅关注我的人身安全，每次都不忘在演出现场立一块醒目的牌子，"专业表演，切勿模仿"，以警示观众。他总是在我预定的表演时间结束之前给猪头下命令："快把你老爹刨出来！"这也是一件叫我没脾气的事，猪头听他的；我对他的嘱咐同样不起作用。我很丧气，多年来我就是在他这种强制性的呵护下残喘维计，毫无成就感可言。裘老板反复跟我讲："我真担心有一天挖出来的是你的尸首。"任我磨破嘴，也打消不了他这一担心。关于这一点，我曾无数次地跟他争吵过，以争取我的权利。我给他举出鲜活有力的例证，作为我的论据。我说："西藏的活佛上师，有的可以在地下埋上一个星期、埋七七四十九天；印度的高僧甚至埋上一年半载的不在话下。艺术家就要有这样的雄心。"他现出一脸的不屑："你不要忘了，人家都是僧人，是有宗教信仰的。你呢？"我得承认，他这句"你呢"很刺激我。我抢白道："你怎么知道艺术是在哪里结束的，宗教又是在哪里开始的？你划得清它们之间的界线吗？"他给噎住了，可这并不等于我说服了他。他依然故我。回想起这些往事，也许这是我们最终分道扬镳的根本原因所在。

他是为我好，这一点我很感谢他；另外，他也是不愿意在他的团上出事，这一点我很能理解。他之所以这么严格地把持着我的表演时限，我想就跟我出过的那档子事有关；那次他挖出来的，差不多就是我的尸首了。这件二十多年前的往事，后来他虽再绝口不提，但我能感觉出他一直是心怀耿介。那时我还是个二十几岁的毛头小子，刚刚出道；裘老板的先父老裘还掌管着团里的大印，我跟当时的裘老板只是哥们弟兄。那时候我还没有我现在这口金丝楠木箱子，只有一口普普通通的棺材板，表演的时候我躺里边。表演完毕时，总是由年轻美貌的演出助理瓢瓢伸出一只手来，把我从棺材里搀扶起，引向观众们谢幕。我们一边谢幕一边眉来眼去。那只小手纤滑柔嫩，那对睫毛下扑朔的眼风总是对我躲躲闪闪，像在跟我玩着捉迷藏；每当我坚信捉到她时，她便丢下一个谜样的微笑的蝉壳，脱身溜掉了。就在我们这么反复捉了迷藏后，我越发地相信那眼风背后隐藏着一个熬人的事实，以至我在进行表演时，总是迫不及待着地盼着从棺材里站出来的那一刻。终于有一天演出结束后，那是南方的一个阴雨绵绵之夜，在我们露营的帐篷里，我跟她把那个熬人事实落到了实处。猪头就是那一夜造下的孽种。在接下来的表演中，我就发觉我的气不够用了；先是气沉不下去，全堵在胸口；再就是思绪纷乱而无法控制，瓢瓢的身体像是遭肢解了一般，在眼前黑暗的虚空中一块一块地飘过来飘过去——大腿、胸脯、嘴唇、媚眼……把我的意念冲成秋风中的落叶。在这纷乱中，我仅存的那口气很快便耗尽；我已深感窒息，而深埋在地下的棺材里的我却呼告无门，这时离表演结束至少还有二十分钟……据老裘后来讲，等他们把我挖出来一看，我浑身青紫。我想这就是裘老板要严控我的表演时间的原因吧？我要是不离开他，这辈子我都不得解脱。孩子一生下来，瓢瓢就跟着她爸离开了我们这个四处打游击的草台班子，回到老家烟台，在市杂技团落了户，瓢瓢他爸毕竟是当地一位硬气功名家。猪头（这成了他后来的名字）就跟着我四海漂泊，在漂泊中一天天长大；我发现他越长越发的猪头猪脑了，两只大扇风耳，凸出的鼻吻，短粗平直的脖颈，活脱就是八戒再世。猪头就一直跟着我这么东奔西跑了二十多年，到现在也不曾上个户口。一是我觉得没必要上，户口这玩意不过是拴人的一根绳，像我这种人是不适合被拴的；再者说，即使我想拴也找不到地方了，东奔西跑了大半辈子，我的家乡（或者说户口所在地）早在一路的滚滚风尘中消逝得无迹无踪。可有一点我却谨记在心，也把持住了：从瓢瓢以后，我再没碰过女人。

　　裘老板当家后，我跟他的矛盾日益显露出来。我想的是如何提升我的艺术境界，他想的是如何讨观众的喜欢，说白了就是要把我们卖上一个好价钱。就在我倾尽血本打造我的金丝楠木箱子的时候，他却在为我打造一口大玻璃水缸。他总是批评我封闭保守，缺乏创新精神，他对我的土埋已经腻味透了。他一再跟我讲，埋在土里，观众们看不见，虽然可以刺激起一定的期待心理，却不具有观赏性，要知道观众们的耐心是有限度的。现在一切艺术都在讲究视听效果。他建议我改土埋为水埋。他说了几次后我没理他这茬儿，他便指使人动手实施起来。我感觉到在我们从前的友情中掺杂进了一些不和谐音，这我能理解，人家现在毕竟是老板了嘛！我不得不接受他的安排。他显得热情高涨，还亲自参与我的演出策划，声称要增加表现手段，利用现代高科技的声、光、电强化演出效果什么的，"你想想看，"他说得眉飞色舞，"让不停变换着的色彩从玻璃水缸中穿过，伴着你神秘的闭目屏息，再配上梦幻般的音乐，那感觉跟你埋在土里谁也看不见完全不同吧？"我未置可否，到底怎么样一试便知。结果不出所料：我对水这种掩埋介质几乎无法适应。水的动荡性和浮力叫我安定不下来；无论是身体上还是心理上，尽管大玻璃缸的盖子扣上后，有两个卡子卡到我肩上，把我固定在水底。水的浸润和压强并不能使我放松，反倒分散了我的专注力，总感觉四周有异物在骚扰，它们吵闹着要往我的耳朵里、鼻孔里、眼睛里、嘴巴里钻；变幻莫测的灯光透过眼皮不停地刺激着我的虹膜，似乎在提示我观众的存在。这个意念一旦进到脑子里，便挥之不去；我不由自主地就把眼皮微微撩开条缝，向外丢去匆匆的一瞥；这一瞥足以令我惊心。不大的看台上却也黑压压的一片，光线通过水的折射，将一张张脸纠结到一起，像一个长了无数眼睛、身体不停地变色的巨怪，贪享着玻璃缸中的我。难道说我的苦心孤诣就是为了叫这样一只怪物受用的？这个念头一直纠缠着我，自然在水里坐不安稳；我的成绩与土埋相比大幅缩水。我对裘团长说："我还是不跟他们照面的好。"裘老板对我的成绩并不感兴趣，他上心的是票房。从票房来看，我的业绩倒比从前可观了。观众买账啊！不过，为了照顾我的情绪，他同意保留我的传统节目。我心说："你这新花活长久不了！"果不其然，我的直觉很准。观众们的兴味不久就转到别的节目上去了。

大半辈子了，天南地北地闯，也闯出了些小名气，甚至在电视台《天下奇人》栏目里露过两次脸。不论走到哪儿，我只强调一点：我是个艺术家。今天回过头去一看，所谓的名气都是那些与你毫不相干的人贴在你身上的与你毫不相干的标签，它唯一的用处就是告诉人们你不是什么。你走到哪儿，这标签便带到哪儿，你想摘也摘不掉。也许只有时光能清除掉它们留在你身上的不适痕迹了。曾贴在我身上的一个标签便是"大气功师"，还有传言说我功力如何如何高强，有起死回生之术云云。我们大汉民族真是一种惯于制造"神话"的生物。光为你制造了神话还不算，随后就有人找你办事了：算命的，求子的，看风水的，想升官发财的……每遇到这样的人，我便告饶似的苦笑道："我哪是什么气功大师，不过是个小小艺术家。"人家不信，还要说你谦虚，甚而怪你不肯帮忙。为此裘老板常常骂我："大傻逼！到手的钱不赚，还往外推。哪有你这样呆的！"其实我并不是像他说的这样，我有我的原则，能赚的钱我当然要赚，赚不了的一分不赚。比如有一次，一位中学教员找到我，说他爸攒有一笔钱，临终前也不曾交代放哪儿了，现在死活找不到，想叫我帮着找找。我来到他家，根据他对具体情形的描述、他爸的秉性、他的家居环境，再加上我的直觉判断，不费什么事我便锁定了目标。为此，我收取了一定数目的酬劳。有过几回这种事，我的名气也大增，这反倒给我招来大麻烦。我最怕的是那些有来头的主儿，那是由不得你分说的。或许我最终就栽在了这上头。几年前的一个初夏，我们班子一行巡游到了芜州，刚扎下营盘，我正在打理我的家伙事儿，为当天晚上的演出做准备，裘团长就过来了，神秘兮兮地对我说："市公安局长大人召见！"我一听就不是啥好事，挥手说："不见不见，我正忙着呢！"裘老板当时就瞪了眼："别他妈不识抬举，你要知道这是谁的地界！"我只得顺从地跟着来人上了车。在车上，来人简单地向我说明了情由：任局长是个大孝子，老母亲癌症晚期，希望借大师的功力，驱除病魔，必有重谢云云。我到那儿一看床上的老太太，岂止是晚期，人都脱了相，光剩一把骨头了，连猪头都看出来没救了。我只说了一句话："任局长，请给令堂准备后事吧！"他先前的客套一扫而光，冷冷地横我一眼："我请大师来，就为听你这句话吗？"我说："恕我无能！"我马上又补充道："任局长误会了，我不是什么大师，只是个小小艺术家。"我的预感没错，那是我的最后一次随班演出；演出一结束，裘老板就提出了解除我们的合作协议的请求，并按协议规定赔付了我一笔钱；同时也解除了我们三十多年的友情，如果说我们之间有什么友情的话。我并不怪他，甚至可以说这正中我下怀呢。或许潜意识里，我一直在盼着这一天，这是早晚的事。对此，我早已处之淡然，我们人生中的一切最终都要被解除，不是吗？

我带着我的猪头，他蹬着板车，拉着我和我的唯一家当——我的那口宝贝活棺材，开始了新的满世界的游荡。我唯独念念不忘的是我的活埋艺术，如何提升我的艺术境界。我现在可以毫无挂碍地一心一意地刻苦修习了。我的目标是要把自己埋上一个星期，埋上七七四十九天，埋上一年半载，乃至更长。我把全部精力都用在技艺修炼上了。有一天，想不到猪头竟打他那张猪嘴里冒出一句人话："我的老爹呀！你憋气憋了一辈子，别老憋着，也该喘口气了！"我又惊又喜，说："傻儿子，这世上早已没有你爹喘的气了；要有，你以为我愿意憋着？我现在惟一的出路就是把这口气憋到底。"我也不知道他听懂我的话没有。其实这许多年来我一直在思考一个问题：对一位艺术家来讲，观众是必需的吗？他的艺术是因为观众而存在的吗？还是仅仅为了艺术创造本身？直到这时，我不得不承认一件事（这也许是同一个问题的另外一面），一件我一直不愿承认的最要命的事实，那就是我内心的恐惧。我真担心有一天，我给埋下去，再也出不来。我就知道我的一个俄罗斯的同行，被几个朋友埋下去后，那哥儿几个就去喝上一杯；一喝起来不要紧，便把他完全丢到脑后了；等想起他来，也只好永远埋在里边了。我自己不是也发生过这种事吗？那还是有可靠的助理在身边的情况下发生的呢！也许正因为这些可靠的助理的存在，这么多年来我的艺术境界始终它没多大的长进。现在我身边只剩下猪头一个了，他绝不是个靠得住的助理，虽然怀有难得的忠诚。摆在我面前的只有两条路：要么听猪头的劝告，要么对猪头绝对信任。我还有什么好选择的呢？我让猪头结结实实把我埋了。我把最后那口气沉得再深些，两眼紧盯住无尽的黑暗中隐约亮出的那一抹钢蓝……

2015 年 7 月于别府

电梯之恋

然后他们走进了一部升天的电梯

"请问，到哪层？"电梯工说。

"哪层都行。"进去先生说。

"到顶层吧！"出来先生说。

"这就是顶层。"电梯工说。

"那就再往上加一层。"出来先生说。

"再加高点。"进去先生说。

"一直加到天堂。"出来先生说。

　　　　——司各特·菲兹杰拉德《五月天》

　　……双脚把我带向电梯。

　　电梯门前空敞又肃静，就像在节假日里，人去楼空了。说不定现在真是在放假呢！我这么想着，怀里抱着的一大摞文件资料立马跳将起来，铮铮否定了这一假想：这只是你的一厢黄粱。不错，现在不过是一个工作日的短暂午休，而我却还得利用这点空闲，加紧工作。我扭头朝身后的长走廊望去，两边的门一扇挨一扇紧密排列着，一直通向遥远的尽头；楼道里昏暗杂乱，脚下不定何时就会给什么东西绊一下；头顶的灯多半都在发着帕金森，颤抖不已；墙壁上贴满了海报、广告、招聘启事之类，一层一层覆盖上去，实在覆盖不了的就一把撕下，在墙上留下了一片片斑秃；一股由厕所、电器、饭菜散出的三味交混气，在窒闷的楼道中弥散着，你从中可以分辨出油炸带鱼、韭菜馅饺子、大蒜烧扁豆等美味佳肴；它就像一种具有安神作用的芳香剂，带着股暖香，使人紧张的神经放松下来，给人以安适。有的办公室开着门，有人在出入，门内几乎每一个小格子间里都埋着一颗人头，不过他们并非在工作，显然都在畅享这短暂的午休时光。我心绪也一时畅然：真是难得呀！

在这幢六十层的电子商务帝国的大厦里，电梯总是最繁忙的地段之一；它就跟我们北京城里的一个重要交通枢纽一样，一刻不停地有人在等候乘坐，门不停地开开关关，吐出吞入。在上下班高峰时间，电梯就成了一听名副其实的人肉罐头，一条条鲜肉猛往里塞，直到把电梯塞卡，发出报警；有时一卡竟卡十分钟之久，引爆罐头内积酿已久的腐怨气，后塞进去的才满嘴牢骚地退出。无论是上还是下，你都得一层一层地往前蹭菇蹭菇蹭菇；那是一辆站站停靠的特别慢车，而终点总是遥遥无期。我因此练就了站着睡觉的本事，往罐头内的人肉堆里一扎，两眼一闭，即刻进入梦乡。我不用担心睡过站，我两头都是终点站。只要我一上了楼，这一整天都不下去了（除非不得不下，就像眼下这样），就在我的小格子间里窝着，工作、休息、娱乐、吃喝、游戏，一刻不离。要不是办公室里禁止住宿，我干脆都想吃住在这里，连房租钱都省了。吃饭当然是打电话叫外卖了。

饭送得不及时是可想而知的，我每天都是空肚子等凉饭；饭凉了倒还好将就，夏天天气闷热，有时候等来的饭菜都有点发馊。当然楼高并非一无是处，古人不是有言么："不为浮云遮望眼，只缘身在最高层。"我就喜欢站在我们办公室的大落地窗前进行远眺（这可是那些来京旅游的人，须得花钱才能看到的项目景观呢）。这一眺，往往给人一种羽化登仙之感，这是只有登临了最高层才体验得到的。阴霾重重叠叠在楼宇间缭绕；也只有那些真正的高楼才能冲破这厚重霾云的封锁，把头从烟灰色的汪洋中昂起，形成一座座孤立的仙岛；特别是到了夜晚，楼体的装饰灯亮起，一幢幢玉宇琼楼便在云雾中缥缈了，叫你疑是在人间。这景致我只儿时在动画片《大闹天宫》里见过，不想我有生之年竟在京城亲证了实景。什么时候倦了、烦了、愁了、不平了、孤寂了、失落了、焦虑了、抑郁了……一句话，什么时候我想不开了，我就直奔那大落地窗，投身到窗外的景致中，当即就忘了自己是憋屈在小格子间里。这景致自有一番慰人的魔力。

我突然意识到，电梯前并非只我一个人。她什么时候站那儿的？肯定她刚到，要不就是我来时她躲在某个角落里了，否则我不会看不到她。她能躲哪儿呢？我四处搜索着她可能的藏身处……然而我的眼睛已看不到别处了，我一心只在她身上；我的心狂跳不止。她不是别的随便一个什么姑娘，她正是我一直暗恋的对象。今天的巧遇尤其让我心跳，让我浑身上下都不知该往哪儿摆，简直想扭身逃开；可我又暗喜时机难得，定身在那儿动弹不得。她加在我身上这种自相矛盾的情感，叫我备尝撕裂之痛。人生中常常会有这种瞬间，人群中突然冒出一个人来，叫你过目不忘，从此便扎进你心里，日夜折磨你。我明知，这应该是情窦初开的少男少女们干的事，我一个三十七八的大老爷们儿还扯这个，真叫人难以启齿。可是我摆不平自己，人生中有几件事是你自己摆得平的？这事我只一个人憋在心里，没跟任何人说过。我也没人去说。我知道，说了也没用。我唯一想倾诉的对象就是她了。在一个个不眠之夜，我脑子里无数遍地演练着下次见到她时该说的话；可一见到她，那些练熟的话就溃散得如风中云烟；嘴巴也摞起来，有口难开，直想扭头逃掉。我承认我是个窝囊废，我胆小我怯懦，面对自己的爱，我无能为力。这就是我的性格，这就是我的命运，我无力扼住命运的喉咙。我的生活就这样一天天在命运的摆布下蹉跎着。

　　说也怪了，回想起来，我们的相遇自始至终都没离开过电梯，我几乎从未在我们商务大厦以外的地方见过她。我们的每次相遇，要么是在等电梯，要么是挤在电梯里，每次都裹挟在一大群人中间，有时她还正跟身旁的人闲聊着，显然是她的熟人或同事。我心里反倒释然：当着这么多人的面，你能跟她说什么？于是我的无能便有了实实在在的借口。只是我的目光穿过人群的夹缝，穿过一张张陌生的面孔或一个个冷漠的后脑，一再把我引向她；她一定是感到了被烧灼，就在她扭转头来回应我时，我反被烫了似的慌忙跳开。我宁愿淹没在人群中对她窥视。有时我们给一齐塞进那听人肉罐头里，有几次我们竟挨得很近，几乎身贴身；我都能感受到她的温热，嗅到她的体味；我低下头，闭上眼，假装睡觉，实则是在把鼻子悄悄伸进她秀发里吸吮解渴，于是我的命根兀自膨大起来……请别以为我是那种趁人多拥挤之便揩女人油水的色徒。在我们这列"特别慢车"上倒真出过这种事，一个四十多岁的样貌猥琐的男人把手伸进一个姑娘的短裙底下，结果给人家紧紧揪住不放，并得到两个见义勇为的青年的大力援助；拉下电梯后移交给大厦保安，他却死不承认，招来一顿暴打。不，我可不是这种见女人就起兴的色鬼。这一方面是因为我色胆没那么大；再者，我只对我钟情的女人有兴趣，然而也仅仅是兀自膨大而已，顺便给这趟"特别慢车"提提速（跟她挤在一块，我感觉这听人肉罐头走得特别快），我还能怎么着呢！更多的时候是我们挤不到一块去，她挤上去，我被甩下了，或者正相反；常常是在四目相对那一刻，我们的目光给电梯门切断。

我始终没搞清她在多少层办公，属于哪家公司。她在哪层下梯似乎没一定；有时下得早，有时下得晚；有一次甚至跟我一直坐到顶，走进我们隔壁一家公司的办公室。我一直试图打探她的底细，通过同事，通过熟人……唉，别提了！我太羞怯，我羞于跟人提起她；我特自卑。我又穷又矬（她不穿高跟鞋几乎与我齐平）；一个小小编程员，京城里无数老大难当中的一个，有何指望这么一个好姑娘对我垂青？说白了，我们商务大厦就是个蚁丘，人蚁每天成群结队地进进出出上上下下，忙乱不停；我们都不过是这人蚁群中一小爬虫，来去如流水，流动性很大；今天人还在，明天也许就不知去向，再也不见其踪影。淹没在这如蚁的人群中，我跟她相遇的几率并不高；这次碰上了，下次什么时候碰上，还能不能碰上，这都不好说。我一直心怀这种隐忧。于是我便时常耽于幻想之中，幻想着这样一个时刻：周围的人群突然如潮水般的退去了，只留下我们俩；或者我们流落到了一座荒岛上，没有别人，只有我们俩；不用再期待，不用再寻找，只有赤裸裸的相互面对……当你痴想一个人而又不可得时，不是常常会耽于这类幻想吗？

她背对着我，肩上挎了一个淡粉的布包，一台苹果笔记本从布包口露出一条银灰的边。她低着头在看手机，她还不时地从手机上抬起头，望一眼电梯门旁边墙上的显示屏。她冷漠的背影向我展现了一个表情：你不存在，可那双来回颤动的脚却向我传达着相反的意思。我的目光一定是刺痛了她嫩白的颈背，叫她烦躁了吧？那应该是一种蚊子式的跳跃的叮咬。我也很不安，我慌乱不安又快乐，我把目光更深地刺进那嫩白的颈背，并随时准备逃跑。只要她一扭过头来，我就……不，不等她扭头，现在就……我的两脚生了根似的挪不动……不，不能跟她同坐一趟电梯，就我们俩……这不正是你一直在等待的机会吗？……就在我享受着她施加给我的这种双向撕裂时，一切都来不及了。电梯门已打开，她踏进门去，转过身来看着我。

"你上不上？"她手按开门键，语气颇不耐烦。

我正想扭头朝身后的长走廊里逃去，双脚却把我带进了电梯。

"谢谢！"我说，声音在抖。就在电梯门合上那一瞬，一个打领带的男人上半身在门缝中一闪，手在门上不满地拍打，"你来不及了！"我心里竟生出得意。

第一次与她独处，又是给逼进这样一个狭小空间里，我的状态可想而知。我感觉浑身细胞都在发酵，滋滋地冒着泡；不，那应该是一股细细的电流从我体内穿过，叫我发颤。我不敢正眼看她，就把目光转向面前的门；电梯内锃光的不锈钢门面恰好把她呈现给我，我还是没有躲开她；我们的目光撞个正着，那一大抱文件资料从我手臂上散落下去。我俯下身，借机舒缓一下慌乱的心绪。

"你到哪层啊？"我听见她说。

"到顶层。"我习惯性地说。

"我们现在就在顶层！"

"哦，那就随便吧！"我早忘了我要去干吗了。

"什么叫随便啊？"

"随便就是……"我在给自己找辙。我发觉错乱之后，我的理智开始重新启动了。电梯也随即启动；就在这时，灯突然熄了，电梯里一片漆黑，"你怎么把灯关了？"

"我没关！我就按了我要去的……"她惊呼起来，"妈呀，不好！电梯怎么了？"

我也感觉到电梯出了问题；它不是在下行，它在下落，伴着咔吧咔吧的巨响和抖动，"快把所有的楼层都按了，从下面开始按。"我一下子记起从前听过的在这种情况下的急救办法。

她手真快！那是我意念里抚摸过无数遍的手，尽管此刻我看不见，但可以想象得到；它们跟在电脑键盘上起舞时的姿态一样：那是两小天鹅舞。我听得见那舞步的欢快踢踏，却看不见键盘上的指示灯。

"不行，不管用！"她急呼道，声音绝望，"怎么办呀？我们完蛋了！"我心头一热，她已经把我跟她捆到一起了。

"你打电话，"我也是急中惊呼，她当真摸索着拿起电梯里报警电话，只听啪啪地按键响。

"不行，根本没有信号，"她说，"不信你听听。"

电话听筒杵到了我脸上。我接过来听，果然听筒里一片死寂，我任它从手里掉落下去。电梯继续在抖动地下滑。

"你再想想办法，"她突然失声扑到我怀里，"我不想死！"

这就是我一再幻想过的，由素不相识到赤裸裸地面对吗？人群均已驱散，只把我们俩隔离在一座荒岛，赤裸裸单独相互面对？——原来荒岛就是这架我们每天乘用的拥挤不堪的电梯，由一层层地停靠突变为一站到底改造而成，而且是一趟单程特别快车，有去无回。不是有这么一句话么："强劲的想象产生事实。"我相信，这一切都得归功于我的想象，只有老天知道，我的想象有多么强劲。令我想象不到的是，我的想象会以这种方式实现。伟大的命运再次战胜了我，但这次是作为一种回报战胜的。我只能欣然接受。

"我也不想，"我说，紧紧把她搂在怀里，"尤其在这种时候。"

"你什么意思？"电梯又剧烈一抖后，似乎终于摆脱了某种羁绊，突然加速了；她嗷的一声抓紧我，把她那又尖又美的指甲深深抠进我肉里，"我们死定了！"

"我的意思是，我愿意跟你一起死。"

"都什么时候了，你还开这种玩笑？"

"我不是在开玩笑，我说的是真心话。"我把脸埋进她的浓发里，吸着她特有的体香，"你不是也愿意跟我一块死吗？"

"才不呢！"

"那你死抓着我不放？你松手，我下去了。"

她又一声哭号，抓我抓得更紧，"不行！不让你走！"

"那你什么意思啊？"

"明告诉你，我不想一个人死，"她说，"死我也得抓个垫背的。"

"巧了，咱们想到一块去了！"

"讨厌！讨厌！"她狠狠捶打我，"不许你跟我一样。只能你给我垫背，我不给你垫背。"

"行！"我显出男子汉的大度，就像谈一笔生意的让利，"都这时候了，我也不跟你计较了。你瞧，我都给你垫背了，咱们还不知道姓甚名谁。我们认识一下吧！我叫郭超人，汉腾科技的电脑工程师。"我朝黑暗中伸出手去。

"我叫安娴，方圆律师事务所秘书。"她还没脱掉哭腔。

"你好！"

"你好！"

摸着黑，我们的手竟然握到了一起。她一伸手就抓到了我的，她怎么抓得这么准？

"不瞒你说，我一直梦想着这样的时刻。"我急切地表白了，我不想把这一秘密带进坟墓。

"什么时刻？"

"就像现在这样，手拉着手，紧紧拥抱在一起，旁边没有任何人，只有我们俩。"我越说越动情，"你没有注意到，人群中有一双目光一直在注视你？"

"人群中注视我的目光多了！人家不管到哪儿，那些目光都贼眉鼠眼地丢过来，烦死了！谁爱理他们。"

"我的目光肯定不是你说的贼眉鼠眼这种。"我辩解说。我感到我的舌头从未有过的灵巧，"我的目光是望眼欲穿的，能望穿秋水……不，能洞穿黑夜，洞穿人群，洞穿铁石那种。你没有过那种被洞穿的感觉？"

"听你这么一说，好像有过。"她的一只手抚到了我脸上，"现在就是太黑了，要是能看清你的脸，也许我能跟那种目光对上号。说实话，刚才上电梯时我都没注意你长什么样。"

"那你现在用手看吧！手也能看出一个人的模样来。"我抓住她那只手往我脸上贴，"就像盲人常做的那样。"

一只柔软纤细的手开始了对我脸的勘探，"嗯，鼻子挺大……又挺又直……眼睛嘛……也还可以……嘴巴，你别嗷嘴呀，自然放松，唉……嘴嘛，不大不小，正合适……脸形是俗称的瓜子脸……头发浓密……总的来说，你长得应该不难看。"

她的结论把我说乐了，"我就是个头不起眼。"

"我还真不太在乎个头。"

"听你这么一说，我就放心了！你知道吧，我最讨厌的是我们周围的人群，无论在电梯外边还是在里边，总是把我们分开；他们往我前面一站，就挡住了我的视线，我想看你都看不着，现在可好，他们全都滚一边去了。"

"你那么想跟我在一块吗？"

"是啊！从见到你第一眼就开始想了。我想啊想啊想……实话跟你说，我憎恶这个世界，这个世界也不喜欢我，但我喜欢你。"我说得来劲，有点管不住自己的舌头了，"我就想，这些可恶的家伙老是碍我们的事，他们什么时候一下子全死光了才好呢，就剩我们俩……"

"啊？你真这么想的！"

"是啊！"我突然意识到言有所失，可也无法追回，只好硬着头皮往下顺，"我要不这么想，我们俩能像现在这样单独在一块吗？"

她又捶打起我来，这回是两只拳头一起上，打得更狠，边打边叫骂："讨厌的是你！你干吗要这么想！你这想法就不吉利，就会遭报应……这下报应了吧？报应了你也无所谓了，把我也给搭上了……我怎么这么倒霉呀！今天遇上你……"

"我的小亲亲！"在她的捶打下，我软成了一团面，"我要有那本事，绝不会等到今天。"

"就是你把电梯弄坏的！你一上来，它就开始往下掉。"

"是你叫我上来的，我本来不想上。"

"那你别上啊！我叫你上你就上啊？"

"那好，我现在下去！"我说。只说不动，"我现在下去，行了吧？"

"不行——！"她又把指甲抠进我肉里，就像我真会跑了似的，"你就待在这里，哪儿也不能去！"

我禁不住笑了，"让我的小亲亲一人掉下去，连个垫背的都没有，那叫我多心疼啊！"

她的哭叫变成了间或的啜泣，她的捶打也越来越和缓，最后演变成了抚摸。我们在黑暗中紧紧相拥相依，在沉默中期待着。那是死刑犯对最后行刑时刻的期待，这期待像一只巨大的炙热烙铁，瞬时将我们烙平，抹掉了身前的一切痕迹，我们成了两张光滑的白板。但至少，此刻我们彼此拥有，在赴死的路上有爱人与你携手，这是此生最大慰藉。耳畔是一片死寂，唯有电梯带起的呼呼风啸。我忽然产生了一种飘浮感，或者说失重感，那是一种向上的推送力，我感觉身体在变轻，这在先前是没有的。

"你感觉到没有？"我说，"电梯进入了平稳飞行状态。"

"什么？飞行？你管这叫飞行？"

"坠落！"我纠正说，"甭管是坠落还是飞行，反正上不巴天，下不着地，在空中飘着呢！"

"得飘多久啊！"

"你还嫌慢了？"我说。我又胡吹开了，"根据爱因斯坦的理论，当物体运动速度达到光速时，时间就会变慢；当你跟一个心爱的姑娘在一起时，漫长的时间就会缩短，把这一刻凝聚成永恒。我们就会进入另一时空。"

"你又在编派人！"她认真地说，"电梯下落的速度再快，也达不到光速啊！"

"这倒是！"

"不过……不过……我的确感觉到身体在变轻，有一种明显的失重感，好像能飘起来一样。"

"你也感觉到了吧？"

为了证实这一感觉，我们一齐起跳。我们的头顶着轿厢棚顶，悬浮了好一会才缓缓落下。我们的身体成了充满氢气的气球。

"这是真的！"

我们手拉手，欢呼雀跃了，就像幼儿园的小朋友发现了一个叫他们开心的新游戏。我们抱在一起，在轿厢里上下飘舞，翻来滚去，跟电视里看到的航天员们在航天飞机上一样。

"你确定，我们是在向下坠落吗？"

她这一问，我倒有些含糊了，"如果不是向下坠落，就是在向上飞升。"

"我们就在最顶层啊，上边再没地方可升了？"

"从目前电梯运行状况来看，就是有可能。说不准从一开始，电梯就挣脱了地心引力，向天空飞了起来。你没听到咔吧咔吧的响声？"

"是你搞的鬼！"我感觉她一根纤细的手指头戳在我胸口上，"你绑架了我！"

"我不是说过了，我要有这本事，绝不会让你等到今天。"

我抱住她亲吻，她惊呼一声脱开身，"你在乘人之危！"便消失在黑暗中。

我不甘示弱："这叫赤裸裸面对！"

我四处摸索着，只听身后又得意地叫起来，"你来抓我呀，超人！你不是叫超人吗？看你能抓到我！"

我反身扑过去，却撞在电梯一角里，她却在我头顶上得意着。我们就摸着黑捉起了迷藏。最终我们都气喘吁吁，正拥抱在一起激吻时，仿佛给惊醒了一般，头顶上方的黑暗中透出了一片澄澈的夜空；随着我们的飞升，夜空越来越透亮，越来越广阔，呈现出满天繁星，一盏明月。我们抬头仰望，不禁发出惊叹。再看我怀中的娴，她清晰地沐浴在这星光月色之下，她的面容泛着宝石样的皎洁。我不由抚上她的脸颊，她优美的脖颈，她丰挺的胸脯，我解开她的衣扣，一颗一颗不慌不忙地解。她也开始了同样的动作。我们相互脱着衣服，动作笨拙又优雅，急切又从容；一件一件舒展地往下脱，舒展又放纵；似乎我们终于可以摆脱现实生活的压迫，开始了一个长长的假期，时间富富有余，应该慢悠悠地享受，享受我们的第一次相爱，或许也是最后一次，这我可说不准。我在想，我终究是不是扼住了命运的喉咙……

昨天，位于北华产业园的电子商务中心大厦发生了一起坠梯事件，这是北京近年来发生的第三起此类事件。幸亏是午休时间，乘梯者只有两人，一男一女；两名乘客都是大厦内办公的公司员工，均已不幸遇难。蹊跷的是，当人们发现他们时，两人几乎赤身裸体，死死交抱在一起；衣服、文件资料、电脑、手机等散落一地；尽管身体已严重变形，却无法将他们分开，两人脸上现出极乐之色。据悉，男死者是单身，女死者刚刚结婚三个月；同事们反映，两人平时并不相熟。女死者的丈夫见此情状，当场崩溃。没有人知道在电梯坠落的那一刻，里面究竟发生了什么。据一目击者称，他亲眼看见他们上了电梯，但就当时情况来看，一切都很正常。电子商务大厦方面拒绝就此事件发表任何看法，但明确否认这是一起人为因素造成的事故。关于坠梯原因，还在调查中。

2015 年岁末于别府

裤裆胡同

出场人物：

心理医师，男，五十来岁的年纪，穿了一件白大褂。

心理症患者，男，一位戏剧导演，年纪与医生相仿；

少年及青年时代的患者。

患者的父亲，北京某剧院院长；

青年及中、老年时代的父亲；

父亲的灵魂。

亚玫，患者第一任妻子；患者父亲第二任妻子；

青年及中年时代的亚玫。

凌芳，患者第二任妻子。

患者的姐姐；

少年及中青年时期的姐姐。

小杜阿姨，患者童年时代家里的保姆。

小茜，剧院的一位年轻女演员。

一位美丽的白衣女郎。

一位妓女。

陶洪钧，男，患者大学同学及同事，现任剧院院长。

时间：

当代某一天。

地点：

北京。

场景：

主要场景为一心理治疗室内。舞台左侧是一扇门，中央摆了一对沙发，沙发前有一张茶几，人物可以坐下交谈话。沙发上方的墙面上挂着一台圆形石英钟，钟上没有指针。茶几上有一个花瓶，里面插了几枝花，早已干枯。舞台右侧是一个大写字台，写字台上有一台电脑，电脑旁边放着一个硕大的水晶球。写字台前面及后面各有一把椅子，在写字台与沙发之间后面的墙上有一道门，像是通向另一个房间。整个治疗室看不到窗子，给人一种密闭之感。

其他场景可根据剧情的进展，利用灯光的明灭随时切换，如患者位于裤裆胡同中的家等等。可以设想出一种旋转式舞台，以便于场景的迅速转换。

第一幕

幕启时，整个舞台上一片黑暗。

患者：（在黑暗中高叫）喂，有人吗？这里好黑呀，我什么也看不见！（一束灯光打下来，笼罩住患者。他在强烈灯光照射下，就像一支影子一样虚幻，没有任何个性特征）喂！——（脚步犹疑，好像一个盲人伸出手摸索着来到一扇门前）好黑呀！喂，有人吗？（光束熄灭。舞台上恢复一片黑暗。转为台下音）喂！——（人撞在门上的声音）这么黑，什么也看不见。（敲门声）喂，有人在吗？（咚咚的敲门声。）

（舞台灯光突然大亮。整个治疗室内场景呈现在观众眼前。心理医师坐在写字台后面的转椅上，前面的那把椅子上坐着一个白衣女郎，呈现给观众一个美丽的背影。她正双肘撑在写字台上，仿佛正与医师亲密交谈。不断传来患者的敲门声和呼叫声。）

医师：（声音洪亮地）有人，请进！请进！

患者：（探头探脑地从左侧门上）这里怎么这么黑呀！要我好一顿找。我都要回去了。

医师：你这不是找到了吗！（白衣女郎从座位上立起身，与医师点头，转身向门外走去；与刚进来的患者正好打了个照面。两人相视，擦身而过。患者扭回头去看那背影，直到白衣女郎从他刚进来的那道门中消失良久，他仍在呆看，让人感觉他看到的不过是一个幻影）你在看什么？（患者没动，医师提高嗓音）喂！请问，你在看什么？

患者：（慌乱地转回身）没……没看什么！（在舞台中间来

回走动，好奇地环顾四周）这就是你们的治疗室啊？

医师：（笑着）那你以为这里是什么地方？（友善地指着写字台前的椅子）请坐吧！

患者：（转一圈后，来到写字台前站定，双手撑着台面面对医师，神经质地甩头）你就是坐在这里等患者上门的吗？就像等着兔子往你这棵树上撞？

医师：（笑着）等患者上门不错，可并不是守株待兔。你以为自己是兔子吗？

患者：不是我以为自己是兔子，是你们把我们当成兔子。我可是当了不止一回这冤枉兔了。明知你是棵树，我偏往树上撞。谁让我……

医师：（笑着）那你就看看这次是不是又当了一回冤枉兔。请坐吧！（患者顺从地在椅子上坐下，医师转向电脑）我们先来做一下登记注册。请问您姓名？

患者：（立刻警觉起来，头神经质地甩动）一定要登记姓名吗？大夫，不登记行不行？

医师：这是治疗必须履行的程序。每个病例我们都要记录在案：病症、诊断、治疗过程、治疗手段、治疗效果等等，要不……

患者：（不耐烦地）我知道我知道，你们收集大量患者病例，为你们所谓的学术研究提供材料，写成书或文章拿出去换钱；或者干脆直接把我们的信息卖掉……

医师：（旁白）典型的人格偏执。（温和地笑对患者）你就是这么理解我们心理医师这个职业的吗？

患者：不是我这么理解，事实就是这样。这种事我见得多了！

医师：好吧！你所谓的事实是什么，我们暂且不论，反正在我这里事实不是这样。我的患者的隐私完全是受到法律保护的。

患者：（从椅子上站起身，明显有些激动）法律！法律不过是半夜里的鸡叫，不过是飞机进行飞行表演时在空中划出的字母，不过是……

医师：（伸手示意）您请坐！……您请坐下说！要不这样吧，如果您不愿意用实名，完全可以用化名……

患者：你在小瞧我。凭什么我要用化名！实话跟您说，大夫，我在各家医院里都是用实名进行的登记，也不差你一家。

医师：那好！那好！

患者：当然，我看医生这事谁也没告诉，我是偷偷来的。（左右环顾，然后向医师示意，隔着写字台向前伏过身去，与他耳语）

医师：对，就该这样！（点头，开始在电脑上操作）来，勇敢点，把你的名字说出来。大点声！

患者：（环顾四周，欲言又止）算啦！

医师：说出来，这里没有别人，只有我们两个。

患者：（再次鼓起勇气，欲言又止）还是算了吧！您不是已经知道了吗？

医师：（无奈地摇头）好吧！——我在哪方面可以为您提供帮助呢？

患者：大夫，（面露难堪之色）我……我……那什么……我……不行……

医师：你什么？……什么不行？

患者：大夫！（突然焦躁地站起来，在舞台中央来回走动；旁白）这一刻总是最最艰难的。您知道，大夫……（走回到写字台前，又伏过身去与医师耳语）

医师：（边听边点头，大声地）这很正常嘛！

患者：（突然弹开）你怎么能说这很正常？

医师：您别误会，我是说这是一种常见的病状，没什么稀奇的。

患者：对您来说当然的了。您是医生嘛！可是，我却有一种病入膏肓之感，感觉没救了。

医师：你能承认自己病入膏肓，这本身就是件好事，这是一个好的开端。最可怕的就是讳疾忌医，更有甚者因绝望而自杀，啧啧啧！（摇头慨叹）实在是……

患者：你什么意思！（怒视）

医师：您别生气！我的意思是说，我见过的患者太多了，比你严重的大有人在。

患者：他们都治好了吗？

医师：（自豪地）那当然！

患者：（似乎看到了希望）听说您是从美国回来的？

医师：（点头）是这样！

患者：哥伦比亚大学精神医学院的博士、教授？

医师：（点头）没错！

患者：有过十五年以上的临床经验？

医师：（点头又推手）嗯哼！

患者：（兴奋地）所以我就找来了！（踏踏实实地往身后的椅子上一坐）

医师：那你算是找对人了！既然这样，作为医生，我请求你一件事情：把你的病症坦坦然然地说出来。

患者：（面露难色）大夫，既然您已经知道了，就算了吧。

还是不说的好。

医师：不行！你必须敢于正视自己的问题，这是开始治疗的第一步。说吧！（做着手势）说出来，勇敢点！

患者：（环顾四周）我……我……说不出口。

医师：说吧，这里没外人。

患者：你确信？……这里没有窃听器、监控录像之类的设备？

医师：你放心吧！你就是在这里放大炮，外面也听不见的。（拍一拍身后的墙壁）你瞧瞧，多厚实，简直就是一座防空掩体。这就是为什么我们要把治疗室设在地下二三十米深的原因，绝对保证患者的安全。你尽管大声说，我把耳朵捂起来（做捂耳状），就像你对自己说一样。

患者：（突然拍案而起，头不停地甩动）你什么意思！老是逼你的患者做他不愿意做的事！这是完全违背一个心理医师职业原则的。我还没见过……

医师：（旁白）他倒比我还明白！（摆手）请息怒！这是我首创的心理休克疗法，看来这一疗法对你不适用，你是那种坚决拒绝休克的一类。好吧，这一程序我们略过，进入下一程序。（轻松地向后仰靠着转椅，把双脚翘在写字台上）那就说说你的病史吧！

患者：病史？（茫然地）什么病史？（仍在不停地甩头）

医师：就是你的症状啊！你这种症状什么时候开始出现的？有什么明显的原因吗？

患者：什么时候？（现出深思状）我好像记不得了，好像好久好久了，好像从一开始就……

医师：你说从一开始？一开始是什么时候？

患者：（突然双手抱头，慢慢坐下）请原谅，大夫！我现在不能想事，特别是不能想以前的事。一想我就头疼。

（医师从转椅上站起来，绕过写字台走到患者身边，拍拍他的肩。）

医师：来吧，我们坐到沙发上谈。这样舒服些。（引领患者到沙发前，患者顺从地跟随。两人在沙发上落座，患者仍保持双手抱头的姿势）别急，我们慢慢来。那么，你告诉我，你结婚了吗？

患者：结了——结了又离了。

医师：结了几次呢？

患者：（努力回想）结了两次……唉，不对！结了三次……不对，是两次……（把手拿开，不耐烦地）哎呀，反正是好几次啦！结了离，离了又结，谁搞得清。

医师：为什么离婚呢？

患者：（恶狠狠地）还不是因为……这些个女人，就像我上辈子欠了她们似的，这辈子讨上门来了……

（舞台灯光慢慢转暗，两位演员消失在黑暗中，身影在黑暗中影影绰绰隐约可见。亚玫和凌芳分别从左右两个门上场。黑暗中看不见她们。这时一束淡蓝色灯光打到舞台左侧，亚玫在灯光中出现。）

亚玫：没别的，我不过是想要个孩子。作为一个女人，结婚生孩子，这不是再正常不过了吗！这点要求不算过分吧？

（淡蓝色灯光熄灭，亚玫消失；一束粉色灯光打到舞台右侧，凌芳在灯光中出现。）

凌芳：嫁给你不图别的，就图过个安稳日子。可是没有孩子，那能叫生活吗？就我们两个人，空荡荡的……

（粉色灯光熄灭，凌芳消失；淡蓝色灯光开启，亚玫出现。）

亚玫：咱爸说得对，我们俩都还年轻，可以再生一个嘛！也不能因为一个孩子没了，就一蹶不振了呀！

（两束灯光就这样一明一灭，相互交替着把两个女人呈现在舞台上。）

凌芳：我岁数都这么大了，再不生孩子恐怕这辈子就再也生不了了。一想到我将无后，心里就发毛，我就感到害怕。我跟你说，我心里特别着急……

亚玫：你应该增强信心，你不是好好的了吗？能生第一个，就能生第二个。你说的那些事我已不再相信了……

凌芳：我着急你心里跟着慌什么呀？你这人也太……太脆弱了吧！……行了，你也别老埋怨别人，我看主要还是在你自己。

亚玫：都过去这么多年了，再翻那些陈芝麻烂谷子有什么意思？我看你就是想把一切责任往咱爸身上一推，你自己落个干净。我看咱爸没有哪点对不住你的。

凌芳：（现出媚态）老公，我们才结婚呢，你不会这么快就讨厌我了吧？我虽然不算年轻了，可还是挺有魅力的，结婚前你不是老这么说吗？

亚玫：不如直说了，你已经讨厌我了，算了！我看这是最主要原因。（伤感起来）可是，看在我们多年夫妻的分上，再给我一个孩子吧！求你，我就这一点要求……

凌芳：（搔首弄姿尽现媚态）老公！——我不够迷人吗？来吧，我们生个孩子！

亚玫：（凄婉地）我们生个孩子吧！

凌芳：（娇柔妩媚地）我们生个孩子！

（粉色灯光熄灭，舞台陷入一片黑暗；灯光再度亮起，亚玫和凌芳消失，患者和医师坐在治疗室沙发上。患者双手抱头。）

患者：不！绝不是孩子的问题！她们撒谎。她们一直都在撒谎，要孩子只不过是个借口。

医师：那么你还记得第一次结婚是在什么时候？

患者：第一次结婚？哎呀，那可是很久很久以前的事了。可能是我大学毕业以后吧……（现出回忆状）我第一个妻子叫亚玫，不，不是亚玫！（极力回想）对，是叫亚玫，对，我想起来了。她好像跟我的父亲关系密切。对，就是！她是我父亲一个老战友的女儿，他就认定她跟我最相配，非让我跟她结婚不可……（突然转向医师，愤怒地）你在把我引向回忆！

医师：（诗意地）述说吧，回忆！请打开你记忆的大门！

患者：（猛地从座位上跳起，来回走动）我受够了你们这些心理分析师！不管到哪儿全是这一套，回忆回忆！我不想再回忆，我要把这些统统忘掉，从脑子里彻底清除掉。我希望你来点实际的，这才是我到你这儿来的原因。

医师：实际的？什么实际的？

患者：比如说……那个姑娘是谁？

医师：（茫然地）哪个姑娘？

患者：就是我刚进来时看到的那位……白衣女郎。

医师：白衣女郎？……哦，我明白你的意思！但是治疗程序是不能减少的，那样的话，就像一个黑包工头盖楼时的偷工减料……

患者：你广告上说过你跟别的心理医师大不相同，你有特别的治疗方法。对不对？

医师：我当然有！你当我在美国吃白饭的吗？不过，这并不意味着我要违反我们的行规呀！对记忆的根源进行深入探索，乃至深入到潜意识之中，仍是一个必不可少的有效过程。没有这一过程，我们无法进行下一步的深入治疗。

患者：（失望地）实话跟您说吧，来之前我就犹豫再三要不要来，我担心……

医师：不用担心……完全不用担心！你来得一点没错。痛苦的回忆自然是我们不愿触及的，正因为这种痛苦才导致了我们今天的灾难。这就像一个深藏不露的溃烂脓包，我们必须深入其根源，把它挑破、挖出，才能痊愈。当然，这一过程是极其痛苦的。

患者：我已经挖过好几次了，也没见痊愈。

医师：那说明挖得还不够深，不够彻底。

患者：（无奈地）好吧……好吧！我就再受一次活罪。

医师：要不我们试试催眠疗法？

患者：（惊恐跳起猛挥手）不要不要！我宁愿在清醒状态下进行回忆。

医师：你紧张什么！我不过建议吧了。坐下！（患者顺从地坐回到沙发上）调整一下状态，尽量身心放松啊！——这么说你第一次结婚算得上是包办婚姻了？

患者：其实当时我正在谈恋爱，可是……

（舞台灯光转暗，患者和医师消失在黑暗中；舞台左侧一束灯光亮起，青年时代的患者和中年时代的父亲出现在灯光中，背景中呈现出一个四合院天井，北京夏日黄昏的景象。父亲坐在一把藤椅上，身穿汗衫短裤，摇着一把蒲扇；青年患者站在他面前，显得神情不安。）

父亲：中和呀，最近在学校过得怎样呀？我这段时间一直工作都很忙，没工夫过问你的近况。

患者：爸，我挺好的！

父亲：怎么挺好？能不能说具体点？比如说，你要毕业了，有什么打算？

患者：这个……我……爸，您不是说……我愿听父亲的安排……

父亲：（不耐烦地）听说你谈恋爱了？

患者：（低下头去，一只脚蹭着地板）没谈恋爱，不过是朋友关系。

父亲：就是谈了也没什么嘛！你年纪也到了，爸爸还责怪你不成？也不跟我言语一声？

患者：关系刚确定下来，还不稳定，就没……

父亲：（用蒲扇点儿子）瞧瞧，关系都确定了，也不跟我言语一声。我要是不问，是不是还想瞒着我？你以为你不说，我就不知道了？（默默地审视着儿子）说说吧，是一个什么样的姑娘啊？（继续扇动蒲扇。）

患者：是一个挺好的姑娘。她……很聪明，在我们班上学习顶好的……（看看父亲，见他没反应，接着干巴巴地说）她很善解人意，当然也很漂亮……

父亲：（不耐烦地急挥蒲扇）我听说她还抽烟，是不是？

患者：（紧张地）！爸——她不抽烟，只是偶尔……

父亲：我跟你说过多少次，搞对象最重要的就是得讲究人品……

患者：她人品很好的。

父亲：（气愤地）她人品怎么好？什么样的姑娘才会抽烟，你也不想想？一个女孩子家，叼个烟卷，成什么样子？我顶看不惯这种习气。

患者：（痛心地）爸，她不是这个样子的，你看到的只是表面现象，其实她内在的……

父亲：怎么的！难道她还表里不一不成？（用蒲扇点着他）小小年纪就学会当面一套背后一套，这就更说明问题！

患者：（绝望地）爸！——

父亲：我真不明白，家里放着现成的你不搞，非舍近求远到外面搞去。亚玫论人品论长相论才艺比谁差了？起小看大知根知底的，多好！配你是绰绰有余，怎么就不行！

患者：爸！——

父亲：我跟你说，往后不许你再跟她来往。你要是不听劝，就别再认我这个父亲。

（舞台灯光暗下去，回忆场景消失。灯光再次亮起时，回到治疗室中。患者双手抱头坐在沙发上，现出痛苦状。医生则站在他面前，抱着双臂，一手托腮，仿佛在沉思。两人都沉默着，出现短时静场。）

医师：这么看来，你父亲是个专制的家长。

患者：岂止是专制，他简直就是个暴君！（突然放开两手）现在回想起来，我妈妈是怎么死的？肯定就是叫他给折磨死的，他动不动就打她。那时我还太小，根本不懂事，我只记得家里老是一股子中药味，她老是不停地熬药喝药，整天愁眉苦脸，以泪洗面。

医师：你的意思是她遭受了家庭暴力？

患者：对！就是这个意思。可那时候人们没这个概念，都认为男人打老婆是很正常的。我们不是有"打到的媳妇揉到的面"这个俗语吗？不是有"打是亲，骂是爱"这一说法吗？打老婆似乎是男人的天职。不管别人怎么看，当时我就觉得他跟别人的爸爸不一样，他很不正常，我就觉着他有病，直到现在我都……

医师：（抬手示意）打住打住！有点扯远了。我想还回到刚才你结婚的话题。你说你是被父亲强迫跟一个你并不爱的女人结婚的，那么，你反抗过吗？……至少表示过不满吧？

患者：（嗫嚅着）没……没有！我……我……不敢！我怕他，从小我就怕他。即使是现在，他都植物人了，一动不动地躺在床上，我对他仍然心有余悸，每次去看他，心里都还胆胆突突的，我真害怕他会突然睁开眼睛……（面露惊恐之色）不，不，千万不要！……我这辈子几乎没对他说过一个"不"字。

医师：（直接地）他打过你，是不是？

患者：你怎么知道？

医师：肯定是这样！我是干什么的呀？

患者：你说得很对。我妈妈一死，我爸就对我下手了。从那时候起，挨父亲打成了我的家常便饭。

医师：你知道，几乎每个男孩子小时候，都不同程度地挨过父亲的打。（略显轻松地）棍棒底下出孝子嘛！成年之后，回想起当年父亲的拳头，一切都付笑谈中，甚至心中还不禁回荡起一阵阵爱的温情。你觉得你父亲对你的打……

患者：（瞪大眼）你真这么认为？

医师：不！不是我这么认为。我只是想提醒你，父亲打儿子的多样性。

患者：我只知道父亲对我的打充满一种暴虐。那是一种凶狠的不可理喻的暴力，让我疼痛终生，至死难忘的。如果说他打我是出于什么父爱的话，那么他在我心中激起的唯有仇恨。我恨他……（脸上现出咬牙切齿的痛楚表情，同时握紧拳头）这辈子我都恨他。

医师：（不以为然地）你爸打你，总是有原因的吧？一定是你淘气来着！

患者：不！我打小就很老实、很乖，我们裤裆胡同里的邻居们都说我是个乖孩子。无论是在街上还是在学校，我总是规规矩矩的，从不惹是生非。

医师：这么说，父亲打你都是无缘无故的了？

患者：至少我觉得都是因为一些鸡毛蒜皮的事，根本不至于叫他大打出手。我甚至跟我同学探讨过，在相同的情况下，他们的父亲有什么反应，可是，他们很少为这些事挨打。

医师：那你说说看。

（在这段对话过程中，医师始终没有坐下，他时而站在患者面前，时而来回走动，时而又靠在他的写字台上。）

患者：比如说他叫我时，我反应慢了点；比如说我端水时不小心洒出来；比如说我吃饭时把饭菜掉到地上；比如说我放学后没及时回家……全都是这类的事，只要一让他抓住，我就倒霉了。我在外面挨了别人的欺负，回家后还要挨他的打。他下手特别狠，常常打得我身上青一块紫一块，不管什么东西，拿起来就往我身上砸。有一次，他给我新买的一辆自行车让我给弄丢了，他打得我头破血流，拖把杆子都打断了。这还算是有点原因吧，有时我都不知道为什么就让他劈头盖脸地一顿打。你知道我有种什么感觉吗？我就觉得他打我成瘾了，两天不打我，他手就痒。我那时还特倔，他打我，我一声不吭，硬挺着叫他打，我常这么想："你把我打死算了，活着也没意思。"我觉着我活在世上的唯一目的就是叫他打的。我越不吭声他越

— 182 —

生气，打得越厉害，直到我哭着告饶："爸，别打了，我再也不敢了！"他才肯罢手。

医师：既然是这样，你何不学聪明点，他一打你，你就告饶呢？

患者：那样他会认为我是假装的，照样不停地打。

医师：你有兄弟姐妹吗？他只打你，还是谁都打？

患者：我还有个姐姐……不！他从没打过她，只是训斥罢了。他一打我的时候，她就缩在墙角里，抱着头，连气都不敢喘。

医师：就没人帮你劝阻他吗？比如说，你们家的邻居？

患者：邻居们都知道我爸好打孩子。开始也有人过来劝，他就跟人吼："我管教孩子，没你什么事！"一句话就给人噎回去了。后来他再打，就没人管了。当时我们家还有一个保姆，他一打我她就拦着，可是你想，他那么凶，拦得住吗？

医师：这么说来，你父亲的确有问题！（在写字台前面那把椅子上坐下来，面对患者）

患者：他打我打得最凶狠的那一次，你知道是怎么打的吗？不是打断胳膊打断腿或者打断肋骨，比这一切都更加刻骨铭心；它刻入了我的灵魂，刻入了我的遗传基因；我要是有孩子，都会遗传给下一代，一代一代遗传下去……（双手抱头现出痛苦状，又突然抬起头）我本来不想说的，都是你，医生，非让我说，是你，强行撬开了我记忆的闸门……（梦呓般凄楚地）爸……爸……

医师：（向患者把手一挥，坚决地）说下去！

（在这一刻，两位演员出现定格，患者父亲的灵魂上场；他可从一个意想不到的地方上场，比如说桌子底下，椅子背后，或者直接从墙里面走出来。他出现得悄无声息，观众还没明白过来是怎么回事，他已出现在舞台上。他的年龄特征并不明显，但形容枯槁，面色惨白，穿一身黑衣服。他走起路来轻飘飘的。在下面这段独白中，他一边道白一边四处飘荡。）

父亲：别看现在我已经成了植物人，可我的灵魂还活着，我活得好好的，我还没死。周围发生的一切我全都知道；我仍然有感情，有意识，有思想；我会欢笑，我会痛苦，我会流泪。我的灵魂常常感到不安，此刻，我的灵魂正在遭受折磨。折磨我的就是这个我留在世上的孽种（回身一指他的儿子）。我知道他恨我，他从小就恨我，就因为我打过他；但时至今日我仍确信：老子打儿子，天经地义。当然，打得过分与否，那就是另外一回事了。让我痛心的是，这小兔崽子只记得老子的打，却只字不提老子的好。他妈死得早，他妈死后是谁又当爹又当娘地拉扯他来着？是谁给他一个家，让他有吃有穿有书念，大学毕业了给他安排到我们剧院做导演？到年龄了给他娶妻成家的都是谁呀？没我这个父亲，能有他今天？可是他却四处嘚啵嘚啵，说我这个父亲如何如何打他了。在不明真相的人眼里，我这个父亲简直成了一个恶魔，用他的话说，成了一个食自己崽子的老母猪。——我身后的名声啊！我知道他就是想把我搞臭，让我在历史上留下骂名。我不能让他得逞，可我现在是有口难辩啊！所以，他一嘚啵，我这心里就跟刀搅似的直翻腾……唉，话说回来，你不让他嘚啵，他也得活得下去呀！他是个病秧子，整天一副活不起的样子。他是个熊蛋，是个废物，就靠嘚啵他那点破事活着呢。哼，他那点丑事，我最清楚！好在，他还要点脸面，不至于逮谁跟谁说。对啦，就是那些跟他关系密切的女人，其中还有妓女，我全都知道……（暗笑）跟女人在床上最易于掏心窝子了。（**突然转向心理医师**）喂，你是谁呀？（**用手指**）就是你，我在问你话！

医师：（**仍保持定格姿势不动，只听到他的声音**）心理治疗师。

父亲：对了！还有心理治疗师。他就好跟这种人嘀咕。老早他就跟他们嘀咕，都嘀咕这么多年了，也没见他好哪儿去。我就纳闷了，你要是真有病的话，光嘀咕嘀咕就好了？那才奇怪呢！从这一点就足见他病得不轻。不过我也怀疑，他这么跟人嘀咕，真的是为了治什么病？鬼才信呢！刚才我不是说了吗！他那点小心眼儿……（**转向心理医师**）唉！大夫，他是你的病人吗？

医师：（**保持姿势不动**）到这儿来的都是我的病人。

父亲：你认为他真的有病吗？

医师：人生在世，谁都免不了有病。

父亲：（**表情得意地一竖大拇指**）你看！即使这样，你也知道，病人说的话是不足为据的。（**一屁股坐在患者旁边的沙发上，面对着医师**）我这个儿子啊，从小就头脑发达身体病弱，只会活动心眼儿，四肢却活动不得。长这么大了还这模样，赖赖巴巴，病病歪歪，你都看到了；整天净做白日梦，瞪眼说瞎话，干不了什么正事。他讲的那些，你能听一半就算不错了。你就出个耳朵，只当叫他快快嘴，泄泄火……

医师：（**同前**）作为心理分析师，不仅要听他们说什么，更重要的是看他们怎么说，他们的言谈举止无不表露出他们的心迹。掩藏即是揭示，梦话即是真言。我既不贬抑也不轻信。

父亲：（**又得意地竖起大拇指**）行，到底是医生！——这我就放心啦！

患者：（**保持定格姿势，如梦中发呓语，凄楚颤抖地**）爸——

— 185 —

爸！——

　　父亲：（从沙发上站起，傲然转身，回望患者一眼）嘁，没用的东西！（从舞台上隐去）

　　患者：（恢复活力，双手抱头）我的头疼起来了。我跟你说，我一回忆过去就头疼。

　　医师：（恢复活力，重复挥手的动作，坚决地）说下去！说出来就好了！

　　患者：（勉强抬起头，陷入回忆）我记得很清楚，那是一个下午，那是一个深秋的下午，天阴沉沉凉飕飕的，空中飘着霏霏的雨夹雪。我独自在裤裆胡同里走着，胡同里很静，我的鞋都湿了。我要到一个外号叫"疯丫头"的同学家里去学习。当时学校组织同学们学毛选，我跟"疯丫头"分到了一个小组……

　　医师：学毛选！（禁不住笑起来）我的天，这都什么年月的事了！

　　患者：（霍地从座位上站起）大夫，你这叫什么话！作为心理医生，这话可与你的身份很不相符。儿时的事件会影响一个人的一生，这是起码常识吧？别说三四十年，就是那些历经千百年的历史，都会写进我们的集体无意识，一代又一代地对我们产生影响。

　　医师：（旁白）他倒比我还明白。这真叫久病成医呀！（对患者）你别介意啊！我不过是抒发一下对时代变迁的感慨。不瞒您说，我也是那个时代过来的人啊！请继续吧，我在认真听。

　　患者：（原位坐下，觉得不妥，又马上站起来，来回走动）说来也怪，不知为什么，也许是天气的原因，那天来参加小组学习的只有我跟"疯丫头"，别的同学都没来。屋里很安静，一点声音都没有，只有她家那台老挂钟咔嗒咔嗒地走着。她读一段，我读一段，我们轮流读，然后讨论，写下感想笔记。学着学着她把笔和毛选往桌上一扔，噘着嘴说："好无聊啊！"我也觉得挺没劲的。正不知如何是好，她一转脸，满面惊异地盯住我看，盯得我直发毛。突然，她向我提出了一个意想不到的要求，她说她想看看男孩子到底长什么样。我们都知道"疯丫头"一贯疯疯癫癫，谁都不愿意跟她一个小组学习，老师就觉得老实巴交的对她是一种抑制。谁承想她竟疯到了这种程度。我一时慌了神，当即拒绝了她。可她不死心，缠着我，非要看不可；她还提出了一个条件，说我要是让她看的话，她也让我看。这是一个多么大的诱惑！要知道我对女孩子也是充满了好奇的呀！……正当我们两个迷迷瞪瞪地相互观摩的时候，她妈妈突然回来了，我们给撞了个正着。她妈妈当即把我扭住，揪着我的一只耳朵，走过长长的胡同，一直揪到我家里，来到我父亲面前。她控告我耍流氓……

（灯光转暗。灯光再度亮起时，舞台上呈现出四合院一间厢房的室内景。正面是一面墙，墙的左边有一扇门，即厢房的入户门；墙面正中有一个花式格子窗；窗下是一张床；舞台正中是一套清式红木太师椅及茶几；右侧墙面上也有一道门，表明厢房还有一间里屋。门旁靠墙有一张书案和一把座椅及一个书架，上边堆放着一些书；墙上挂着毛主席像及其语录条幅和军用书包、军帽之类具有时代特征的物品。从屋内陈设来看，这是一户有品位有地位的人家。少年时代的患者站在屋子中央；青壮年时代的父亲站在他面前，手里拿着一根棍子；他身后站着家里的保姆，与父亲年纪相仿，看上去秀丽妩媚；患者的姐姐躲在右侧床与书案形成的夹角里，面露惊恐。）

父亲：（棍子掇在手里，轻轻地敲着另一只手的手掌，慢条斯理地）我两天不打你，你皮肉就发紧，是不是？（边说边来回走动）还耍起流氓来了。你小子真行啊！我都不敢相信。这都是真的吗？（患者一声不吭。父亲用棍子猛捅了一下他的腰，提高了嗓门）问你话呢，到底有这回事没有？

患者：（咕哝着）有！

父亲：（又用棍子捅他一下）听不见！大点声，到底有没有？

患者：（大声地）有！——可是……不怨我！

父亲：你耍流氓，不怨你？难道还怨人家姑娘不成吗？

患者：（倔强地）就怨她！就怨她！

父亲：（挥起一棒打在他胸上）你还嘴硬！（接着又是一棒）说，到底怨谁？（患者强忍住眼泪，嘴唇颤抖，一言不发）你不是嘴硬吗？说呀！（又是两棒子。）

保姆：（怯生生地）屈老师啊，你让孩子把话说出来好不好？我看这里边有冤情，没准这事真不怨他。你把事情弄清楚了，要真是他的错，再打也不迟啊。

父亲：（不满地对保姆）我这不是在问他吗？（用棒子指着）瞧他这德行，一杠子压不出个屁来。（和缓地对儿子）好吧，既然小杜阿姨这么说了，你有啥话都倒出来。今天我可以不打你。

保姆：（绕过父亲来到患者身旁）中和，快说呀！把事情经过讲出来，你爸不打你。（患者泪流满面，紧咬牙关，甩开小杜阿姨的拉扯）这孩子，你别犯拗了。你爸打你的滋味好受啊？快说！（他仍是甩开她，别过身去，咬着下唇一言不发）

姐姐：（躲在角落里哀求地）中和,快说吧！别惹咱爸生气了！

父亲：（早已不耐烦，上前一把推开保姆）我看你是敬酒不吃吃罚酒了。（一棒打在他肩上）你也不用说，有什么好说的？我看你就是一个小流氓。（一边说，一边抢着棍子不停地朝他身上打）这么小点就耍流氓，长大了还不成强奸犯？（患者头上挨了一棍子，血顺着额头流下来）不好好管教管教还了得？（棍子也劈着盖脸地打下来。）

保姆：（冲上来拉住父亲）屈老师呀，不能这么打孩子呀！你会把他打坏的！

姐姐：（胆怯地从藏身角落里走出，几乎跟保姆同时）爸，别打了！爸，别打了！

（保姆开始夺父亲手里的棍子，一边劝他；姐姐在一旁哀求。舞台上乱成一片。）

保姆：（死命抓住父亲手里的棍子）中和，快跑！（患者呆立不动）——快跑啊你！

（患者仍原地呆呆站着，一动不动。经过一阵撕打，棍子被从父亲手里夺下。）

父亲：（怒冲冲地）我管教儿子，你别老瞎掺和行不行！——简直气死我了！（转向儿子，对他拳打脚踢）你这小流氓，今天我非好好教训教训你。不用棍子我照样可以教训你。（一脚踢到患者小腹下部。）

患者：（一声惨叫）啊！——（倒地昏厥。）

（灯光熄灭，舞台一片黑暗。灯光再度亮起，回到心理治疗室。医师坐在写字台前的转椅上，抱着双臂，一手托腮；患者躬着身体侧卧在沙发前的地板上，一动不动。医师凝视着躺在地上的人，仿佛在沉思。这种定格静场持续到刚好让观众开始感到压抑的时候，躺在地上的患者突然发出一声深沉的叹息，好像刚从昏厥中醒来，身体开始慢慢伸展移动了。他扭动着，伸展开又重新蜷缩成一团，然后慢慢躬着腰埋着头跪起来，在那儿跪了片刻，才慢慢站起身来，但仍摇摇晃晃，脸上表情痛苦。）

医师：（好像自言自语地保持姿态不动）阉割情结！典型的阉割情结！

患者：大夫，你听说过流氓罪吧？

医师：当然！在那个年代，那曾经是一种十分严重的罪行，仅次于反革命罪，严重的可要判死刑的。我至今还清楚记得，人群站在马路两旁，观看一辆辆大卡车上被押赴刑场前游街示众的重型犯；他们每人脖子上都挂着块大牌子，上面写着他们的名字和罪行，其中就有流氓罪。

患者："疯丫头"她妈就告我流氓罪；但考虑到我尚未成年，犯罪情节并不严重，又受到了惩罚，对我免除了刑事责任。你知道吗？我在床上躺了一个多星期不能下地；腿裆里肿得像夹了两个大鸭蛋，连续三天高烧。等我醒过来时，一眼看见父亲在床边站着，我强忍着剧痛爬过去，抱住他的腿说："爸，别打了！是我错了，我再也不敢了！"他只是打鼻子里哼了一声。他都不说送我去医院看看，多亏了小杜阿姨的精心照料……

（舞台灯光转暗，但并未全黑，仍依稀可见舞台布景和人物；一束强烈的灯光打下来，父亲的灵魂出现在光束中，模样和先前一样，只是脸色更显惨白，同样现出飘忽不定之感。这束灯光追随着人物，无论他走到哪里，都把他置于光圈之下。患者和医师成为他活动的背景。）

父亲：（鼓掌）他当导演不行，当演员还不错。这一段他表演得最精彩了。你想啊，一个再蹩脚的演员，把一段戏反复排练一演再演之后，也该驾轻就熟了。就这段，不知他当着多少人排演过多少遍了。这明显是在指责我的不公不仁嘛！不过他有意隐瞒了一个事实。你可要知道，人家那姑娘家可是有权有势的，你跟人家要流氓，能有你好果子吃？人家爸爸当时就想办了他。要不是我托关系走门路，四十年前他就做了枪下鬼了，今天还能站在这里大言不惭？（自豪地）是谁给了他第二次生命？是我，他亲爹！

患者：（在背景中）他都不说送我去医院看看，要不是小杜阿姨力劝……

父亲：还老跟我掰扯什么送不送他去医院，我到学校给他请了一个星期病假他都不说。

患者：他就到学校给我请了一个星期病假。

父亲：这事就算过去了。

患者：（怒吼地）这事不能就这样过去了。

父亲：（仿佛在对虚空讲话）大夫，这事你怎么看？

医师：（在背景中）阉割情结！典型的阉割情结。

父亲：阉割！这怎么可能？我就这么一个儿子，我还指望他给我传宗接代呢。（摇头摆手）简直是胡扯！

患者：（带哭腔地）四十年啦！大夫，你知道吗？这四十年我一直在等待，我在等待一件事。

医师：你在等待什么呢？

患者：我在等待他最终给我一个说法，跟我做一个了结。这事不能就这样不明不白地过去了……至少，他得跟我道个歉吧？

父亲：我跟他道歉？岂有此理！我是他爹！

患者：我等啊等啊！四十年了，他一点表示都没有。

医师：不要进行无谓的空空等待，你要有所行动。空等只会葬送。

患者：（无望地）他现在已经是植物人了，我还能指望什么呢？我恨啊！（突然从怀中拔出一把刀来，狂乱地挥舞。舞台灯光顿时大亮，但父亲仍然给罩在那道强烈的光圈之中）你知道吗？多年来，我身上一直带着这把刀，等待着机会随时跟他了断。我再不下手，恐怕一切都来不及了……（冲进那束光圈中，对着父亲的灵魂狂挥乱舞。父亲面带鄙夷的微笑，纹丝不动。那束强光慢慢淡去，父亲随之消隐。）

医师：（从座位上站起，威严地）把刀放下！你以为拿把刀我就会怕你吗？拿枪对着我的我都见过。（迎面走过去，拍着胸脯）来吧，你要是觉得合适就往这儿扎！

患者：（猛然清醒过来，立刻收起刀）大夫，对不起！

医师：（满意地）这就对了！把它收好，我不希望再看见这个东西。好啦，随我来！

患者：去干吗？

医师：当然是做检查了！

患者：（倔强地）早就检查过。我没病！

医师：不检查怎么知道？……否则无法进行下一步治疗。（说着兀自朝写字台与沙发之间的那道门走去）

患者：（愣了一会儿）全都是这一套！我又得掏一笔检查费！（摇头。尾随其后。二人从那道门下）

——幕落

第二幕

第一场

场景仍然是心理治疗室。幕启时，舞台上空无一人，出现片刻静场。稍后，医师从写字台与沙发之间的门上，手里拿着毛巾，一边走一边擦手；患者稍后从同一门上，做着提裤子的最后动作。医师在写字台后面的转椅上坐定，开始在电脑上操作；患者在他前面的那张椅子上落座，歪斜地倚在那儿，一副懒散的样子。

医师：（停止操作，转向患者）就像我刚才说的，（欣慰地）检查结果比我预想的要好得多啊！可以说几乎没有留下器质性损伤，这简直是个奇迹。

患者：这我知道。你以前的大夫们都这么说。可这有什么用呢？结果还不都一样？

医师：怎么都一样？

患者：这不明摆着吗？我残废了！我成了个地地道道的残废。

医师：这只是你心理因素造成的！

患者：心理的和生理的有什么区别？我看心理的比生理的更严重，你不觉得吗大夫？（欠起身，伏向前去）

医师：（摆着手）不！不！完全不同。生理上的健全是基础，它为心理上的治疗提供一个保障，否则麻烦就大了。咱们打个比方吧，（他拍了拍身边的那台电脑）生理就好比是计算机的硬件，心理就好比是计算机的软件。完好的硬件是软件运行的充分必要条件……

患者：（不耐烦地拍桌子打断他）硬件再好，一个破烂软件也没办法让它启动，结果不照样是一堆废铁？还不如硬件破了呢，我看得见摸得着，我可以扔了换新的……（内心烦乱地）唉！——大夫，不瞒你说，不知有多少次，我真想把它给割了。割了我倒感觉利索了，一了百了了。

医师：哪儿的话！软件坏了可以调试嘛！可以更新嘛！可以重新安装嘛！再不行了，可以格式化嘛！总之……（忽然意识到哪儿不对头）我说的是电脑。你说的什么？什么割了一了百了的？

患者：我说的是我自己！我的心理！

医师：对！对！是你的心理！怎么扯到电脑上去了？

患者：（没好气地）是你扯到电脑上去的！

医师：我不过是打个比方。当然，人的心理是宇宙间最精妙的仪器，不过，我们仍然可以通过调试和更新，通过挖掘和分析使之恢复正常的运行，行使它的正常生理功能。

患者：（又靠在座位上恢复先前懒散状态，突然生硬地）那个白衣女郎在哪儿？

医师：什么白衣女郎？

患者：别打马虎眼！告诉你，我就是冲她来的。你们广告上写着呢！（说着从口袋里掏出一张广告，在医师面前展开）说她是治疗的一个环节，对不对？

医师：（接过广告看）噢！——噢！——是这么回事，这是我们设计的一个辅助治疗，在治疗的最后阶段，视治疗的效果而定。你还远远没到这个阶段。

患者：（讥讽地）你们心理治疗师不会也耍起了商家招徕顾

客的把戏吧？

医师：（泰然地站起身，背着手从写字台后面走出来）你如果不相信我，现在就可以从这里走出去，我分文不取，大门时刻向你敞开着。（背着手在患者身旁来回踱步。患者依然懒散地靠在椅子上一动不动）你走吧！——走啊！我绝不拦你！（患者仍旧不动。医师来回踱步，像是在等待一个结果。一时无语。蓦地转回身面对患者）你怎么不走啊？——不想走，是不是？那就是说，还想继续在我这儿治疗喽？（接着来回走动，慢条斯理地）我算是知道你为什么一个又一个地看心理医生，看到最后却还是这副样子了，我算是知道你为什么拒绝催眠疗法了。你对心理医生根本就不信任，你对我根本就不信任。你从一开始就不信任我。这是心理治疗的大忌。你一直在抵制在抗拒，你内心里充满了恐惧……

患者：（从椅子上直起身子，两眼茫然四顾，两手在椅子扶手上不安地来回摩挲着，又现出神经质地甩头动作，自言自语似的）没错！——我凭什么信任你们？

医师：（恶狠狠地）那你还一次次地来找我们干吗？你根本就没有治疗的基础。你没治了！我可以明告诉你，你没治了！

患者：（突然哭叫，仿佛一下子垮掉了，情绪异常激动）我没有办法，大夫！我实在没有办法呀！……你说得对，我心里充满了恐惧……我对你不信任，我对谁都不信任……我害怕……（忽然抱住头）我害怕……

医师：（兴奋地一摆手，旁白）太好了！我的休克疗法起作用了。（对患者）你害怕什么？快说，你到底害怕什么？

患者：我害怕！（慢慢抬起头，茫然地）我不能把自己完全交托出去，毫无保留地……那样太危险了，就像是……就像是……就像你突然步入了一个虚空，脚下深不见底，是一个万丈深渊。你做过这样的梦吗？我就经常做这样的梦。我梦见自己好像是坐在教室里上课，上着上着，忽然老师和同学们一下子都不见了，只落下我一个人；教室和桌椅也都不见了，原来它们都一个摞一个地摞了起来，也不知摞了多高；而我正坐在最顶端，在半空中摇摇晃晃，岌岌可危；我想抓住点什么或扶住点什么，可是周围是一片虚空，我怕极了；不好了……不行了……我坚持不住了，我跌下去了，啊——我惊醒过来，浑身冷冰冰的浸透了汗水。我老是反复做着这样的梦。

医师：（兴奋地来回走动）太好了！我要的就是这个。（停在患者面前，向他伏身，鼓励地）还有什么？继续说，远没有完！

患者：我还梦见……

（灯光熄灭。灯光再度亮起时，舞台上呈现出患者儿时家住的四合院天井场景。舞台正面后部是西厢房的门和窗；左侧是院门；右侧是正房；舞台前部靠左一些有一棵柿子树；靠右一点是一张八仙桌和两把藤椅；桌上摆着茶壶和茶杯。但舞台灯光并不那么明亮，而是显得朦朦胧胧，表现出一种梦幻色彩。少年患者推开院门上，他身穿白上衣蓝裤子，肩上斜挎着书包，胸前佩戴着红领巾。他的动作举止有些缥缈，犹如在梦中。他一进门，似乎意识到某种不寻常的气氛，便愣在那里，侧耳细听。这时，从右侧正房中传出女人纤细的呻吟和男人粗重的喘息，这两种声音交织在一起，细若游丝，时隐时现。他立时警觉起来，竖起耳朵细听了一阵，他的神情表现出极度的紧张不安，他大张着嘴喘气却又极力压抑住自己，以免发出声音。在一阵犹豫之后，他终于蹑手蹑脚地朝正房走去，那动作有如太空漫步。他伏到正房的格子窗上，从窗缝中向屋里边窥视。先前女人那细若游丝的呻吟变得清晰真切起来。虽然他一动不动，像钉在那里一般，但从他的侧脸和背部的状态，可以看出他此刻内心的紧张、恐惧和兴奋。他直起身，一手捂住胸口，大口喘气，然后再次伏到窗格缝隙上。突然他惊恐地从窗口弹开，轻手轻脚地向后退，不小心撞到了身后的八仙桌和藤椅，茶壶给碰到了地上，摔得粉碎。正房窗口里女人的呻吟声停止。）

父亲：（台下声）谁！

（患者惊慌地踮着脚夺门而逃，从院门下，轻轻把门关好。中青年父亲从正房门上。他身披一条床单，两手紧紧抓着床单的两边，合在身前。）

父亲：（在门口站定，向院子里察看）谁在那儿？（缓步走下台阶，来到八仙桌前，低头看。这时传来台下音"喵！——喵！——"的叫声。他转头四下里寻找）该死的猫！

（灯光暗下去，直至什么都看不见。灯光再度亮起，回到心理治疗室。患者膝肘着地，双手抱头卧在地上，医师叉着两腿站在他面前。他双臂抱在胸前，一手托腮，低头看着患者。）

医师：你能站起来吗？

患者：（略微抬起头）我跟你说我蛋疼！

医师：你在做梦！

患者：（两手撑地，抬起头，声音中充满酸楚）我跟你说，每到这种时候我就蛋疼。这是父亲那一脚给我落下的一个毛病。

医师：你确定你是在做梦？你看见了什么？

患者：（单腿跪地，慢慢站起）虽然我蛋疼得厉害，我还是撒腿就跑。我只觉得，裤裆胡同黑咕隆咚长得没有尽头，后边有一只恶狗在追。（一面做出跑的慢动作）我玩命地跑啊！可是我的腿沉得要命，好像给吸在地上似的，怎么也拔不起来。我跑不动，恶狗就要追上我了。我心里这个急，要是我能飞起来该多好啊！我猛烈地振动双臂，大声叫着"飞呀！飞呀！"（欣喜地）果真奇迹发生了，我飞起来了，一瞬间胡同和房子都打我脚下掠过，那只恶狗瞪着一双血红的眼睛冲我干嚎……

医师：（冷静地审视）你的梦做得真好！——请你告诉我，你究竟看见了什么？

患者：（情绪低落地）不是看见的，是我梦见的！

医师：好吧，咱们不妨这么说，你在梦中看见了什么？

患者：（沮丧地）看见了我父亲……

医师：还有呢？（几乎冷冰冰地）那个女人是谁？（患者显现出一种内心挣扎的神情，踌躇再三，欲言又止）你肯定知道。不愿意说，是不是？

患者：她是……她是……她是小杜阿姨！

（灯光转暗，仿佛整个空间给蒙上了一层黑幕，场景和人物都隐没在这片黑幕中。一束灯光打下来，父亲的灵魂出现在光束之下。（鼓掌）。）

父亲：这又是他的一段精彩表演。你们看到了吧？不过公平而论，我不得不给他纠正一句，他根本不是梦见的，也不是什么在梦里看见的，他就是看见的，是亲眼看见的。别以为学了两声猫叫，就把我蒙过去了。当时我就明白是怎么回事，我不想揭穿他就是了。这么多年了……

患者：（在黑暗中梦呓般地）我是梦见的！我在梦里看见……

父亲：时至今日他也不敢正视这件事。这么多年过去了，我也将不久于人世，还有什么好隐瞒的呢？俗话说，人之将死，其言也善。当年我们家的那个小保姆，孩子们唤作小杜阿姨的，确实曾跟我相好过，这一点丝毫不假。你想啊，一个正当年的男人和一个端庄秀丽的年轻女子同处一个屋檐下能没点事，那才叫怪呢！就是我这个儿子，唉！（摇头摆手，满腔感慨地）太窝囊，太不争气，太不成东西；我对他的一腔父爱全都付诸东流啦！叫我闭不上眼啊！……（做寒心状）大夫！大夫！（茫然四顾，像是在寻找）让我给他做个心理分析吧，知子莫如父嘛！你知道他为什么老把这事说成是一场梦吗？首先，当时他非常害怕我知道他看见了我跟小杜阿姨的事，担心再受到处罚；再者，他不愿意相信这是一个事实，这对他来讲是难以接受的；因为我可以肯定地说，当时他正情窦初开地爱着他的小杜阿姨，也许这一点连他自己也不十分明确。他宁愿相信这是一场梦，把它深埋在心底，久而久之，他自己竟真的这么认为了。

患者：（在黑暗中，大梦方醒似的恐惧又慌张）不，我不是亲眼看见的！我是在梦中看见的，至今历历在目！

父亲：那天晚上他回来得很晚。天都黑了，还刮着大风，仍不见他的人影，我急得坐立不安。我明知道他今晚非回来晚不可，他是有意躲出去了，可也没想到会这么晚，晚饭在桌上都凉透了。小杜姑娘几次催我出去找找。我来到裤裆胡同口那儿，当街一站，西北风立马吹得我透心凉，街上黑茫茫一片，偌大的京城，我知道他在哪儿啊？直到快九点了他才回来，伸出两只沾满彩色粉笔末的手给我看，他在学校又画黑板报了，内容太多，一直画到现在。他就这点才能，在学校里算是得到了充分的发挥。我什么也没说，只是督促他赶快洗手吃饭。

患者：（黑暗中带着哭腔地哀求）爸，你打我吧！你怎么不打我呀？我错了！我做了不该做的事，我有罪！你打了我，我心里才服舒才踏实，你要不打我，我就不知道该怎么办了。爸，你打我吧……

（光束熄灭，父亲灵魂消失。灯光再度亮起，舞台重现治疗室场景。患者和医师相对坐在沙发上，患者仿佛经历了一场大病似的，脸色难看，无精打采地堆缩在那儿。）

患者：（有气无力地）他没有打我。我很奇怪他为什么不打我。后来我慢慢品出来了，他不打我就是在惩罚我。这种惩罚比以往的任何打骂都更加严厉，更加有效。我整天像热锅上的蚂蚁一样惶恐不安，我时刻等待着，不知一场什么样的灾难会降临到我头上……（欣喜地）后来你猜怎么着，我一觉醒来，发现那原来不过是一场噩梦。（颇为得意）我得救了！

医师：（愤然地一拍沙发扶手）糟糕就糟糕在这里！你把现实跟梦混为一谈，以逃避险恶的现实。这就是精神的自我保护作用对意识进行的压抑。这对你是非常有害的。你必须正视现实了。事到如今，你必须敢于承认你目睹的一切。

患者：（怯生生地）我敢！有什么不敢的？都这时候了……

医师：那好，你告诉我，是你亲眼看见的，不是你梦见的。

患者：（嗫嚅）是我看见的，不是梦见的。

医师：大点声！大声说出来。

患者：（几乎叫喊地）就是我看见的，我亲眼看见的。

医师：（点头）好！这就好！我提醒你注意一个女人。

患者：一个女人？什么女人？

医师：就是你亲眼看见的跟你父亲在一起的那个。

患者：你是说小杜阿姨？

医师：（从沙发上站起，在患者面前来回走动）通过你的叙述，我发现她在你的童年时代扮演着一个非比寻常的角色，你承认也好，不承认也好，也许你根本没有意识到，你一直在爱着她，实际上在潜意识中你把她当成了你的母亲。（站住，思忖片刻，一扬手）不！绝不止是母亲！你对她的爱恋中包含着情人的成分，可以说，她是你人生中的第一个情人，一个母亲型的情人。

患者：听你一分析，还真是这么回事。我说我怎么净做那种梦呢！开始时梦中那女人的面目并不是很清楚，总是到了关键的时候，我突然发现跟我在一起的女人竟是小杜阿姨。回味起来，这种梦总是让我很满足很幸福。

医师：（自负地）怎么样，我说得不错吧？你只能在梦中寻求满足了。目睹自己心爱的母亲及情人被另一个男人占有，特别是这个男人是你憎恨的父亲，那种精神上的刺激和重创可想而知啊！这就是造成你日后生活灾难的主要根源之一。

患者：（霍地从座位上站起，欣欣然地）没错，你这话算是说到点子上了！我看过那么多医生，他们为什么都没认识到这一点呢？（充满深情地）三十多年了，可是小杜阿姨离开我们家的那一刻，我始终记忆犹新，好像就在昨天……

（灯光熄灭。灯光再度亮起，舞台上呈现出患者小时候住的四合院一间厢房的场景，这一场景与前一幕中厢房的场景相同。小杜阿姨身着军衣军裤，肩上斜挎着一个书包，一副整装待发的样子，她脚下放着一个鼓鼓囊囊的硕大旅行袋。她满心哀伤，却又只能装出开心的笑容。她背后站着中青年时代的父亲，他倒背着两手，一身灰色中山装，面无表情。隔着八仙桌，站着患者青少年时代的姐姐，她正在无声地哭泣，不时地用手抹一下眼泪。）

姐姐：（啜泣地）小杜阿姨，我不想让你走！你别走！你别走嘛……（用手抹眼泪）爸！——小杜阿姨不走行吗？

保姆：（放下挎包，绕过桌子，来到姐姐跟前，强作笑颜把她抱在怀里）好孩子，不哭啊！小杜阿姨还会回来看你们的。

姐姐：你骗人！我知道，你一走就不会再回来了。

保姆：（受到触动，但强忍住泪）谁说的？阿姨肯定还回来看你们！我保证，行吧？来，咱们拉钩。（拉住姐姐的手）拉钩上吊，一百年……

父亲：（沉着脸，冲里屋喊）中和呀，你怎么还拗着不出来？你是非让我进去把你提溜出来不成吗？

（青少年时代的患者从里屋门上。他明显长大了，正处于少年向青年的过渡期。他还是先前的那套白上衣蓝裤子的装束。他表情和神态比较复杂，既显出气恼愤恨，又表现出痛苦和哀伤；这种复杂的表情使他的脸看上去有些变形。他一上场便懒散地往门边的书案上一靠，一副无所谓和不情愿的样子，脸冲着格子窗，谁也不看。）

保姆：（强作一副笑容）中和，小杜阿姨要走了，你不想和我说再见吗？

（患者靠在桌角那儿不说话，做出一副梗着脖子不看她的姿态。）

父亲：（发火，冲过去）你这个孩子好没规矩！小杜阿姨照顾你这么多年，你连句"谢谢"也不会说吗？（拧住患者的耳朵，把他拉到保姆跟前，患者一个劲地直"哎哟"）

保姆：（赶紧上前劝阻，责备地）屈老师啊，你不要这样对待孩子！我跟你说过多少次了，你怎么……

父亲：（松开手，尽量温情地）小杜阿姨要走了，你看你跟她说点什么？

患者：（生硬地，一边揉着耳朵）小杜阿姨再见！

父亲：你就不能说点别的吗？她照顾你这么多年……

姐姐：（大哭起来，喊叫）爸！小杜阿姨能不走吗？——我不想让她走！

父亲：（尽量温情地）唉，我也不想让她走啊！没有办法，她有自己的家，她也该回家了！你们也都大了，不再需要她照顾了……

保姆：（突然感情迸发）小杜阿姨也舍不得你们！（抓住患者，想要拥抱他，他执拗地甩开她的拉扯，姐姐扑到她怀里哭泣）阿姨会想你的。好在你们都长大了，我走了也可以放心了。你们往后要好好听爸爸的话，不要惹他生气……特别是你中和，听到没有？

患者：（倔强地）我没惹他生气！

父亲：你这孩子！你这么说话就是在惹我生气，知道吗？

保姆：（责怪地）屈老师……

父亲：好啦好啦！在这节骨眼上，我不跟他一般见识！（门外传来汽车的鸣笛声）车在外边等不及了，时间到了。

保姆：（意味深长又满含悲凄地）屈老师啊，那我就走了！（背上挎包，拎起地上的旅行袋）咱们再见啦！中和，不想送送小杜阿姨吗？

父亲：（郑重其事地）再见再见！祝你一路顺风！走，咱们都去送送小杜阿姨。（保姆与姐姐手拉手朝厢房门走去。姐姐拽着她，仍执拗地嘟哝着"不想让你走"一类的话；患者落在后面，不情愿地拖着脚跟进；父亲走在最后，像轰羊群似的把他们往外赶。

对患者）麻利点，瞧你这懒懒散散的样子！（前面三个人最终从厢房门下，只剩下父亲独自一人。舞台灯光突然熄灭，一束灯光打下来罩住他，而灯光下的父亲已变成父亲的灵魂。长叹一声）好啦！一切都结束了。……凡是过去的，回忆起来总会感到一种轻松，不论苦也好甜也好，那就像是一段奇异的插曲。人生不过是由一段一段的插曲连接而成的，一段插曲的结束，便意味着另一段的开始……

医师：（黑暗中）屈院长，能问您一件事情吗？

父亲：问我一件事情？干吗这么客气！有什么话尽管问好了。我活了一辈子，该经历的我都经历过了，该见的我全都见过了。（既伤感又骄傲地）临了啦，回忆往昔是我唯一的安慰和幸福，事到如今我还有什么不能说的呢？

医师：我听说您妻子去世后，您一直没有再婚。为什么呢？当时您还很年轻啊！其实您是有很多机会的，或者用您自己的话说，您有很多插曲。

父亲：（不以为然地）我以为什么大不了的事呢！闹了半天就这么个愚蠢的问题。就连这个愚蠢的问题你问得都很不确切。我不是没有再婚，我再婚了，只是直到晚年才又结婚而已。此时此刻，我就是已婚状态。

医师：（一时语塞）我是说……这个……哦……的确，我的问题不太确切；我的意思是，您为什么直到晚年才又结婚？那么晚……

父亲：（充满诗意地）一艘航船在大海上经历了风雨和惊涛骇浪，最终它疲倦了，衰朽了，总要停泊在一个静静的港湾，安度它最后的时光……

医师：（烦恼地摇头）不，不！我不是这个意思！我的问题还是不够确切。我的意思是你在最应该结婚的时候却没有结婚，到了晚年反倒……

父亲：（不耐烦地）一艘船要是想出海，却老拴着锚链，它走得了吗？婚姻就是那个锚链，我可不想老在这个锚链上拴着。（豪放地）我要去游历，天地如此广阔，世间风情万种，老拴在一个锚地上有什么意思！（转为欣喜，自鸣得意地）幸好我在那个位置上，具有难得的有利条件，不利用简直就是一种资源浪费。我们剧院可以说就是一个百花园啊，那么些个女演员，真是争芳斗艳，一个赛一个的美。美得呀……美得叫人……叫人百爪挠心，你明白我的意思吧？（哈哈笑起来）我想，男人处在我这个位置上，肯定都会深有同感。那个滋味可不好受！令人安慰的是，她们见到我，都跟见到亲爹似的，那个热乎劲儿，让你欲罢不能……当然啦，你想，在那个年代我每往前走一步都是要付出巨大努力、顶着巨大压力的，就像一艘航船要想走得高远，必定要劈风斩浪一样，我把心一横，无所畏惧。不是有这么句名言吗："走你自己的路，叫别人去说吧！"你看，我这不是走过来了……（光束慢慢熄灭，父亲灵魂消失在黑暗中。）

医师：（同时在黑暗中）噢，我明白了！

——幕落

第二场

幕启时，场景是患者儿时家住的四合院天井，与上一场戏中四合院天井场景相同。所不同的是本场景呈现的是北京特有的那种初秋的景象和氛围；天又高又蓝，夕阳西照，给天井整个蒙上一层爽朗明丽的色彩。那棵柿子树坠上了不少红澄澄的果实，树叶已开始泛黄。中年时代的父亲正和一位年轻女演员坐在树下的茶桌旁喝茶。

父亲：（拿起壶来给女演员斟茶）来，茜茜！尝尝我这上好的碧螺春，一个朋友刚从南方给我带回来的。这下午茶我是必喝呀！不喝人都没精神。（给自己杯里斟茶，然后放下茶壶，端起杯子喝一大口）真爽快！（满眼色迷迷的笑）这通折腾，给我渴坏了，口干舌燥。

小茜：（放下杯子，红着脸歪头做娇嗔状）讨厌！不许说！

父亲：（呵呵一笑，捋了捋头发向后一仰身子）好，不说不说！……那咱们说点什么？

小茜：我问你的问题你还没回答我呢！

父亲：什么问题啊？这么一本正经的！

小茜：就是我开始问你的，你认为我在这出戏里演得怎么样？

父亲：（略显不耐烦地）关于这个问题，我们在总结会上不是都说过吗？

小茜：我觉着没说透。……人家想私下里听听你的个人意见嘛！

父亲：那好吧，我就谈谈我个人看法。（不由自主地流露出一股官腔）女店员这个形象你塑造得还是很成功的，她从一个看不起站柜台的小姑娘到一个商业战线上的劳动模范这一成长经历，每一步你都表现得很扎实很准确；从动作到表情以及内心世界，你都刻画得细致入微，使这一人物形象看起来有血有肉，生动感人，真实可信。你比上一部戏里的表现上了一个大台阶，在我们剧院里的争先创优的竞赛中取得了可喜成绩。照这样下去可了不得呀！

小茜：（欣喜又撒娇地）那还不是多亏了屈院长的栽培！

父亲：（佯装生气）又叫我院长！我不是说了，在家里不要这么叫吗？

小茜：（娇笑）这么叫顺嘴嘛！你那么一说人家都不知道该怎么叫你了。

父亲：（笑嘻嘻地向前伏过身去）刚才在屋里的时候怎么叫我来着？

小茜：（双手掩面做娇羞状，扭动着身子）哎呀，讨厌！

父亲：再叫我两声呗！我听得心里可舒服了！

小茜：（扭过身去）去你的，我不叫！（捂住自己的嘴，又觉得不对，马上站起来，隔着桌子去捂他的嘴）不许说啊！不许说！

（突然传来敲门声。两人一惊，立即正襟危坐。）

患者：（台下音）爸，我回来了！

父亲：进来吧！门没锁。

（患者从院门上。这是中学时代的患者，他明显长高了，长得粗壮了，声音变得粗哑而低沉。动作和神态也都显现出青春期男孩子特有的笨拙和木讷。他仍穿着白衬衫蓝裤子。）

患者：爸，我回来了！（并不看谁，纳头便往东厢房他自己屋里走。在门口台阶上绊了一下，险些摔跤。）

父亲：中和呀！没看见家里有客人？这么没规矩！小茜阿姨不认识？

患者：（在台阶上站住，转过身）认识！

父亲：认识不打招呼？

患者：（顺从地）小茜阿姨好！

小茜：中和，我们昨天晚上的演出你看了吧？

患者：看了。

小茜：你觉得小茜阿姨演得怎么样啊？

患者：演得挺好的。

小茜：（一副认真的样子）怎么个好法，你能说说吗？

患者：就是……（现出一副思索的神情）就是……就是看起来挺好的，（不好意思地蹭着鞋底）我也说不出来怎么个好法。

小茜：（笑起来）就是看起来挺好的呀！你喜欢演戏吗？

患者：喜欢！

小茜：那你将来想演戏吗？

患者：（又不好意思起来，重复刚才蹭鞋底的动作）想演！

父亲：他还能演戏！你瞧他是那块料吗！

小茜：（转向父亲）屈老师，您怎么能这么说您儿子呢？

患者：（猛然现出倔强的一面，在台阶上挺胸抬头，眼里噙满泪水，高声大叫）我能演！我就是能演！

（灯光熄灭，舞台一片黑暗。灯光再度亮起，回到心理治疗室场景。患者与心理医师在沙发上相对而坐，一副始终在促膝倾谈的情景。）

医师：这么说你的职业取向还是受了父亲的影响？

患者：可以这么说吧……不，也不完全是！我相信，即使没有我父亲的影响，我也会选择戏剧的。我觉得我命里跟戏剧有缘。我就是为戏剧而生的。

医师：这么说有点言不由衷吧？至少对你父亲不太公平。是不是因为他从来不欣赏你，反倒激发了你的逆反心理，你越是要演戏？

患者：绝对不是！跟你说句实在话，别看我爸当了这么多年的剧院领导，其实他对戏剧一窍不通，是个地道的二百五，他唯一的专业背景就是三十年代上海滩的戏班子。后来投身了革命，他在部队里当文艺宣传队干事，成了革命文艺骨干，混了个老资格而已。你知道他为什么愿意往文艺堆儿里扎吗？因为文艺堆儿里都是漂亮女同志。（俩人同时笑起来）这话可是他自己说的！由此可知，他这剧院领导当的是怎么回事了吧？与其说他爱戏剧，不如说他爱女人。你知道他在我们文艺界里有个雅号叫什么吗？人们都叫他"百花"院长。

医师：（大笑）哈！——这名字不错嘛！很富有诗意！

（父亲的灵魂出现在患者沙发的背后。他冷冷地目不转睛地盯着自己的儿子。）

患者：他就这么个水平，我能受他什么影响？

父亲：饮水思源啊！你这个忘恩负义的孽种！不要忘了你是怎么上的戏剧学院，不要忘了你是怎么进入剧院当导演的。是谁为你打开了通向戏剧舞台的大门？

患者：我有我自己的才能。

父亲：是谁让你出国深造，获得了博士学位？

患者：（不由自主提高嗓门）那是逼上梁山！（父亲的灵魂从沙发背后绕到前边，面对患者）

父亲：好好看看你自己吧！现在我躺在床上不能动了，你就混成了这个模样。连个正式的导演职位都没了，就搜罗了几个社会混混儿搭了个草台班子；一年到头也排不了一部像样的戏，光靠搞那些商业噱头混点小钱。刚上了一部正儿八经的大戏《裤裆胡同》，那还是剧院看在我的面子上，给了你这个机会。

患者：（高叫）我不想这样！我不想这样！

父亲：请问，你的才能都哪儿去了？

患者：（激愤地跳起来与他对质）全都是因为你！都是你一手造成的，你毁了我的生活，你毁了我的才能，你毁了我的肉体和精神，你把我变成了一个残废……

父亲：有一点倒是随我，也是一个登徒子。有其父必有其子嘛！不过本事可差多喽！（长叹一声）唉！我本以为我的儿子……

患者：我宁愿你没有生我！

父亲：（充满伤感地）我寄托着殷切的希望啊……

患者：我空怀着满腔的热情和希望。我努力地奋斗，我不屈地抗争，可是我浑身的力气却使不出来，我光有把子力气使不出来呀……我憋得难受，我憋得要爆炸了，我就想，要是拿把刀子捅一下，（随手掏出刀子来）把那股压力放出来，我就舒服了。（冲着父亲的灵魂挥舞刀子）我捅，我捅，我捅刀子。趁还来得及，我来它个一刀了断……我捅……（父亲的灵魂脸上带着冷嘲的笑意，在医师坐的沙发背后消失）

医师：（惊惧地躲闪着）住手！放下你的刀！（一个嘴巴扇过去，患者猛然惊醒，持刀呆立）把刀子给我！

患者：（面露愧色）对不起，大夫！我又撒吆症了？

医师：把刀子给我！

患者：（歉意地龇牙假笑，麻利地收起刀子）对不起，大夫！

医师：我不想再看见它！听见没有？坐下！（患者和医师双落座）我不得不明确给你指出来，你有一种暴力倾向。这对你是

— 210 —

非常有害的。

患者：我知道！我心里一直压抑着一股强烈冲动，总想……你知道……有时我就控制不住自己；甚至，我一直想自杀。

医师：你什么时候开始产生这种念头的？

患者：很早就有了。那是我第一次结婚。我一结婚，我爸就催促我们生孩子。说句大实话不怕你笑话，我们结婚半年了，亚玫仍然是个处女。虽然我一直在努力，我父亲却老是催。他越催我，我越不行，我的下身总是酸痛不止。他就骂我是废物。当时我就想，不如死了算了，活着有什么意思！

（舞台灯光转暗。灯光再度亮起，呈现出患者家从前住的四合院天井场景。时间是冬季，那棵大柿子树只剩下光秃秃的树枝，正面西厢房的窗台上摆着一排红艳艳的大柿子，正房和厢房的房门上都挂着厚重的棉门帘。刚落了一场雪，地上、屋檐二、树杈上，院门的墙头上全都覆盖了一层皑皑白雪。青年时代的亚玫身穿红色夹袄，梳着两条长辫子，正掀着西厢房的门帘，急急地敲着房门。）

亚玫：（咚咚地敲门，声音焦急）中和，你关在屋里干吗呢？把门打开成吗？（咚咚咚）中和，你言语一声行吗？你可不能往歪里想啊！（屋里一片沉默。冲着正房喊）爸！——爸！——

（中老年的父亲掀开门帘从正房上。他头发明显花白稀疏，身体发胖；他肩上披一件军大衣，一手拿着一张报纸，一手拿着一副老花镜。）

父亲：什么事啊，值当这么大呼小叫的？

亚玫：中和把自个关在屋里了，半天也没动静，叫也叫不应他。

（患者的姐姐从正房上，随在父亲身后。）

父亲：他愿意关在屋里叫他待着去，你叫我干吗？

亚玫：不是！（压低嗓音）刚才我看见他是从厨房拿了把刀子进去的。我问他要干吗，他也不理我。我就觉得他有点不对头。你说完他以后他就这样了。我怕他……爸，你不应该说那些话。你怎么能那么说他呢？让我都觉得没面子。

父亲：（当时瞪起眼）他做得不对怎么就不能说？嘿！我说他两句又怎么啦！你是不是也想站在他的立场上来反对我？别说说他两句，我要真急了兴许还给他两巴掌呢！你信不信？

亚玫：爸！（急得语无伦次）我不是那意思，我是说……

姐姐：（嘲讽地）你行啊！知道护起自己男人来了。护着自己男人倒不错，别拿我爸当垫背的；你自己的男人你没照顾好，还要责怪我爸不该说这不该说那。你要面子，早干吗了？

亚玫：哟！一脚没踩住，你打哪儿又冒出来了？这家里呀，最不该说话的就是你。老大不小了还不嫁人，都成了烫手山芋了，自己还不觉景呢？老实眯着得了！

姐姐：我嫁不嫁人碍你什么事？

亚玫：你现在就在碍我的事！

父亲：（对儿媳）你少说两句行不行？

亚玫：是她先挑头的。

父亲：都给我闭嘴！（对儿媳）到底怎么回事？

亚玫：中和拿刀子进屋的，半天了也没动静，叫也叫不应。我担心……

姐姐：（冲亚玫）我告诉你，中和要是有个三长两短你得负责。

父亲：（对女儿）你别跟着瞎搅！回屋去，这儿没你的事！（意识到问题严重）他拿刀子进屋的？（转向厢房门，推一推，门反锁了，敲门）中和呀，是我！你把门打开，有什么话咱们好好说，别一个人在屋里闷着。

三人：（齐声大叫）中和！——

（厢房门突然从里面打开，青年患者出现在门口。他衣着不整，头发凌乱；满脸的疲惫憔悴，两眼灰暗无光，仿佛缠绵病榻多日。他叉着两腿站着，右手举着一把明晃晃的尖刀。他的突然出现令三人吃了一惊，不由得向后退。）

父亲：（结巴着）中和……你……你……你要干吗？

患者：（向前一步跨出门槛，叉腿站立，一松手刀掉落在地，嘴角现出无力的讥笑）你们还真害怕我死了！

（灯光转暗熄灭。灯光再度亮起，回到心理治疗室。患者与心理医师仍相对而坐。）

医师：（欣慰地）你看，你并没自杀。这很好嘛！

患者：（长出一口气）是啊！我发现我是个胆小鬼。当我把刀子架在手腕上时，浑身不停地抖，无论如何也下不了手。……更主要的，就在那一刻我发现，我对这个世界仍充满了眷恋之情。对人世的眷恋是一个人活下去的原动力，不是吗？

医师：是这样！

患者：你知道，当时我眷恋的是什么吗？（医师抱着双臂静静地看着患者没有反应，似乎在等候他自己作出回答）——戏剧！

医师：（故作惊愕地）哦？

患者：对，就是戏剧！在我后来的人生中，也是戏剧一次次地使我得到拯救。

医师：太好了！太好了！这就是我们心理分析所说的艺术创造的升华作用……

患者：不只是升华作用，我觉得戏剧成了我的一种信仰；正像后来我的爱尔兰导师阿诺老爹所说的，戏剧是一座教堂；每当你走进其中，你的心灵都会得到一次抚慰和净化。

医师：（兴奋地）这话说得太好了！

患者：可是当时我并没有这么明确的认识，只是感到一种无限眷恋，深信我需要活下去，我有那么多的事要做。那时我刚大学毕业进入剧院不久，满脑子是学来的新思想、新观念，什么荒诞派啦，什么表现主义、存在主义啦；心气儿很高，对旧的东西就是看不顺眼，一门心思要创新。我整天关在小剧场里，搞戏剧实验。我和我的大学同学蔡洪钧合作，他编我导，排了一部荒诞戏《官帽椅》，揭露社会黑暗，讽刺我们的官僚体制。其实我爸对我们的戏剧实验很是不满，但当时就是那么一股社会思潮，整个思想文化界都受到影响，他也没办法。从我那次自杀未遂事件后，他意识到我的问题严重，积极地给我联系医院，让我去看医生。一回家他就跟我念秧儿，抱孙子呀抱孙子的，我很烦，经常借排戏之故不回家，只在周末回去应个景。突然，一个星期六的晚上……

（灯光转暗，本场景隐去。灯光亮起时，舞台呈现出患者从前居住的四合院西厢房内景，室内陈设基本没有太大变化，右侧里屋门旁的墙上贴着戏剧海报的招贴画，桌子上增加了一台电视机。青年时代的患者身穿牛仔装，留着一头长发，正坐在床上看书；他左胳膊肘挂在身旁的坑桌上，看一会儿，放下书来，脸上一副沉思模样。妻子亚玫梳着披肩长发，身着时兴的连衣裙，肩上挎着一个精巧的挎包，在屋里小心地来回走动，生怕打扰了他看书似的。趁他放下书的空当，走到床旁。）

亚玫：中和，这个周末你不是答应陪人家去逛街的吗？一回来又坐那儿看上书了，总是没完没了地看。

患者：哎呀！（把书放到炕桌上）我最近忙得很，正准备上一台新戏，得赶紧看剧本；一个逛街，什么时候不能逛啊！非得……

亚玫：（把挎包往床上一扔，一扭身在床沿上坐下）你去不了早说呀，害得人家跟这儿傻等！（抱怨地）忙，忙，总是忙！你就没有闲的时候，也不累得慌。出去走走，放松一下也是好的呀！

患者：亚玫！——我不是跟你说过吗？我现在一刻都不能放松。我有一种强烈的紧迫感。我刚进入剧院，才导了那么两三部戏，总算开始起步了，我得快马加鞭，大踏步前进。（雄心勃勃地）预计在三五年之内，我要创造出中国戏剧史上一个奇迹。

亚玫：那你的生活呢？你的生活就不要了？

患者：生活？戏剧就是我的生活！

亚玫：（悲切地）那么我呢？我在哪儿？我在你的戏剧生活中算是一个什么角色？

患者：亚玫！（从床上跳到地上）说句心里话，我一直想把你拉进我的演员班底，这样我们的事业和生活就可以同步。你的条件不错，也具有这方面的天赋，虽然你学的专业不是戏剧表演，但艺术都是相通的……

亚玫：也许当学生的时候我会欣然接受你的请求，但现在我的想法改变了。我需要实实在在的生活。我是一个女人！我需要一个温暖的家，需要丈夫的体贴关爱，需要生活中每一点细小的情趣，不只是站在舞台上拿腔作调、扭扭捏捏地演给别人看。如果把这当作生活的全部，这种生活太虚假了，你不觉得吗？

患者：（不耐烦地挥手）算啦算啦！既然你不愿意……（在屋里来回走动）

亚玫：中和！（犹疑嗫嚅地）中和——我——我想告诉你一件事，我可能有了！

患者：（突然站住，转过身面对妻子）你说什么？什么有了？

亚玫：哎呀，这还不明白？我很可能怀上孩子了，我都两个月没来了。

患者：（吃了一惊）这不可能！（冲到她跟前）这怎么可能呢？我根本就……

亚玫：怎么不可能呢！你不是一直在看医生吗？你不是一直在吃药吗？

患者：你觉得这有效果吗？

亚玫：怎么没有？我感觉你比最开始的时候好多了。（羞涩地）而且感觉越来越好。

患者：你撒谎！你想安慰我，你不过是在遵医嘱，积极配合我罢了。我能感觉到，你没有什么感觉，你丝毫不觉得快乐。你那点感觉不过是演给我看罢了！

亚玫：（委屈地）中和！——你为什么要这样说我？你这么说是不公正的。

患者：（开始烦躁地来回走动，两手还不停地挥舞着）不公正是因为我，是我对你不公正。我没有能力给你快乐，你对我根本不满意，却还占有着你。（突然爆发出来）你为什么不骂我废物、没用的东西？反倒要装出一副心满意足的样子。你在恶心我，你知道吗？比当面骂我还叫我恶心。

亚玫：（满眼泪水、声音颤抖）中和，别这样说吧！快乐不快乐无关紧要。重要的是不影响我们生孩子，这就足够了。

患者：这不是真的！（忽地狂笑起来）这不是真的！一个不中用的东西却能生孩子，这怎么可能？哈！——哈！——哈！——

亚玫：（给他笑得发毛，从床上跳下来面对他，极力抗辩）怎么没有可能？我都咨询过医生了。

患者：（怒气冲冲地）这是一种羞辱，你知道吗？这是极大的羞辱！一个性无能患者会生孩子，（哈哈大笑）这将会是一个什么样的孩子，啊？不！我不想要孩子！（面对亚玫）我不想要孩子，你知道吗？

亚玫：（吃惊地）为什么？这是我们的孩子呀！

患者：那又怎么样？

（相互对视。片刻静场。）

亚玫：噢！我明白了。（带着哭腔）你不愿意我们有孩子。你根本就不爱我；是你父亲把我强塞给你的，到现在你也不能接受我。我是本应该知趣的，你心中根本就没有爱，哪来的什么能力呀？

患者：这话不对！我不是没有爱，我是没有爱的能力，我没有能力去爱。你知道，我小时候我爸给我那一脚……（禁不住声音颤抖起来）

亚玫：到现在回想起来都让你痛苦难当……

患者：不需要回想，从来就没忘记，它每时每刻都在我内心里发出刺痛，它结成了一块冰冷的石头堵在那里，吐不出来也咽不下去……

亚玫：就是它毁掉了你的人生！

患者：这么多年啦！（悲叹地啜泣）从小到大，我一直在等着他给我一个说法，至少他该跟我说一声对不起吧？可是他就跟没事人似的，就好像从来什么都没发生过。这老东西！

亚玫：这话你都说过无数遍啦！我就知道你准会绕到这上面来。

患者：我就是要说！我为什么不能说？

亚玫：问题是你跟我说有什么用啊？你直接跟你爸说去……

患者：不！我决不跟他说！像个讨债的可怜虫上门求着人家施舍似的，即使讨回来了也不算数。我要让他内心里自我反省，让他良心发现……

亚玫：你算了吧，中和！他要是能自我反省早反省了，用不着等到现在。

患者：（绝望地）要不……要不我也给他来一脚，我们就扯平了，谁也不欠谁的了。

亚玫：你疯了！你怎么能……不管怎么说，他也是你父亲啊！

患者：什么父亲！生理上的父亲而已。他仅仅生了我，我倒但愿他没生我。

亚玫：（抓住他的双臂）中和，别再说气话了。这么多年都过去了，你也不是小孩子了，还是面对现实吧！大夫不是说了嘛，你的问题主要还是在心理上……

患者：我的问题我自己最清楚，不用他们说。（推开她的拉扯）都是些二百五！

亚玫：中和！你这种态度……

患者：拉倒！拉倒！（静场。亚玫呆呆地垂手站立，不知如何是好。患者抱着膀，摆出一副满不在乎的架势。两人对峙半天）你能确定你怀孕了吗？

亚玫：八九不离十吧！还得进一步检查化验。

患者：你跟我爸说了？

亚玫：当然没说！我不得先跟你说嘛！

患者：就不要跟他说了。你去医院检查检查，要真是这么回事，就做了吧！

亚玫：为什么？

患者：亚玫！你知道，我现在事业刚刚起步，不能为这些事牵扯精力。

亚玫：你干你的事业去，用不着你管。我自己能行。

患者：哼，说得倒轻省，到时候就不是那么回事了！

亚玫：到时候也不用你管，你要不信咱们可以立字据为凭。

患者：（有些发急）是我的孩子，对不对？——是我的，我就有权决定要不要。

亚玫：（双手护住腹部）也是我的！我也有权决定。

患者：（瞪眼厉声地）你做不做？

亚玫：（坚决地）我不！

（灯光转暗，本场景隐去。灯光再度亮起，回到心理治疗室场景。医师和患者二人在沙发上相对而坐。医师表现出凝神倾听的神情，像是一个被故事迷住的热心听众，急于知道下文；也许这不过是出于一位心理医生的职业策略，在暗示和鼓励患者不停地倾诉下去。）

医师：我敢肯定地说，你当时态度不够坚决。

患者：（垂头丧气地）我坚决什么呀我！我要不威吓她那一下子倒好了。她回头就把我爸拉过去当靠山。我爸反过来把我臭骂一顿。

医师：这么说，你前妻当时的怀孕是属实的喽？

患者：属实！——她后来去医院做了检查，我爸陪她去的。（厌恶地）从医院回来，你看他那个乐呀！大嘴都咧到耳朵根子后边去了，这辈子我都没见他那么高兴过。不瞒你说，当时我脑子里就闪过一个不祥的疑问：我老婆肚里的孩子到底是他的孙子还是他的儿子？

医师：好！我想请求你注意一个问题。你当时头脑里闪过的这个疑问，是你理性判断的结果呢，还是仅仅出于你的生性多疑？

患者：是出于我的直觉！我的直觉从来都不是毫无根据的。在我和我爸之间，她总是离他更近，很多事情她都跟他站在一边。你想，她是他老战友的女儿，根儿当然还是在他那儿。他那老战友临死前，把女儿托付给他，她几乎就是他一手带大的，虽然没跟我们生活在一起，很明显的我爸对她比对我姐姐都亲。多年以后我才寻思过味来，当时他把她嫁给我，是别有用心的。

医师：你能不能具体点，举两个例子，证明你的怀疑是有根据的。比如他们俩之间有什么超常的言行举动？

患者：后来的事实证明……

医师：（打断他）我不说后来，我就指当时你妻子怀孕那一段时间前后？

（静场。患者陷于冥思苦索，但思索半天毫无结果。）

患者：我跟你说，那一段时间我很烦，不愿意回家，而且我全部心思都用在排戏上，经常在排练场过夜。他们在家里干出什么事来，谁能知道？

医师：当时你姐姐还没出嫁，在家跟你们一起住，对不对？

患者：是这样！

医师：你姐姐没跟你提起过家里的什么异常情况？

患者：没有！她跟我前妻历来不合。自从亚玫嫁到我们家，她们俩就不停地打打闹闹，全是些鸡毛蒜皮的事，我都懒得听。

医师：（挥挥手）好吧！继续——

患者：（回想半晌）我说到哪儿来着？（烦躁地）你瞧，你一打断我，思路就接不上了。

医师：你说到他们从医院检查完回来，你父亲很高兴。

患者：对！——当时我就知道，我已无能为力：我只有面对这个孩子的出世。我立刻萌生出一个报复的念头："生出来吧！生出来吧！你怎么对待我的，我就怎么对待他，你看我怎么收拾他！等着瞧吧！"我心里一时生出一种从未有过的快乐，一种急切的期待。我的生活似乎有了盼头……孩子生出来了。我尽量表现出漠不关心，完全是在袖手旁观，要是他不指使我干这干那……我觉得他常常顾不上指使我，倒宁愿自己动手，他竟亲手给那小东西洗屎尿襁子，你能想象得到吗？你瞧他里里外外忙活着、伺候着，那股乐此不疲的劲头，弄得我们家雇用的老妈子都不知所措。他买了一大包糖分发给大家，让整个剧院上上下下来分享他抱孙子的甜蜜，搞得谁见了他都要向他道喜，而我这个名义上的父亲却给冷落在了一旁。有谁会为这件事费点神走走脑子呢？人们大叫着"隔代亲啊"，一切便都顺理成章了。我却一直在纳闷：想当初他也给我洗过屎尿襁子吗？他也会像打我一样打他吗？……我忌妒了！我忌妒了吗，大夫？（直眉瞪眼地盯着心理医师）你认为我忌妒了吗？——你肯定是这么想的。（医师抱着双臂，静静回望着他，在沙发里直了直身，一言未发）不！我告诉你，我一点都没忌妒。后来我品出来了，这根本不是什么忌妒，尽管它带有一股浓烈的苦味，这是那种复仇的渴望。他对那小东西越好，这复仇的渴望便越强烈，也越甜美。这是遗传。我继承了他的全部遗传特征，他怎么待我的，我就怎么待他，你瞧着吧！这也算是父债子还吧？——可是……可是……（忍俊不禁，先是捂嘴窃笑，而后实在忍不住，哈哈大笑起来，在沙发上坐不住，站起来笑）你猜怎么着？不出两年，连声爸爸都没叫出来，那小东西就一命呜呼了！（哈哈大笑）我心里这个乐呀！直向上苍告谢，"老天有眼啊！老天有眼啊！"一定是他不忍心看到人间再多一个苦命人，早早把他给收回了。（表情立刻现出沮丧）我没高兴多久。待我父亲那阵悲痛慢慢过去，有一天他把我跟亚玫叫到跟前，又下了一道圣旨：（学着父亲的腔调和做派）"你们都还年轻，可以再生一个嘛！"（没好气地）我生个屁啊！

医师：你父亲这道"圣旨"是不是给你心理上造成了很大压力？

患者：岂止是压力，可以说是摧毁性的。一年多的治疗，如果说还有一点效果的话，也彻底前功尽弃。

医师：你没有想过重建吗？比如说重新开始……

患者：重建什么呀！我内心没一点指望了。而且就在这时，我的导演生涯发生了一次重大转折……

医师：看得出来，你丝毫不理解你父亲那么急切地想抱孙子的心理动机？

患者：（思索片刻）不理解！真的不理解！

医师：那你是怎么想的呢？

患者：我能怎么想？——我就觉得，不论是儿子还是孙子，都不过是他的传宗接代的工具而已。真的，他这种意识极强。

——幕落

第三场

幕启时，整个舞台一片黑暗，一束灯光打下来，罩住父亲的灵魂。他除了给人一种飘忽之感，还表现出一种前所未有的沮丧和颓唐，行动起来磕磕绊绊。

父亲：多好的姑娘啊！我起小看大的，要模样有模样，要灵气有灵气。怎么就没个好命呢？这可不是我本意。我本来打算得好好的。打小托付到我手里，我就看出这小丫头是个好苗子；我把她当自己亲生女儿一样待，用心培养她，给她最好的教育；长大以后给她找个最好的人家。——当然，最好的人家就是自己家喽！（仰望虚空，大声地）老战友啊，我想这也是你的意思吧？还记得吗，我们刚结婚那时候，都还没孩子，老在一块喝酒，是怎么开玩笑来着？你说要是你生了女儿，我生了儿子，咱们一定轧亲家。是这话吧？这话应验了不是？只可惜，你走得太早了，没有亲眼看到这一天啊！你临走，给我留下那封信，说要我照应你的亚玫，我就明白你的意思了。这么多年，我丝毫没敢怠慢你的嘱托啊！（深深地感叹）唉！——说起来惭愧，我那不争气的儿子……让我愧疚的是，没有让亚玫得到幸福。老战友啊！（一时兴奋起来）我也要到你那里去了；很快咱们就又见面啦！等咱们见了面……等咱们见了面，（一时又丧气起来）我还真有点不好向你交代。——唉，你就是走得太早了！我老是

— 223 —

在梦中梦见你；至今我都还悔恨不已，当时我要是多劝劝你，兴许你就不会走这一步。你还跟我说过你挺不住了。（深长地叹息）是啊，不光你挺不住了，当时我也快挺不住了，我们一块挨批斗的同志都挺不住了。老舍先生不就跳了太平湖了？他这一跳，给了我当头一棒，倒让我猛然警醒：我们决不能走这条路。我还记得当时悄悄跟你说过，"这一切都是暂时的，不会长久。我坚信，乌云终会过去，历史会做出公正裁决，我们一定要活到那一天！"万没想到的是，紧跟着老舍先生，你就跳了文联大楼。这些混蛋，都没让我最后看你一眼；对我的恳求的唯一回答就是两个响亮的耳刮子。——打吧！你们这些畜生，打呀！我挺得住！……你瞧，老战友，我不是挺过来了！

患者：（在黑暗中）这都是因为你心中怀有坚定的信念！

父亲：（骄傲地）这都是因为我心中怀有一种坚定不移的信念！对我们的党，对我们国家……

患者：这些话你都说过无数遍了！那些苦难成了你的骄傲和仰仗的资本。

父亲：这些话我翻来覆去地跟他们讲，特别是年轻一代；我年年讲月月讲，要让他们每个人都知道，我经历了那么多的苦难，还有什么好怕的？我无所畏惧……老战友，这些话呀，等咱们见了面好好唠扯唠扯，特别是你走了以后没经历着的那些事儿。

患者：特别是他的宝贝闺女亚玫。

父亲：（沉吟自语）特别是亚玫，成了我的一块心病。跟老战友见了面，我可怎么向他交代呢！

（灯光转暗，父亲的灵魂消隐。灯光再度亮起，回到心理治疗室场景；灯光朦胧，使整个场景仿佛笼罩在一层薄雾中。医师没有在场，只有患者坐在沙发上，头垂在胸前一动不动。静场。未几，医师从左侧门上。他走起路来很轻，一点声音没有，轻飘飘的；再加上他身穿白大褂，看上去像一个幽灵。他走到患者身旁，站那儿注视患者。静场。患者发出一声深长叹息，慢慢抬起头，茫然四顾。看到医师。）

患者：（惊异地）你是谁？（站起身来环顾）我这是在哪儿啊？

医师：（抱起双臂，自若地）我是你的心理医生啊！你在我的治疗室里。

患者：（茫然注视他）心理医生？——（猛然拍额）对！对！你是心理医生，我在你的治疗室里。大夫，我刚才是不是睡着了？

医师：没错！你说着说着就没动静了。

患者：（不满地）是你对我实施了催眠？

医师：哪里？这完全是自由联想产生的效果。这种效果要比催眠好得多。（惬意地）这说明……

患者：（急急地）我睡了多长时间？

医师：这无关紧要。最关键的是你睡着了。

患者：你怎么知道我睡着了？（矫情地）或者说，我怎么知道我睡着了？我怎么知道我已经醒了，而不是在梦里？也许我正在做梦；我梦见我来看心理医生，而你就是我的梦中人。

医师：（旁白）太好啦！这真是奇效啊！连现实与梦境的界线都打通了。（对患者）那么你可以试一试，用老百姓最通俗的办法，拿手拧一拧自己的大腿。

患者：（泄气地坐回沙发上）你别跟我来这一套！你以为你在糊弄三岁孩子呢？我跟你说，我做起梦来往往是一个梦套着一个梦，我总是在梦中突然惊醒。我以为自己醒了，其实又进入到另一个梦中。

医师：（在患者周围来回走动）你说得很对！我们往往会这样。不过还有一种方法，你不妨回想一下你刚才做的梦，要是你记得起……

（灯光中的那层朦胧色调不知不觉地渐渐隐去，转换成正常灯光。舞台人物形象清晰起来。）

患者：（毫不犹豫地）我梦见了我父亲。

医师：（满意地点头，悠然地在患者对面沙发上坐下来，跷起二郎腿）事实上我们一直在谈论你父亲，谈论你们之间的关系及其加给你的伤害。

患者：没错！这是我很不愿意谈论的一件事。我离开家后的这些年老是不断地梦见我父亲。他在我梦中的形象变化无常，有时候很凶恶；有时候很和气；有时又是一副很悲惨的样子，让我顿生怜悯；有时他反复跟我磨叨一句话，让我大惑不解；有时他又做出许多滑稽怪异的动作，引人发笑。还有一些梦，不瞒你说，干脆就是赤裸裸的性梦。

医师：（很有兴味地）你能不能给我讲一讲这些梦？最好举几个实例，说说你都梦见了什么？

患者：（极力回想，烦恼地拍着头）哎呀，现在脑子不好，别说做过的梦，就是我生活中好多事现在都记不大清了。——噢！不过，我在爱尔兰排过几部荒诞剧，都是以我父亲或我梦中的父亲形象为原型构思创作的。观众反响很强烈，也得到我的导师阿诺老爹的赞赏。在谈到创作经过时，我只说是虚构的，至于创作原型我从没露过一丝口风，包括对阿诺。

医师：对一位导演来说，在谈论他的创作过程时，这是必不可少的一项内容。你为什么偏偏采取回避态度呢？

患者：（烦恼急躁地）我不知道！因为……因为……你知道，荒诞剧所表现的就是人最无奈最可笑最……最可悲的一种处境，而这却来源于我的父亲……

医师：这说起来有伤你的自尊，让你羞于承认，是吗？

患者：没错！是这么回事。（暗自痴笑）要是我爸知道，他的形象成了他儿子的荒诞剧的材料，不得气死！（哈哈大笑起来）你知道，他一辈子都是荒诞剧的死对头。

医师：不至于吧？艺术创作是对生活的凝练概括，具有普遍意义，它所针对的是现象，不针对个人，尽管它来自于生活原型。你父亲作为剧院院长，这点道理还不明白？

患者：他给别人讲大道理时头头是道，什么都明白。可一落到具体人、具体问题上，他就糊涂了，所以说到根儿上，还是个二百五。

医师：这么说来，你在剧院那几年，一定没少跟他发生冲突？

患者：你说对了！这就是后来导致我的生活剧变的祸根。

（灯光渐渐熄灭，此场景消隐。灯光再度亮起，舞台上呈现出患者家从前居住的四合院正房内书房场景。室内陈设显得很阔气，也颇有文化韵味。正面是两扇并排的花格窗；两窗中间有一道门；窗和门上都挂着淡雅的花帘；窗下的承物架上摆着两三盆兰花。右侧是一面墙，墙上挂着条幅字画；旁边是一个大书柜，里面摆满了书籍画册等；书柜前是一张宽大的红木书案和一把太师椅，上面散乱地堆放着一些书和报刊之类；书案右手边上有一部电话。舞台左侧是一套沙发和一台电视；电视旁摆着一盆一人高的巴西木。五十多岁的父亲坐在太师椅上，稀疏的花发向脑后背着，显得天庭宽阔饱满，仪表堂堂。他手里转弄着眼镜，显然是刚放下书本。他面前站着他的儿媳妇亚玫；她两手在胸前摆弄着发梢，很有些局促。）

亚玫：爸，我跟您说这些真不是抱怨，您别误解我的意思。

父亲：（若有所思地点头）我知道我知道！这个你尽管放心，我不会怪你的。

亚玫：最麻烦的是，他现在很有情绪，很抵触……就不能……

父亲：不是一直在看医生吗？没断了是吧？

亚玫：对看医生他现在也很反感，每次都是我连哄带逼的；而且好像也没什么效果，还不如从前了。

父亲：你得积极配合医生的治疗。你就得主动点，男人有时喜欢女人主动的，想办法引起他的兴致。（嘴角现出一丝会意的笑）你知道该怎么做的。不用我教你吧？

亚玫：（做羞涩扭捏状，佯装生气）哎呀，爸！现在不是这么回事！生小宝以前他还愿意跟我有交流，现在连话都不跟我说了；你看现在他回家吗？除了来拿东西和换洗衣服；见了我面也跟不认识似的；（带有些哭腔）我一跟他说话吧，他就急赤白脸……

父亲：（把手中眼镜往桌上一扔）我知道你处境很难。

亚玫：（出声地抽泣，从口袋里掏出手绢来抹泪）我现在一点办法都没有了。我觉得你得跟他谈一谈了，再这样下去我要受不住了。

父亲：（从座位上站起身，绕过书案来到亚玫跟前，想把她揽在怀里，被她轻轻推开。他只好拍抚着她的肩）好啦！别哭了！有什么委屈你就跟我说，我跟他谈。我也是，最近一段时间太忙，老是开会，东跑西颠地马不停蹄，忽视了你们。他今天回来了吗？

亚玫：（点头）他在呢！

父亲：这兔崽子！你把他给我叫过来。

亚玫：（放下手绢）爸，你可别动气！

父亲：我不动气！我动什么气？

亚玫：你可别骂他，好好跟他说。

父亲：（朝她挥手）你放心！快去吧！（亚玫破涕为笑，转身从正门下。他倒背手在书房里来回溜达，一副心事重重之色。独白）多好的姑娘！嫁给了他……哼，不中用的东西！连个孩子都生不出来！……辜负了我一片爱心啊！这哪儿像我的儿子……我这心里老是不停翻腾，一刻也不得消停……还不如我自己生呢！跟他费这劲……我还不算老吧？……（一面走一面自语。忽然听到敲门声，站住脚转向门，高声地）进来！

（青年时代的患者掀开门帘从正门上。他一身牛仔装，梳着长发，修长高挑的个头，显得很帅气；但脸色暗淡，清瘦，给人一种病弱感。他一手拿着一叠稿纸，一手拿着一管笔。）

患者：（规规矩矩地站在门口）爸，您叫我？

父亲：（热情但很有些不自然）啊，中和！你回来了。咱爷俩可有日子没见了。你忙我也忙，难免看不见啊。来来来！（顺手从书案边上拉出一把椅子）坐！

患者：（犹豫了一下）我还是站着吧！净坐着了。

父亲：那抽支烟吧！（从书案上拿起一匣烟）我跟你说，这可是难得的好烟，保管你没抽过。是中央领导特供的，一个朋友从内部搞出来的，送了我一条。（抽出两支，递一支给儿子。得意地）你一闻这味，就是不一样！

患者：（犹豫了一下，没接）爸，我现在不抽烟了。

父亲：哪能呢！当导演还有不抽烟的。我看你从前抽得可挺凶的，特别是导戏的时候，一支接一支的。

患者：（笑笑，显得不自在）那是从前！现在不抽了……大夫不让抽，大夫说抽烟会……会影响……功能。

父亲：噢，对！对！你看，我把这碴儿忘了。——好啊！你能积极主动地配合医生的治疗，又这么有决心有毅力，你肯定能康复。为了对你表示支持，我也不抽了。（把两支烟重新放回烟盒内）

患者：（踟蹰地）爸，——您找我有事吧？

父亲：哦！没什么要紧事。这么长时间不见了，咱爷俩聊聊。（很悠闲地坐靠在书案上，交叉起双臂）怎么样，最近治疗的效果如何？还不错吧？

患者：反正一直在看医生，治着看呗！

父亲：看医生是一方面。回到家来，也要主动跟亚玫交流，多与她亲热。这女人啊，就好比是一把琴，你得经常抚弄弹奏，慢慢你自己就找到感觉了。（挤眼嬉笑）这是我的经验。别一回来就钻在屋里抱书本。

患者：（越发不自在地）爸，我刚进剧院没几年。我想趁年轻，得尽快让自己立起来。我总有种紧迫感。

父亲：有事业心是件好事，可也不能耽误了生活呀！我年轻那时候，阵地就是舞台，一边演出，敌人的飞机一边在头顶上盘旋，炮弹就在身后炸响；那阵势，紧迫不紧迫？即便这样，演出一完，在布景后面该跟女人亲热照样亲热。那是什么劲头！那股激情……生活事业两不误，才是好样的。

患者：现在跟你们那时候不一样！

父亲：有什么不一样？现在的条件只比那时候好……（一眼看到患者手里拿的那叠稿纸）你看，你好容易回家一趟也不歇着。（关切地）你可瘦了许多。这么玩命干不觉得累呀？我真担心你吃不消。

患者：还好吧！（笑起来）一排起戏来，什么都忘了！

父亲：你手里拿的又是什么本子呀？

患者：（局促地）陶洪钧新写的一部戏。

父亲：院里还没审过吧？那我先睹为快喽！（患者迟疑地把手里那叠手稿递过去，父亲接住，随意地翻看。脸上立时现出不屑）又是你们那种荒唐戏！

患者：是荒诞剧！

父亲：中和呀，（把那沓手稿放到书案上，抱起双臂）作为你的父亲和剧院的一院之长，我有责任劝导你，你悬崖勒马的时候到了——是时候了，就此打住，不能再往前走了。

患者：为什么？这对我们来说是一种全新的戏剧形式，人家西方五十年代就已经很盛行，我们还是个空白；我们比人家落后三十年都不……

父亲：不过是些时髦玩意儿！人家玩过的破烂你捡起来当好东西了，就这么回事！时髦嘛！时兴一阵就过去了，能有什么生命力？（患者丧气地低头不语。父亲似乎为了增强力度，从坐靠的书案上站立起来）当然啦，你们年轻人搞创新，搞实验，我都不反对；借鉴一些新的理念方法为我们所用，这都很好；但不能走极端。要是把我们院几十年的优秀传统一笔抹杀了，专靠搞这套东西，我可以告诉你，你毫无前途，死路一条。

患者：我没一笔抹杀！

父亲：（猛地把手一挥）你不用辩解。这不是你个人的问题，这是一股社会思潮，企图彻底否定我们的传统，你不过是他们中的一个代表。我知道咱们院里就有一些人在背后给你撑腰叫好，社会上也有一些人不时地在那里为你煽风点火。你就以为自己搞出点名堂来了，开始沾沾自喜，殊不知，你给他们当了急先锋，给人当枪使了。

患者：爸！根本不是像你说的这样。你脑筋太陈旧太僵化了；你死抱着过去的东西不放，一点不想接受新事物。你根本不了解荒诞派戏剧……

父亲：我还要怎么了解！你们搞的那套玩意儿我都看过。（突然来了火）一句话，全是些乌七八糟的东西。弄一堆破椅子满台拉来推去的；要不就一双破鞋脱了穿，穿了脱；好好一个孩子，非脖子上拴根绳跟狗似的牵着，这就叫戏剧吗？再说你们那台词，东拉西扯，颠三倒四，驴唇不对马嘴，全是废话，哪有一点语言的美感？你们简直是在糟蹋戏剧艺术！演员更谈不上什么表演，随随便便，任意胡为……照你们这种搞法，完全用不着上戏剧学院白搭四年工夫，从马路上拉一个扫大街的过来就干得了。

患者：（暗自嘟哝着）外行，根本不懂戏剧！

父亲：我外行！我不懂戏剧！早年在上海滩，我十二岁就开始在戏园子里给人跑龙套；后来到了延安，在部队上创编革命新戏；新中国成立后一进北京城我就到了剧院，编、导、演我一手抓；古今中外什么戏我没见过？我去莫斯科艺术剧院专门进修过斯坦尼斯拉夫体系；亲身践行过布莱希特的"间离"理论……哼，我不懂戏剧，你搞戏剧才几天呀！（患者垂头丧气，

（**父亲明显感觉占了上风，心气有所缓和**）我们那时候排戏，要求相当严格。记得有一次我在我们的老导演蓝平先生的戏里串演一个小伙计，就一句台词，"二位爷，您来了！里边请！"我怎么演都不行。后来专门安排我到前门得月楼饭庄实习俩月找感觉。那种对生活的体验，对艺术真实的追求，真是一丝不苟精益求精……（**现出骄傲和自豪**）好啦，我不跟你卖老了，说多了你又该嫌我唠叨。总之……

患者：戏剧艺术在发展变化，你那都是老黄历了。

父亲：怎么样怎么样，狐狸尾巴终于露出来了不是？你们就是想否定传统。什么老黄历了，全都过时了，该翻篇儿了……就你们搞那东西……就拿你那个什么《官帽椅》来说吧，荒唐的剧情无聊的台词咱们暂且不论，就说这舞台形象吧。我们的领导干部难道就是那副猥琐扭曲模样吗？这哪里是什么艺术，简直就是污蔑和攻击……唉！也怪我一时糊涂，受到周围人的蒙蔽蛊惑，竟让这种东西打我眼皮底下出笼，闹得不可收拾……（**痛悔地以拳击掌**）我真是！太放任、太迁就你们……（**猛然想到什么**）噢，对啦！光顾了争论，正事都忘了。我想告诉你，昨天在会上，你们这出《官帽椅》被点了名，我已经代表剧院做了检讨。

患者：（**立时有些紧张**）有这么严重？不都禁演了吗？我们不演就完了呗！

父亲：说得倒轻松！不演就完了？那不良影响已经造出去了，后果谁来负责？我跟你说，这事还没有完。

患者：还没完？（**怯生生地**）那能怎么样？

父亲：那能怎么样？你看报纸了吗？

患者：我不看这种东西。

父亲：（用手指点着他）蠢货！自以为聪明。一点社会常识都没有。（转身从书案上拿起一份报纸）好好看看吧！这是昨天的《人民日报》。

患者：（接过报纸展开看，第一版通栏标题，读出来）坚决反对资产阶级自由化……

父亲：这回明白了吧？这就是一个信号。上边已经给你们这股社会思潮定了性，下一步就要对思想文化界进行清理整顿，我可给你提个醒……（电话铃声突然响起。回身走到书案旁拿起电话）喂！……是我……哦……你说你说……嗯……嗯……明天，啊……好！好！……哈哈，没问题呀！上次会上我不是已经表过态了吗？我的态度是一贯的，旗帜鲜明立场坚定决不动摇……好……好，那明天见！（放下电话）通知明天开会。（呆立，仿佛陷入沉思，同时望着眼前的儿子。患者手拿那份《人民日报》发怔）瞧见没有？这就开始了。

（灯光转暗，此场景隐去。灯光再度亮起，回到心理治疗室。患者与医师相对而坐，沉默无语。刚才的对谈明显有些沉重，两人都陷入一种反思和回味中。静场片刻。）

医师：（自语般地）说起来，我也是那段历史的亲历者。

患者：我岂止是亲历者，我是直接被打击的对象。你知道我父亲接下来做了一件什么事吗？他把我当作剧院资产阶级自由化的典型，开始组织动员对我进行批判。大会小会一次一次地开，要全院同仁数落我的罪状，揭发我的罪行，同时他们进行自查。从前曾经支持我、给我叫好的那些人，一夜之间成了揭发批判我的积极分子，包括我的朋友及合作者陶洪钧。我突然发现，全世界一下子都站到了我的对立面上，我感到了从未有过的凄凉和孤独。当最后父亲宣布对我的处理决定时，整个剧院的人一个不落地齐刷刷举起了他们的手臂，我在那手臂的森林之下瑟瑟发抖，从里到外冷得像一块石头，直想找一个地缝钻进去，把自己埋起来，再也不出来。当时我就产生了一个联想……

医师：（笑）你还有工夫联想呢？这说明你脑子还没变成石头。

患者：我想，这种联想是对自身不可知的命运的一种直觉判断。你知道我想到什么了吗？广东有一道名菜叫猴脑，你听说过吧？

医师：听说过！据说这道菜吃起来很残酷的。

患者：没错！每次主人往猴笼跟前一站，猴群立刻便鸦雀无声了；哪只猴子一旦被选中，猴群会一拥而上，将它扭送到主人面前。——我就是那只被选中的猴子。

（父亲的灵魂在患者与医师之间出现，他面色发青，目光灼灼。）

医师：你这一联想很有道理。在这一点上，人性与猴性相差无几。当一个有意识的群体为一种普遍的恐惧所控制……

父亲：当一个灵魂不得安宁，即使他死了，躺在坟墓里也会不停地翻身折腾……

患者：（歇斯底里地发笑，拍着大腿）想一想吧，一位父亲，把他的亲生儿子拉出来当作批判对象、众矢之的……

父亲：那个孽种又背地里嚼我的舌头，叫我有口难辩！

医师：这不奇怪，人类历史上这种情况屡见不鲜。亚伯拉罕为了向上帝证明自己的忠诚，便用亲生儿子的血来献祭。

父亲：没错！（挺起胸脯）我那完全是为了信仰！

患者：可是我从来不相信他这辈子有什么信仰。他唯一真正信仰的就是女人的屁股。

医师：（大笑，戏谑地）无论信仰什么，决不能毫无信仰。

患者：有一点我自始至终都很疑惑，也是这许多年来一直在思考的一个问题，就是他在"文革"当中遭受了那么残酷的折磨和迫害，回过头来他却用相同的手段来对付我。他心里究竟是怎么想的？难道历史真的是在循环吗？人不过是历史中的一个无谓的棋子儿？或者他是在对历史实施报复吗？而这一报复又恰巧偶然落到他亲生儿子的头上？或者，这是他四十年前给我的那一脚的延续？

父亲：（自豪地）他遭受的那点磨难，哪能跟我比，简直就是大海里的一滴水！

医师：这是社会机制！你们身处同一社会机制。

父亲：这蠢货！一点社会常识都没有。他从来没有为我设身处地想一想。（厉声起来，用手指天）上面要求抓典型的！你们单位里有没有典型？有！他是谁？就是你的亲生儿子。这是明明白白的，上上下下无数双雪亮的眼睛都在看着呢。你不抓他，倒去抓别人？你得服人啊！

患者：（拍着胸，大放悲声）这是他施加给我的第二次重创！他为此获得了大义灭亲的好声名，还受到了上级的嘉奖。

父亲：（哀求地）设身处地好好为我想一想吧！

患者：（站起身，抽出刀）我拿起了刀子，准备对自己下手。

医师：（站起身大吼）把刀子放下！（患者意识到，收起刀子。）

父亲：（摇摇晃晃蹒跚到台前）医生，你都看见了吧？他就这点出息。他既没挨打，也没挨骂；不过受了个停职反省的处分，就寻死觅活。我受的那些罪要搁他身上，够他死一百回都富富有余。

患者：（突然兴奋地大叫）命运啊！我的刀子还没来得及落下，命运的手指就在我面前划出了一条出路——到国外去！（惊愕地）出国？我连想都不敢想！

医师：（深有同感）对！我也是那时候出国的。

父亲：到现在他都不知道，那命运的手指究竟是谁的手指。这蠢货从来不走脑子！

患者：我简单地收拾了一些东西，连招呼都没跟他们打，便仓皇踏出了国门。你知道我怕什么吗？我担心一打招呼，那命运的手指会立刻变成一只无情的利爪，把我抓到他的祭坛上，开铡放血。

父亲：（骄傲地拍胸脯）是我——他的父亲，给了他第三次生命。

患者：当飞机沿着跑道慢慢滑向天空，看着脚下这块生我养我的土地渐渐远去，内心一阵释然：总算逃出来了！我再也不回来了！——可是……可是，我马上意识到，自己是在逃跑，那种不光彩的可耻的逃跑。你知道吗，大夫？这种耻辱感在我后来的侨居生活中始终追随着我，无法摆脱。

医师：没错！我们中国人的出国大都是一种逃跑。惶惶如漏网之鱼。

患者：（望着虚空怅惘地）我就该过这种耻辱的生活吗？

父亲：（转身指向儿子）忘恩负义的孽种啊！

——幕落

第三幕

第一场

患者姐姐家客厅的场景：客厅不是很大，屋里显得有些凌乱，表现出主人的不拘和随意。正面墙上是一扇窗户，窗口映现出蓝天和高耸的楼群；窗下摆着一套双人沙发和一个茶几；茶几上胡乱堆放着杯盘和吃食等。正面墙紧靠左侧是入户门。右侧墙靠尽外面是卧室门；门旁摆着一张桌子，上面是一台电脑和一些书本文具等杂物；与之相对的左侧墙是另一居室门；门旁边是一台电冰箱和一个衣帽架，上面随意地挂着衣物挎包等；旁边是一套餐桌椅。入户门通道口放着几双鞋。另外还有几把椅子，随处乱放；上边还搭着衣服裤子之类；有一把椅子竟堵在了入户门通道上，上面斜架着一个脸盆。

幕启时，患者姐姐正一手拿着一把墩布墩地板，另一手拿着无绳电话听筒在打电话。姐姐已是人到中年，脸色泛出灰黄，她不算胖，头发蓬乱，穿着宽松的家居休闲服，但乃能看出身体上松垂的赘肉。她墩几下地，把墩布靠在一把椅子上，对着听筒说话，接着又拿起墩布杆几下，活干得漫不经心。

姐姐：（对着听筒，拄着拖把）……说吧，没关系，我这是网络电话，花不了几个钱！……就是啊！这么多年，也没打几个电话……（略显兴奋地）变化大着呢，咱家从前住的那条裤裆胡同全拆了……你电视上也看到了吧？……可不是，胡同一片一片地拆……对……你再回来，肯定找不着哪儿是哪儿了，连我们现在出门都……是啊，你也听说了？……是回迁房啊……

当然，咱爸住着呢……还算不错，四居大户型，特敞亮……你真应该回来看看……那有什么？你是不是还记恨他？……我劝你呀，得饶人处且饶人，这么多年都过去了！我最近学会了一个词，那就是"宽恕"……对，人都是有罪的……那都是历史了……你宽恕了别人也就拯救了自己……（把听筒换到左手上，右手拿起拖把墩地）你说得没错！这个女人绝对不一般，绝不是个善碴儿……当年从她一进咱家的门我就看出……什么？你说是咱爸他……不，看来你真不了解他……这么说你就更不了解她了……你们那才过了几天呀……（站直，把墩布靠在椅子背上，在沙发上坐下来）对！对！后来她把咱爸哄得滴溜溜转，你知道吗？……我这个亲生闺女成了后娘养的，靠边站了，她倒成了掌上明珠，说一不二……我就举一个例子啊，就说咱家那老房子拆迁这事，从拆迁起，到回迁选房，到装修，咱爸都没征求过我的意见，全是她的主意，什么全她一个人把着……不是，还真不是，我觉着老头糊涂了，对她是言听计从。我就问了那么一嘴，还跟我急赤白脸……对呀，现在人俩还一块过着呢！……就那么过呗……咳，现在这事谁管谁呀，随便，不像从前了……没事我不过去，我过去干吗？又不招人待见，不是自讨没趣吗？……（歪起头，把听筒夹在脖窝下，腾出手来拿起椅子背上的衣服，放在腿上慢慢叠着）我就说呀，你当初不该跟她离婚，太欠考虑……是啊！这不明摆着吗？……你太感情用事……你不离，对她还是个牵制；你一离，她就完全肆无忌惮了……（把叠好的衣服放在沙发上，慢慢站起身，用手拿住听筒）这事你也听说了？（在舞台上来回走动）谁说的！完全不是那么回事！那都是谣传……对，都是谣传……咱爸临退休前，院里有一个女演员……我觉得她就是想讹一把……我真不是替他说话，你想咱爸这辈子什么样美女没见过，能看上她？小个不高，黑不溜秋，说句良心话，都赶不上咱们亚玫……是啊，你讹一把得什么好处啊？最后还不是自个儿灰溜溜地……（走到入户门通道处，把拦在通道口的椅子搬开，盒子从上面掉下来，用脚把盆子踢到一边，把椅子塞进餐桌下）喂！——喂！——（把听筒拿到眼前看，又放回到耳朵上）喂！——怎么听不清楚了？这破网络电话，真是便宜没好货！（拿到眼前用手拍打，再次放回到耳朵上）喂！——……这回听清了吗？……好了，好了！网络电话就这样，有时说说就没声了。——这些年你怎么样啊？……到底成家没有？……还一个人耍呢？这么老大不小了，耍到什么时候去呀？……是啊，倒是自在……爱尔兰那小地方……是……是……可能跟你搞这戏剧有关系……（拿起墩布，再次一杆一杆地墩地）姐不是说你，这全怪你自己，这事就得你自己上心……唉！洋妞怎么样？有合适的，洋妞也行啊……怎么没本事啊！……（笑起来）我一直觉得你挺本事的……后来你身体好点没有？那老毛病……是吗？……怎么会这样……（来到窗下，把墩布靠沙发上，站那儿往窗外张望，背对着舞台）要不，你回来算了！……你不是早都博士毕业了？……就是啊，现在好多国外学成的人家都……（转回身，来回走动）你说我呀？还那样……凑合过呗！……没有，下面的公司不是黄摊儿了吗？我回到局里了……得了吧，再凑合几年我就该退休了……对了，我现在就盼着退休了……早离了，都好几年了……我现在一个人带孩子过呢……是……那小子才不是东西呢！吃喝嫖赌毒让他占全了，开公司挣那点钱全让他败祸了，没钱了就冲我要……就是离了还冲我要呢！……（随手整理着屋里乱放的东西）对啊！还不都是咱爸一手导演的？他那脾气，你也知道……不跟你一样吗？他认准的事……我哪拗得过他呀？……明摆着，那意思还不清楚，嫌我在跟前碍事呗！我一看这情势，咱知点趣，赶紧的……刚开始还挺好，人也不错，谁承想过着过着，后来他就那样了……说实话我并不怪他，尽管他……话说回来，即使当初是我自己找的，结果就一定比现在更好吗？……我不跟你说了吗？我现在心胸特宽广，一切都可以宽恕……（笑）没错，宽恕一切罪孽……这一点你得向你老姐学习学习，都这岁数了……

（灯光转暗，场景隐去。灯光再度亮起，返回到心理治疗室。患者在治疗室里来回走动，神色不安，情绪躁动，又挥动胳臂又敲脑袋。医师坐在写字台后面，专注地在电脑上操作。他那作为医生标志的白大褂脱掉了，搭在椅背上，只穿了件背心，露出白生生的臂膀和胸脯。他显得精神振奋，仿佛身上都冒出热气。）

患者：（双手抱住头做挤压状）不能再继续下去了。我头疼得厉害。

医师：（并没在意患者的话）一会儿就得。我把你的数据资料输入进去，做个分析。

患者：（走回来）大夫，你说人在梦里会头疼吗？

医师：什么？（从电脑上偏过头来看患者）这是我们研发的当今世界上最先进的心理分析模块，你只要把相关数据输入进去……

患者：（困惑地）我都不记得我是不是做梦头疼过。要是你梦里头疼的话，你一睁开眼睛就会好；（敲着头）不过，也许是头疼把你疼醒的，那样的话醒了也疼。

医师：（双手插在裤兜里从写字台后面走出来，兴致勃勃地）好啦，现在我们只需耐心等待！

患者：（抱着头迎面走过去）大夫，你说我现在是睡着还是醒着？

医师：（笑着面对）这完全取决于你自己的认识了。

患者：当然，当然！我想睡就睡，我想醒就醒，完全出于自愿。可是……可是这意味着什么呢？

医师：这意味着治疗效果。

患者：这么说，我们的治疗取得了——（瞪大眼睛）疗效？

医师：（很夸张地一抖肩）嗯哼——是这样！

患者：这么说，（兴奋地挥动双手）我的病已经……

医师：（一手从裤兜里拿出来比画着）阶段性的……这只能是阶段性成果。

患者：（丧气地）阶段性的！费这么半天劲，只是阶段性的……我以为你多大本事呢！

医师：俗话说病来如山倒，病去如抽丝。你想啊，（用手比画着）你的病程这么老长了，你的病状这么老深了，哪能一下子去除？不得慢慢来啊？（用手拍抚他的肩背安慰）这已经不错了！（患者木然望着他）你是不是头疼？

患者：是啊！（抱住头挤压。）

医师：你看你看，这就对啦！现在我对你已经感同身受。治疗深入到一定程度，医生和患者往往会息息相通，无论在精神上还是在肉体上，这是治疗取得进展的一个重要标志。

患者：可是……可是……我没什么感觉。

医师：（好奇地瞪着他）你没感觉到热吗？（晃动着他雪白

的臂膀）你瞧我热得，可以说是大汗淋漓。想想看，在这三五十米深的地下……（患者木然地注视他）你要不要把外套也脱了，试一试？（伸手去摸他的衣服）你看你，还穿着一件这么厚的外套。

患者：（裹紧外套，甩开他躲到一边）我不！我还有些冷呢！

医师：好吧！好吧！（泄气地冲他招手）这说明啊……

患者：（警惕地双臂紧抱）你想干吗？

医师：紧张什么？我不过叫你过来坐。来吧，我们还得继续……

患者：我跟你说，我头疼；我不想再……

医师：（招手）过来，坐下！（自己先在沙发上落座）过来呀！

患者：（意意思思磨蹭到跟前）没什么好说的了！

医师：不是没什么好说；是大有的可说。（命令地）坐下！（患者顺从地落座，虽有些执拗）我从来不让我的患者满腹怨气地走出治疗室。

患者：（懒散地往靠背上一仰）纯粹是在浪费时间！

医师：（欣喜地一指墙上的挂钟）在我这里，时间不存在。你感觉好像过了好长时间，其实时间原地未动；我们既不在过去也不在未来，我们在永恒之中。就像我吧，既不生活在国内，也不生活在国外，我只是生活在世界上。我是一个世界公民。

患者：（欠了欠身）我不明白你在说什么。

医师：你知道我出国后的最大收获是什么？就是彻底打破了从前那种狭隘的国家地域的观念。不论遇到什么问题，我的视野总是把全世界尽收眼底。我见到的人，已不分国家和种族，仅仅是人而已。也就是说，我走到哪里，哪里就是我的家。——你觉得你是一个世界公民吗？

患者：（气哼哼地）我没有家！一个没有家的人怎么可能成为公民？

医师：你在爱尔兰这么多年，你就没有……

患者：如果说我有家的话，就在戏剧里；出了戏剧，我就是个流浪汉，一个地道的流浪汉。我跟你这么说吧，从小我就没有家，出国不过是到世界上去流浪的开始，一直流浪到现在。

医师：至少你找到了戏剧，这还不够吗？就像你的导师阿诺老爹所说的，你进入了戏剧这座教堂。（患者板着脸，毫无表情。医师富有启发性地）跟我谈谈这座爱尔兰的戏剧教堂，怎么样？

患者：（别过脸去）没什么好谈的！

医师：你说过，戏剧成了你的一种信仰，不是吗？难道说……

患者：信仰是会改变的。再者说，人不能总在教堂里待着吧？做完了礼拜，总要走出来的……

医师：（会心地笑，点头）是啊！走出教堂，你就进入了凡人的世界，也是你个人的世界，对吧？——（意味深长地）你就没有遇上一位……比如说吧，一位爱尔兰姑娘，让你倾心的？

患者：（突然站起身）你瞧不起我！你以为我是个劣等货，没人待见吗？（骄傲地挺了挺胸）明告诉你，我的师妹艾米莉，一个地道的爱尔兰姑娘，真正的金发碧眼美人，自始至终爱着我。那个主动直率！那个热情似火！那么……（突然泄气地瘪下去，慢慢坐下）她越是热情主动，我越躲着她，躲得远远的，就像躲避瘟疫一样。

医师：你不爱她？

患者：我不是不爱她，我是怕她。我越是爱她，就越是怕她。我爱她爱得发狂，怕她怕得要死。到后来我都不敢见她的面。

— 244 —

医师：你到底怕她什么呢？

患者：（气急败坏地）那还用问么？我身上带着耻辱的标记！你要我把这种耻辱展示给她吗？你要我在她面前出丑吗？你还不如杀了我！（痛苦地双手抱头）

医师：（缓缓从沙发上站起）是啊！的确不能！（到背着手慢慢来回踱步，忽地扭转身）你何不把你的身世向她和盘托出，如果她真的爱你的话……

患者：（抬起头）这事我不是没想过。可是，我一想到我得像一个叫花子似的乞求她的同情和宽容，我就受不了。那样的话，我在她眼里成了什么？还算是一个男人吗！几次我跟她话到嘴边就是出不了口，挣扎了半天最终还是咽了回去。不行！——为了缓解内心的压抑和焦虑，我宁可去找妓女。我告诉你，我真去了……（羞愧地）不用说，结果可想而知。那是个黑白混血姑娘。（抹着头上的汗）那个臭婊子，这辈子我都记着她！你知道她冲我做什么动作吗？她一边冲我笑一边这样（抬起一只手模拟乌龟爬），嘴里还说着："Chinese man，come on，Chinese man！"啊！——（一巴掌拍在脸上）现在想起来我都……我真想掐死她！我怎么没一刀宰了她！（伸手摸刀。看着面前的心理医师，手按在上面没有动，手慢慢放下来）

医师：你当时看过医生吧？

患者：看过！时好时坏，经常反复，后来我都不想再看了。没用！

医师：那是你没看到最好的医生！

患者：（不以为然地）也许吧！——你看，那些年我就是这样过来的，人不人鬼不鬼；就像一只粘在网上的鸟，每天都在进行着垂死挣扎。我能干什么呢？博士学位差一点没拿下来，中间修学两三次；后来总算混毕业了，又面临就业压力，精神几近于崩溃。有那么好几年，别说排戏，连书都看不下去。我曾经的师兄师弟，人家有的现在已经成了名导演，有的组建了自己的剧团，而我仍旧孤身一人，流浪汉似的在都柏林的大街小巷里飘荡，什么也干不了。我……我一直觉得，自己是个废人！

医师：你知道吗？你这种想法要比你遭遇的所有不幸更糟糕。

患者：大道理谁都懂！问题是我这种心理已像一个牢笼一样，死死把我困住。我如何才能从这座坚牢里脱身？

医师：（禁不住打了个响指）问得好！你能有这样的认识，离脱身那天也就不远了。后来呢？

患者：后来有一天，我的导师阿诺老爹把我叫去，跟我进行了一次长谈。他说我再也不能这样下去了，我得有所改变。他力劝我回国。用他的话说就是，我的根在中国，这是无可更改的事实。

医师：（微笑着点头）他这样说吗？

患者：其实他老早就跟我这样说过，我根本没当回事。我甚至对他这种"根"的观念暗暗发笑。我反驳他说："哪儿的黄土不埋人！既然出来了，我就没打算回去。"通过那次长谈，我才明白，我误解了我的老师的意思。他所说的"根"，主要指"病根"的意思。

医师：（赞赏地）你的导师还精通心理学吗？

患者：这我说不好，反正艺术、哲学、宗教他全通的。他的话给了我极大的触动。他说："你知道为什么你的病反反复复老是看不好吗？因为你只是进行了潜意识追溯，这种追溯即使再深，也是精神上的，是梦想中的，不过是隔靴搔痒，都不如来一次现实的追溯更有效力。你回去吧！哪怕回去了再回来。"这一席话叫我思量了好几天……

（灯光暗淡下去，灯光再次亮起，舞台上呈现出患者姐姐家客厅场景。客厅布局与前场戏没有太大变化，只是看起来十分干净整洁，明显刻意收拾过。沙发前的茶几上摆着一束鲜花。灯光亮起时，客厅里没有人，静场片刻，门外响起话语声，接着开门声；患者姐姐从入户门上，患者紧随其后。姐姐打扮齐整，头发新做过，一只手里拎着一个硕大提包；中年患者身穿一件半大衣，脖子上挂着一条围巾，一手提着一只大皮包，一手拉着一个拉杆箱。他风度相貌依然保持着年轻时的帅气，但明显上了年纪。）

姐姐：（放下提包，欣喜地）我们到家了！（朝四周一挥手）你看看吧，房子不算大，不过也够住的了。

患者：（环顾）不错！我在都柏林要是能有这样一套房子，就心满意足了。

姐姐：快把东西放下吧！把外套脱了！到家了……（患者放下提包和箱子，脱下外套摘掉围巾，姐姐接过去，她自己也脱下外衣，一并挂在衣架上，指着右侧卧室门）你就住那间，我都给你收拾出来了。

患者：（走到门口，向里面张望）那恬恬呢？

姐姐：（回身一指对面那扇门）恬恬跟我住那间。

患者：那多不方便啊！

姐姐：那有什么不方便的，都是自己家人。

患者：（走回到舞台中间，迟疑）算了！我还是到外面住。

我都订好酒店了。

姐姐：订好酒店了？什么时候订的？

患者：一下飞机就订了，在机场里边订的。

姐姐：（埋怨地）那你何必呢！家里还缺你一张床不成？你也不是住一天两天，还能长期在酒店住着？不行！你回来了，说什么姐也不能让你住酒店去。你就在家里住。

患者：（在沙发上坐下，有些不耐烦地挥手）行啦！这事回头再说。

姐姐：（在对面的沙发上坐下）你不知道，听说你要回来，恬恬有多高兴，一天问八遍："舅舅什么时候回来啊！"要不是今天上学，她是非跟我去机场接你不可的。喏！（一指茶几上那束鲜花）这是她嘱托我买的，本来是要我带到机场代表她献给你的。我一想一个老太婆捧一大束花往那儿一站，多别扭。回头你可别说我没给你献花呀！

患者：（笑着）这小丫头，还真有心计！恬恬几点放学呀？

姐姐：早呢！五点能到家就不错。

患者：这么晚！上个中学，怎么把孩子搞得这么辛苦？

姐姐：（叹气）没办法！现在国内的教育就是这种状况，连周末都得补课。有的学校强行给学生补课，还收补课费。你说这叫什么事啊！

患者：（摇头）怎么搞成这样！

姐姐：谁知道呢！

患者：恬恬长成大姑娘了吧？你寄给我的照片我还留着呢。我的印象很深，她坐在小推车里，抱着一个大苹果在啃，那小模样……

姐姐：啊！那时候……现在长得都赶上我高了。她老说，"等舅舅回来，我的英语就有救了。"她就打怵这英语。

患者：（笑）哈！英语这东西……可不是一下子……

姐姐：你这次回来……

患者：就算是考察吧——考察一下国内戏剧现状。

姐姐：考察的话，一时半会儿走不了吧？

患者：恐怕得……反正待一段时间吧！

姐姐：那敢情好！恬恬得高兴死了！——你回来，没跟亚玫打招呼？

患者：跟她打什么招呼？我回来也不是看她的！

姐姐：那倒也是！不过，咱爸那儿……你就不过去看看了？

患者：（不耐烦地摆手）回头再说！——咱爸病倒几年了？

姐姐：哎呀！说着话，都有三年了吧？

患者：（惊讶地）三年！有那么久了吗？

姐姐：那可不是吗！到上个月为止，整三年。你忘了，那是大前年，刚过完中秋，我给你打电话，说咱爸快不行了，想让你回来一趟……

患者：是！我想起来了。当时我有什么事来着……（极力回想）好像在排一部戏……

姐姐：我那意思也不是一定要你回来。其实你回来七不起什么作用。我知道你也不想回来，我不过是告诉你一声……我当时有点昏了头，一时不知该怎么办了。

患者：三年里咱爸就那么躺着呀？

姐姐：可不就那么躺着吗！——唉，说起咱爸这事，还真有点邪性！人那植物人的，顶多躺不过一年半载，准走。像咱爸这样，一躺躺三年的，几乎绝无仅有。而且，你看他那脸色，红扑扑的，比他躺倒前还滋润；一天三顿，一顿不落，能吃能喝能拉能撒。照这样，我看再躺三年都不成问题。

患者：这的确有点奇！

姐姐：我跟我们同事一说，他们都觉得不可思议。有的就说，咱爸在人间心事未了，魂儿顶着呢，不肯走。

患者：（不由打了一个冷战）别说得那么吓人！你还真信那一套？

姐姐：嘿，什么信不信的！反正解释不清的事，就那么一说呗！

患者：无聊！（马上转移话题）唉！有件事我还一直想跟你澄清一下呢。亚玫跟咱爸到底结没结婚？

姐姐：没结！结什么婚啊！他们……

患者：那她跟我说结了。

姐姐：什么时候跟你说的？

患者：能有好几年了，还是在咱爸得病以前呢。

姐姐：那没结，我敢肯定！就在咱爸得病前，他们俩还闹过一次，这我知道。

患者：他们俩闹什么？

姐姐：就是因为结婚这事呗！亚玫可能是预感到了什么，想临了取得一个合法身份，咱爸就不同意。他讲话了，"这辈子我都这么过来了，到最后了我还结哪门子婚？一想到结婚我就浑身不自在。"咱爸不想结，亚玫就跟他闹，非要他立个遗嘱。

患者：还有这么一出呢？那她大言不惭地跟我说她结婚了。

姐姐：这事还不明摆着吗？你想，咱爸将来一走，那套房子不就……

患者：肯定归她了，不用问！

姐姐：（突然生气地）你怎么这么天真啊！那房子凭什么归她呀？那是咱们家的财产，怎么能落到外人手里？一想到她一个人占那么大一套房子，我跟闺女却挤在这小屋里，心里就堵得慌。那房子本应该是我住的。

患者：她陪了咱爸一辈子，也算给他养老送终了，到了落套房子也是应得。

姐姐：你……你怎么胳膊肘子往外拐呀！到底曾夫妻一场，现在还念旧情是不是？

患者：（现出怒色）你瞎扯什么！我不过是平心而论！

姐姐：什么平心而论！她才不跟你讲良心呢！我跟你说，这个亚玫顶不是东西、顶不要脸！好些事我还没跟你说呢。想当年你前腿出了国，她随后就跟咱爸黏糊上了；只要他一回家，她就钻到他那正房里不出来，弄得我都不敢睁眼抬头。话说回来，咱爸也是不争气，你说他一辈子什么女人没见过，老了老了倒跟自己儿媳妇儿搞一块去了，成了轰动一时的社会热点新闻。那一阵子我都不敢出门，去上班都把自己捂得严严的，低着头，生怕碰上邻居熟人。我本想劝劝他吧，话还没说完，他先跟我急了，骂我是社会习惯势力的代表……

患者：行了行了，别跟我唠叨这些烂眼的事！

姐姐：我不跟你唠叨跟谁唠叨？这么多年了，这些话憋在心里，都沤烂了，我再不往外倒倒，就该跟着我进棺材了。好不容易盼着你回来了，咱姐弟俩还不好好唠扯唠扯！

患者：（无奈地往沙发上一靠，现出一脸疲惫）好，你说吧！

就当我是你的泔水缸。

姐姐：他为什么匆匆忙忙把我嫁出去呀？还不是嫌我在家里碍他们的事！我一想，得！还是识点相吧，干吗那么不招人待见。后来你跟她一离了婚，他们更名正言顺肆无忌惮了，索性做成了一个公开的事实……（注意到弟弟的神态）你是不是累了？你看我，你刚下飞机，也没休息休息，就跟你唠叨这些。得了，来日方长，以后咱们慢慢聊。你先休息吧！

患者：（无精打采地）我不累！

姐姐：也是这些年，把你姐给憋坏了。家里这些烂事，我能跟外人聊去？电话里吧，又不好跟你多说。

患者：没事，你说吧！我这不是回来了吗？我听着就是。

姐姐：不说了，不说了！哪天再聊，反正一时你也走不了。（静场。两人相视无语，患者现出呆滞和疲乏）要不要去屋里躺一会儿？

患者：不用！（站起身）我活动活动吧。老坐着，难受！（来回走动，走到窗前向外张望）

姐姐：（兀自笑起来）说起来，这个亚玫怪可笑的。她还上电视了呢！

患者：（从窗口转过身，背靠在窗台上面对姐姐）上电视？她上什么电视？

姐姐：是啊！我也挺吃惊的。就在前不久。有一天晚上我看电视的时候，觉着没什么好看的，就胡乱地换频道，忽然我眼前一亮，这不是亚玫吗？没错，正是她！是一个访谈节目，她正在演播室里，跟主持人坐那儿聊。

患者：她有什么好聊的？

姐姐：开始我也奇怪。可一听我就明白了，就她那点烂事呗！

不管怎么说，咱爸好歹也算是个社会名流啊！现在不都兴名人自暴"家丑"吗？——他们的坚贞不渝的爱情啦，他们浪漫又平凡的生活细节啦，他们的矛盾和坎坷啦，他们的苦与乐啦，特别是她如何多年如一日地无微不至地照顾卧床不起的丈夫……哈——哈——简直笑死我了！更可笑的，你知道，她原来不是唱京韵大鼓的吗？后来剧团一散伙她就把这行当扔了，专靠咱爸养着了；现在又把这活计捡起来了，把她跟咱爸那点事编成了段子，在各社区里巡回演出。现在的亚玫，可了不得，她是咱区里的道德模范、先进人物。

患者：（惊讶地）真的！还有这事？

姐姐：多新鲜啊！我跟你说吧，现在国内什么事都有。

患者：（忍俊不禁）这……这不是二百五吗？她干吗要这样做？

姐姐：你以为她傻呀？她是在掀声势、造舆论，（做了一个握拳手势）最后，稳稳地把那套房子抓在手里，这才是……

患者：为了那套房子，不至于拐这么大弯吧？她手里不是有咱爸的遗嘱吗？

姐姐：（笑）哎呀！你可不知道，人家这是迂回战术，声东击西。至于那份遗嘱，谁知道有没有。即使有，兴许它是伪造的呢，那还说得准！——（站起来，显得有些兴奋）你回来得正好。我倒有个好主意，保准咱们不费一枪一弹，叫她一败涂地。其实这个想法在我脑子里酝酿已久，就等你回来跟你商量了，（眼神瞄着弟弟）只是怕……只是怕……

患者：（不耐烦起来）说吧，说吧，没必要这么吞吞吐吐的！

姐姐：你跟她复婚……怎么样？这样一来，那房子自然就……

患者：（惊跳起来）复婚？不！——为什么？就为了……

姐姐：（坦然地笑）瞧把你吓得！不是让你真跟她复婚，不过是走个形式而已。

患者：那也不行！就为了那套房子？我对房子不感兴趣。

姐姐：那有什么！现在为了房子假结婚假离婚的多的是，不过是个形式。中和，难道你就忍心看着咱们家的财产眼睁睁地落到那个烂女人手里？那房子可值好几百万啊！而且，每年都在升值……（手捂胸口做难忍状）一想到这些，我就受不了。

患者：（终于爆发出来，跳着脚来回走）房子！房子！不就一个破房子吗？跟我有什么关系！那是属于咱爸的，对不对？我跟你明说吧，凡是他的东西，一根毛我都不想沾……

姐姐：我明白了，你心里还在恨他，是不是？中和呀，听姐一句劝行吗？都半辈子了，过去那点事，老是耿耿于怀，有意思吗？难道你这辈子，就是为了那点事活着吗？你也是读书人，受过良好教育，拿了洋博士，这点道理还想不明白吗？你是在作茧自缚。仇恨是人类最卑劣的情感。让它在你心里化解了吧！我不是早跟你说过，要学会宽恕……

患者：（站住冷对姐姐）我决不宽恕！对一个毁掉你一生的人，你能宽恕吗？对他的宽恕，就是对自己的犯罪。

姐姐：中和，你怎么能这么说话！要是这样，你还回来干什么？我都怀疑……

患者：（生冷地）没错！我就是回来找他算账的！

姐姐：（浑身一激灵，胆怯地）中和，他可是你爸，生你养你的父亲！不管怎样，是他把你带到这个世界上来的……

患者：那又怎么样？就因为他是我父亲，就可以随意处置我？他对我干了什么，我都得对他感恩戴德？他是一只吃自己崽子的老母猪，我也得爱他？那我干吗要生到这个世界上来？

姐姐：你不觉得你在夸大其词吗？我算看透你了。你一直在为你自己的无能和失败寻找借口。你把人生的一切失意全都推到咱爸身上，为自己开脱得一干二净，好找到一种心理平衡。你从来不从自身找找原因。你害怕掌握自己的命运。你不过是个寄生虫，寄生在对过去的恩怨里不肯出来……

患者：骂得好！骂得痛快！还真从来没人这么骂过我。阔别我的祖国和家乡二十多年后，一踏上这片土地，迎接我的是我的亲姐姐的一阵痛骂，真是叫人心里舒坦。你的话一点不错：在我的心中找不到爱。我作为一个男人，活了大半辈子，还从来没有真正地爱过一个女人，我爱不成，我没有这份能力，你知道吗？是我天性中没有爱吗？是我生来不具备这种能力吗？如果真是这样，此刻站在你面前跟你讲话的肯定是我的鬼魂。没错，我是靠对咱爸的恨活着的；正是这心中的恨，给了我活下去的勇气和动力，让我看到生活的希望，给我指明了人生的方向……

姐姐：（被深深刺痛，带着哭腔，伸出双臂）中和！——原谅我吧！姐不该对你说那种话。我知道……（啜泣）我不勉强你……可是，你至少可怜可怜他吧？怜悯心总还有吧？他已经躺在床上不能动了，他都那样了，你还想把他怎么样啊？（啜泣）你说！

患者：（失神地）我不知道！——

——幕落

第二场

　　幕启时舞台一片黑暗。一束灯光打下来，父亲的灵魂现身于光圈中。他一头白发散乱地披着，面目枯槁有如骷髅，两眼却灼灼有光，如两块炭火，显出精神的极度亢奋。脚步艰难地蹒跚着。

　　父亲：（走几步，停下）我快不行了吗？我要死了吗？（转向观众）你们以为我要死了吗？（挥动胳膊）别做梦了！我活得好着呢。我能吃能喝能拉能睡。我……我很快就能从床上坐起来，下地，像这样走路，你们信不信？——当然……（犹豫地又埋头蹒跚起来）当然，这并不容易。这一直是我的一个梦想。我躺倒以后就一直梦想着再站起来，这的确不容易。可是我的心没有死，这是最主要的。哀莫大于心死嘛！只要心不死，我就有希望。因此我焦躁，我忧虑，我怅惘，我恐惧；我心中充满危机，我一刻不得安宁，特别是每当威胁迫近之时。威胁就在我身边，（停下脚，机警地四下张望）它正像一头猛兽，蹲伏在我的门外，伺机向我扑来。（张扬地）你过来吧，我不怕你！别看我躺在床上动不了，照样对付得了你……（警觉而惊恐地竖起耳朵来）什么声音，你们听到了吗？是它在敲门吗？它果真来了？来吧，你这狗娘养的！（摆出战斗的架式势）我已候你多时了。玫玫，去把门打开，让它进来！别怕，有我呢！我今天就跟它决一死战……（转而松弛下来，收起架势现出惊喜）啊！——啊！——我儿中和，是你回来了吗？难道真的是你吗？可想死我了。这么些年爸爸就盼着你回来。连做梦都梦见你。这下可好啦！（诚恳地）说真的，爸爸有一肚子的话要跟你说呢。我病倒那时候你也不回来看看我，当时我最想见到的人就是你呀！——（摆手）算啦算啦，这都是旧话，不提它了。（现出些羞愧模样，讪笑）嘿嘿！——真见了你的面，爸爸还有一些……你知道……就是……其实也不能都怪我，你说呢？不能算是我把她从你手里抢过来的，是你先跟她离婚的，对吧？所以才……（严正起来）你一定不要听信社会上那些传言，有一些人就好背地里嚼人家的舌头，说我跟儿媳妇如何如何了。胡扯！她不是我儿媳妇，她跟我儿子都离婚了，不是吗？她是个自由人，我们是自由恋爱。再者说了，就算她是我儿媳妇又怎么样？这种事古已有之，唐明皇的爱妃杨贵妃，不就是他从他儿子手里抢过来的吗？怎么着了！（骄傲地以手指天）成就了一段历史上绝无仅有的爱情佳话，千古绝唱。这说明了什么？大人有大人之道，小人有小人之道；各行其道，不可相与。（高高地挺起胸）你就记住一点，你爸无论做过什么，都是对的！不要反对你父亲。问题在于那些小人总是以小人之道来比附大人，这就叫小人之心啊！（充满鄙夷地）我们……哼！我们只有置之不理……中和，儿子啊，爸爸只对你有一个请求，不要再记恨我！你受过很好的教育，又拿了洋博士，见识、胸怀都跟从前大不相同了，总不会也以小人之心来看待你父亲吧？咱们过往不咎……（突然中止，现出沉思状）哦，我想说什么来着？对了，我想告诉你，亚玫是个好女人。她曾经是属于你的，现在仍然属于你，你好好待她吧……

（灯光渐熄，父亲的灵魂隐去。灯光亮起，回到心理治疗室。场景如前。患者四仰八叉地躺在沙发上。静场片刻，心理医师从右侧门上；他仍穿着背心，右手托着水晶球。他来到患者面前，端详他。患者叹息一声，腿脚抽动，仰头环顾，仿佛不知自己身在何处。一眼看到面前的心理医师。）

患者：我睡着了吗？

医师：好像是这么回事！你没有做梦吧？

患者：做梦？好像是做梦来着，可我记不得梦见什么了。我说什么了吗？

医师：（得意地）当然，你说了好多！说得比先前更加深入，更具分析价值。

患者：（一眼看见医师手里的水晶球，惊惧地）你拿水晶球干什么？你是不是给我催眠来着？

医师：没有的事！我说过，引起你睡眠的是自由联想的结果。

患者：胡说！那你拿水晶球干什么？

医师：（似乎刚刚注意到，托举起来）水晶球？哦，趁电脑分析数据的工夫，我活动了一下筋骨，热一热身。一天到晚在那儿坐着，坐得我腰酸背疼脖子硬。我自创了一套水晶球健身操。你瞧！（说着舞动起来。把水晶球顶在一食指上旋转，一边送胯扭腰；忽而手掌伸开，水晶球从手掌上滚下，沿着胳膊滚过后脖颈，滚到另一只手上；然后又从前胸滚回来。忽而水晶球从胸前滚落下去，他灵敏地用脚接住，一抬脚踢起来又用头顶住，如此等等；动作之娴熟，就像是一位超级球星。）

患者：（惊惧地站起来，目瞪口呆）你把球放下！

医师：（不停地舞着球）你也来活动活动？（用食指尖转动的水晶球递送到患者眼前）怎么样，你不来试试？

患者：（惊骇地盯着转动的水晶球）不！——（他的头随着水晶球的转动也在不停摇动，明显有些犯晕了；两腿开始打战发软，不一会儿便仰倒在沙发上。）

医师：（得意地把球拿在手上）我们有句行话，技术不是必要的，但必要的时候必须有技术。（把水晶球放回原处，拿下挂在衣架上的白大褂穿上，回到沙发前面对患者。右手当空打了两个响指，白衣女郎从右侧门上）这样更有利于打开他那封闭的、连他自己都毫不知觉的潜在意识。

白衣女郎：（影子一样站在医师的身后）你再不叫我，我就要自己闯进来了。

医师：（转身面对她）我的大小姐，你总是这样急切，我对你的工作热情真是钦佩得五体投地。

白衣女郎：那当然！（戏谑地）你总不至于希望我的薪金一直在低水准上挣扎吧？

医师：放心，不会让你失望的。在获得丰厚回报的同时，拯救一个迷失的灵魂。

白衣女郎：我更想说，在拯救一个迷失的灵魂之后，获得丰厚的回报。

医师：（嬉笑）看来，我们又一次达成了共识。

白衣女郎：我可不这么认为。你一直在教导我们，心理分析师要怀有崇高的目标，在这一点上我可比你高尚。

医师：怎么见得？

白衣女郎：我是以拯救为目的的，拯救在先。没有拯救便没有获取。

医师：（嬉笑）又跟我斗嘴！

白衣女郎：（得意地）你又斗败了吧！得，不跟你贫了。（示意患者）这一位什么情况？

医师：（一边来回踱步一边口述）重度精神性阳痿。他的潜意识固执在少年时期的创伤中，不得解脱；伴有强烈的焦虑症和自卑感，对他人极度不信任，并怀着明显敌意和仇视心理，特别是对他父亲，也就是他的加害者；他胆小、懦弱又卑怯，却又带有暴力倾向……你要注意，他身上常带着一把刀。这很说明问题，也就是说，这是他内心极度空虚的一个外在表征，是对自身不足的一个填补。因此，这种暴力倾向往往是一种假象，只是虚张声势，不会具有伤害性；不过，在极端情况下也难说，我们不应该就此掉以轻心。他表现出明显的抗拒心理，话语导引和自由联想对他收效甚微，我只好……

白衣女郎：可怜的家伙！这么说他还从没真正爱过一个女人？

医师：这也正是他潜意识中最根本的焦虑所在；他有过两次婚姻，也一再努力进行尝试，但一次也没真正获得过成功，以致他产生了强烈的自我暗示，他已经被阉割了，成了残废，因此他人生的基石就此垮了。其实几十年前他父亲给他的那一脚虽然凶狠，但并没造成器质性损伤。

白衣女郎：（兴奋地一拍手）哎呀，这个病例太典型了！

医师：是很典型，也很棘手。他可没少看医生，最终他自己都成了专家，这是最糟糕的。

白衣女郎：根据你的经验，你觉得他有希望吗？

医师：在这里经验是不起作用的；每一个案例都有其独特性，都是一个全新的开始。我真的没把握……我不敢说……

白衣女郎：也就是说这是一种挑战？我喜欢工作具有挑战性！（带有几分乞求地）你这次就让我试试吧！我们的大胆设想还没真正实施过。（转向患者）这个男人挺帅的，是块好坯子，不是吗？瞧瞧这眉宇，这鼻梁，这下巴……没有经历过女人的男人算不上男人，男人都由女人来塑造的，我相信……

医师：（满含醋意地）啧啧啧！——你就带着这种情绪投入工作吗？这可不是应有的工作状态。要是这样我可不能答应你。

白衣女郎：（莞尔一笑）我不过就这么一说！这并不代表……

医师：不行！现在条件还远不成熟……这可不是在美国！你总不会让我去坐牢吧？

白衣女郎：（无奈地）好吧！

医师：你的这种敬业精神倒真是让人佩服，等时机一旦成熟……（哈哈笑起来）有意思的是，他并不相信这一切都是真的，他一直以为他是在做梦。我是他梦见的……

白衣女郎：他的看法不是很有道理吗？他的确是在做梦，此时此刻他就在做梦。这间大房子，就是他的梦境，你和我就是他的梦中人。（挑衅地看着医师）你怎么能肯定你不是呢？整个世界就是上帝的一场梦。

医师：哈！——我什么都不能肯定。我们现在可没工夫讨论梦的形而上学。这是一个很大的课题。你得马上开始工作了，用语言诱导他，尽量施展你的声音魅力，获取他的信任和好感；争取突破他的心理防线，深入他的潜意识深处，越深越好……注意：不可操之过急，要循循善诱。

白衣女郎：明白！

医师：好！你坐到对面沙发上来，可以开始了。（走到写字台后面，在电脑前就座）

白衣女郎：（在沙发上坐下，调整好状态，发出深情呼唤）喂，中和！——中和！——能听见我说话吗？我们现在来做做体操，活动一下，好不好？（回头对医师）他的眼珠在急速转动！

医师：（从电脑后面探出头来）先不要关注这些细节。

白衣女郎：明白！（转向患者）中和，现在听我的指令啊，伸出你的胳膊来。（患者抬起他的左臂）不，右臂！（患者伸出右臂，收回左臂）好，左臂！（收回右臂，伸出左臂）很好！咱们加快速度了，左臂，右臂，左臂，右臂；（患者随着她的口令伸缩胳膊。突然地）左腿，右腿，左腿，右腿，左臂，右腿，吐舌头，眨眼睛；把刀子掏出来给我看；好，放回去吧……（患者 uwd 准确无误地执行着她的指令，她禁不住回头对医师）他听觉敏锐，动作麻利准确，催眠效果异常地好。

医师：（把头从电脑后探出，得意地）这就叫技术！看来是个好兆头，不过仍不可掉以轻心。

白衣女郎：明白！（转向患者）中和，你感觉怎么样啊？

患者：（梦呓般地）我感觉很好！

白衣女郎：是真话吗？你感觉怎么好，能跟我说说吗？

患者：（不为所动）我感觉很好！

白衣女郎：那你说说吧，怎么个好法？

患者：你是谁？

白衣女郎：（娇声媚气地）不知道我是谁呀？你好好想想！我们还见过面呢，尽管那是匆匆的一面，也许那是好久以前的事了……

患者：（充满诗情地）啊，多么柔美的声音！宛如仙乐甘霖自天而降，滋润我枯干的心田，我多么渴望……（头开始来回转动，似乎在搜寻声音的来源）

白衣女郎：（更加拿腔作调地）那你就好好听着吧，我愿使你得到滋润……这回听出我是谁了吗？

患者：（惊喜地）白衣女郎！真的是你吗？我朝思暮想、梦寐以求的白衣女郎！

白衣女郎：（回过头与医师交换一下眼色，又转回身）太好了！你终于认出我来了。现在我们可以好好谈一谈了，推心置腹地谈一谈。

医师：（从电脑后面探出头，轻声地）当心！不要过于亲昵，保持一定距离！

白衣女郎：（回过头去，有些不耐烦地）我知道！（转回身）

患者：（朝上伸出双臂）你怎么离我那么远，我够不到你。（又抬起双腿用力向上举着）我怎么也够不到你呀！（四肢无力地瘫软下去）

白衣女郎：先别急嘛！一会儿你就够得到了。现在告诉我，你感觉怎么样？

患者：（迟疑了一会儿，明显在挣扎）感觉很不好！

白衣女郎：感觉怎么不好？能详细说说吗？

患者：（又伸出双臂，朗诵般）快来吧，美丽的白衣女郎，用你甘甜的乳汁滋润我焦渴的心房……干吗躲着我呀，别走！——求你……

白衣女郎：（扭捏作态）别这样，现在不行！你还没告诉我呢！

医师：（从电脑后边探出头警告）注意保持距离，不要过于亲密！（她没有理睬。父亲的灵魂飘然来到患者身后，探头看着他。他的一身黑与白衣女郎形成鲜明对比）

患者：（丧气地）我也不行！说实话我很害怕，我心里充满恐惧，我还没告诉你……（忽然对父亲大叫）滚开！一到这时候你就来捣乱。别这么盯着我，把你那死鱼眼拿开……你滚不滚？我可跟你不客气了！（父亲的灵魂仍呆立一旁，脸色苍白，两眼一眨不眨地盯着他）

白衣女郎：干吗这么凶！我可不喜欢你这么跟我说话。

患者：（温柔地）亲爱的，别介意！我不是在跟你说话。

白衣女郎：那你在跟谁说话？

患者：跟我父亲。

白衣女郎：你父亲？他在哪儿？

患者：你看不见他……因为我还没告诉你……一到关键时刻他就……

（灯光渐暗，场景隐没在黑暗中。一束灯光打到舞台左侧，患者第二任妻子凌芳出现在光柱之下。她三十五六岁，但看上去要比实际年龄小得多；她身材修长秀美，伶俐精明。患者先是隐没在光柱之外，然后由她右后侧慢慢进入，他的形象呈现出一个由模糊到清晰的过程。他衣着不整，长发凌乱，神情萎靡，进入光柱时显得有些低声下气。）

凌芳：（并不看他）你怎么不早告诉我？

患者：我怕……我担心……要是……

凌芳：（突然转过身面对他）你这是在欺骗，你知道吗？你根本不相信我，你对我隐瞒实情……

患者：我不想骗你，我不是有意的；我只是害怕，万一……

凌芳：我说从前你怎么老是推三阻四的，装得好像很有教养很有德行似的，还说什么留到后来的惊喜。这就是你留给我的惊喜！把我骗到手了是不是？再也兜不住了是不是？（突然爆发出来，哭叫着捶打他）你干吗要跟我结婚？

患者：（想法抱住她，安抚）芳芳，请不要怪我！我都跟你解释过了，你不能原谅我吗？你知道，我不想失去你。

凌芳：原谅你？原谅你！那我怎么办？我这辈子……我们就……（委屈地）我都三十五岁了，我还没……（哭诉）我的命好苦啊！我刚离了一个这种男人，就又撞上一个，逃都逃不掉，现在男人怎么都这样啊……

患者：（突然失声地）他就那么生生地给了我一脚啊……是那种三接头的皮鞋……都嵌进了我的身体里……（禁不住弯下腰去）我还没有长成啊……想起来我就会疼晕过去……（抱头蹲在地上）

凌芳：（不为所动地）你是在乞讨我的同情吗？我已经施舍过了，我不能无止境地施舍下去，我的同情很有限。

患者：（缓缓站起身）难道我述说自己痛苦的权利都没有了？难道我到了靠女人施舍怜悯过活的地步了？

凌芳：那你自己以为呢？

患者：（自尊心大受伤害）收起你的怜悯吧！你的怜悯一钱不值！

凌芳：骗子！以后别再向我揭开你的伤疤，就像一个职业乞丐炫耀他的断腿。我看腻了！

患者：多么温柔的一刀！捅的正是地方。——（以手掩面）好！好！我决不再提。

凌芳：（自知言语有失，抓住他的手温柔地）对不起，中和！我说的都是气话。请别往心里去。

患者：不，你说得很好！你说的都是真心话。说出来你会好受些，是我委屈你了。

凌芳：不！——（哽咽地）是我不好！我不该这么责怪你。中和，听我一句劝，你还是去看看医生吧。现在医学这么发达……

患者：医生，哼！医生我看得还少吗？我自己都成医生了。我的病不在身体上，在心里，在脑子里头，你懂吗？它在里面沤得太久太久，跟我的心和脑长成一个了，除非你把这两样东西也一起摘了。

凌芳：我就不喜欢你说这种丧气话！你就不能增强点自信？表现出点积极向上的劲头？说实话，我更喜欢你导戏时的样子。（充满向往地）你那么激情飞扬，果决专注，甚至有些专横霸气。（略含羞涩地）特别是你往后一撩头发的动作，真帅！——排练场里那股劲头都上哪儿去了？

患者：（突然哈哈大笑）你就是这么爱上我的？你上当了吧！——（收起笑一边擦泪）身为演员你还看不出来？我那是在演戏。（禁不住笑）这说明我演得太好了。从小我爸就说我演不了戏，所以才当了导演。看来事实证明他错了，我不仅演得了戏，还演得相当不错。导演就是我的角色，我一进排练场就担当起这一角色，演给所有在场的演职人员看。（显出沮丧）可是……可是一出了排练场，回到家，回到我们的床上，我就……我就……（神色恐惧起来，父亲的灵魂影影绰绰映现在光柱背后，就像映现在挂霜的玻璃窗上）我害怕，你知道（一把抱住凌芳，仿佛一个小男孩面对威胁在寻求母亲的庇护）我害怕……

凌芳：（为他的情绪所感染，抚摸他的头，惊恐四望）别怕！别怕！有什么好怕的，你瞧，什么也没有啊！——中和，我觉得你应该离开北京。还是出国吧！回到你的爱尔兰去。

患者：为什么？我的导师让我回来，你却又让我回去。（衰气地）我……我……我怎么混得两头不是人了！（一把推开她的手。）

凌芳：我不是那意思……我是说国内环境明显不适合你，离你的过去太近，太容易受到影响……

患者：出国出国……你老跟我提出国，我都怀疑你是为出国跟我结婚的。

凌芳：（厉声地）是又怎样？出国有什么不好？我就想出去！（马上又软下来，抓住他的胳膊乞求）中和，你真的不适合待在国内，还是走吧！我跟你一起走！

患者：（犹豫着）不行……至少目前还不能走，我有要事还没了断……

凌芳：（不以为然地）狗屁要事！除了排《裤裆胡同》，也没见你干别的，那种破戏……在这儿待得什么劲啊！

患者：（甩开她的拉扯，一转身冲出光柱的笼罩，钻入黑暗中）不行，我还不能走！

（光束熄灭，凌芳消隐。舞台灯光亮起，重现心理治疗室场景。患者仰在沙发上，肢体抽搐乱动，仿佛为梦魇所扰，口中呓语连连，语无伦次。）

患者：……要事未了……不能走……现在不行……我有要事未了……至少还……

医师：（从电脑后探出头，紧张地）稳住他情绪，不要让他这么躁动！

白衣女郎：（柔腔媚调地）中和！——安静下来，中和！不要这么焦躁嘛……安静——安静——嘘！——

患者：（情绪逐渐平静下来，肢体也不动了）这天籁之音如九天飘落的仙乐，令人神清气爽；你究竟来自哪里，人在何方？我想你想得寸断柔肠……

医师：（从电脑后探出头）问问他到底有何要事，看来这是问题的关键。

白衣女郎：明白！（继续娇声媚气地）中和，你老说"要事要事"。你到底有什么要事？跟我说说好吗？

患者：白衣女郎，你为何老是躲在云雾中，不肯与我相见？出来吧！我恳求你……

白衣女郎：相见总会有时！你不用着急，先来回答我的问题。你到底有何要事？

患者：要事？（呵呵暗笑）这可是我的一个秘密，不能告诉你。告诉了你，也就不称其为秘密。

白衣女郎：连我也不告诉吗？中和，是我呀！你好好看看……

患者：你裹在云雾之中，我什么也看不见，除非剥开云雾，露出你的真容。

白衣女郎：只要你吐露了秘密，就像念出了魔咒，我自会为你现形。

医师：（从电脑后探出头警告）不要做这种允诺，你在违反我们的操作规程。

患者：心中的秘密就像一块磐石，压得人难以喘息，我又何曾不想，连同我的痛苦……

（灯光渐熄，场景隐去。黑暗中一束灯光从上方打到舞台左侧，患者和一个妓女出现在光束中。他衣着凌乱，扣子没有扣整齐，衬衣一半前襟散在腰带外边，长发遮在眼前；妓女浓妆艳抹，穿着很暴露，一侧裙带从肩上滑下来，露出半个前胸。她胳膊搭在他肩上，歪着头看他。）

患者：我都跟你说了，就是这样！

妓女：（一本正经的样子）别泄气！男人经常会出现这种情况。有时候他们喝了酒到我这儿来，结果就一塌糊涂，什么事也干不成。

患者：（认真地）你不相信我的话？你以为我也喝了酒？我跟他们可不一样。

妓女：我没有不相信你啊！我只是举个例子，现在好多男人都这毛病。

患者：（有些生气）我跟他们不一样，我不是跟你说了吗？

妓女：（满怀同情地抚摸他的胸口）那一定很疼吧？

（父亲的灵魂映现在光柱背后。）

患者：……当时我就晕过去了……（情感失控，带哭腔地）他就那么生生地给了我一脚啊……我还那么小，刚刚开始发育……（啜泣）

妓女：（气愤地）你爸怎么能这样！他也太凶狠了！

患者：他就是这样。他以为他是我爸，就可以随意处置我——我被他毁了！他不是人，他是头吃自己崽子的老母猪。他口口声声说是为我好，其实都是为他自己。

妓女：这事不能就这么完了！你不想……

患者：你知道，我一直想跟他讨个说法。我这辈子都在等啊盼啊……

妓女：为什么要等？你为什么不直接走到他面前当头就问？

患者：（气馁地）我……我……说实话我很害怕……我以为

他会主动……谁知他就跟没事人似的，就这么一辈子……（啜泣）
唉！他向来一贯正确，从不肯认错的……我本该知道……我真
窝囊啊！

　　妓女：你是够窝囊的！那你想怎么办？就这么不了了之？

　　患者：我……（愤愤地）我真想还他一脚，我们俩就扯平了。

　　妓女：对，你也踹他一脚！（转念一想）亏你想得出来！他
怎么也是你爸呀，你下得去脚？——（一本正经地）我倒有个好
主意，你到法院去告他。

　　患者：告他？别天真了！不可能的。

　　妓女：怎么不可能？你就告他（思忖）……告他家庭暴力，
告他残害少年儿童！

　　患者：别扯了！这种家庭纠纷，法院也会受理？再说，都
过去四十年了。

　　妓女：那有什么关系！现在人们法律意识都提高了，什么
样的家庭纠纷都可以拿到法庭上去解决。

　　患者：还有，二十多年前，他打着反对资产阶级自由化的
旗号，开全院大会整我，逼得我远走异国他乡……他的目的不
过是想霸占我老婆——他老战友的女儿。

　　妓女：你就数罪累计，一并告了他！

　　患者：（为难地）问题是……问题是我爸……他现在已经植
物人了……

　　妓女：哎呀，那就麻烦了！

　　患者：（沮丧地）还是的呀！说得这么热闹，最终……唉！
（蹲伏下去，以手护裆）一提这事，我就蛋疼。

　　妓女：（冲他俯下身）别泄气嘛！说一说，就算是快快嘴也

是好的呀！总比闷在心里强。

患者：你还真说着了，我真没地儿说去，没人愿意听我唠叨。我得谢谢你！

妓女：不用谢！以后你心里憋闷了就过来，我很愿意听你唠叨。咱们有言在先啊，光唠叨不收费，就算交个朋友。我觉得你人不错！

患者：那可不行！钱我一分都不少你的。按时照付！

妓女：你什么都没干叫我怎么收？——你呀，依我看就是憋的，憋得时间太长不好使了。你时不常过来跟我唠叨唠叨，我给你疏通疏通，兴许就好了呢！——等你好了再收费也不迟啊！

患者：（禁不住大笑）哈！——但愿像你说的……

（光束熄灭，舞台灯光大亮，重现心理治疗室场景。患者仰在沙发上正发出哈哈大笑。）

白衣女郎：（同笑）瞧把你笑得！我的话那么有意思吗？

患者：有意思！很有意思！

白衣女郎：那你以后就常来吧。我很愿意逗你开心。

患者：我就怕说太多，你该烦了。

白衣女郎：不烦！我觉得你说得还不够多，不够充分；我能看到你心中还有一大块黑色区域你没有触及。

患者：你指的是什么？

白衣女郎：比如你所说的"要事"，你的秘密……

医师：（从电脑后探出头警告）不可贸然挺进！

白衣女郎：（扭过头去对医师压低声音）我觉得是时候了。

患者：（警觉地）你什么意思？

白衣女郎：你不想让我为你疏通吗？就像疏通开黄河千年

沉积的老底，一旦淤泥清除干净，水流会畅通无比。

患者：那天籁般的仙乐突然夹杂着沙尘和冷锋，叫人不寒而栗。你到底在哪儿？我再也不想这样捉迷藏，快快拨开云雾，让我看见你。（开始挣扎，伸胳膊撂腿；胸膛急剧地起伏，大喘粗气，眼球骨碌碌乱转；嘴里含混不清发着梦呓。忽而他肢体乱颤地站起来，两手当空乱抓，接着又躺倒下去）快出来……哈哈……追呀……抓到你了……躲什么呀……别跑……哎哟喂……呜哇……跑不动啊……（惊惧地）不行……（厉声地）你给我滚一边去……

（父亲的灵魂消隐。）

白衣女郎：（吓得跳起来，躲到沙发后面）他怎么啦？怎么回事？快让他醒过来！

医师：（赶紧从电脑后面冲出，责备地）你违反了操作规程！我一再警告你，你就是……

白衣女郎：快让他醒醒！

医师：不行！

患者：不行……往哪儿跑……（两手当空乱抓，挣扎着企图站起来）过来呀……呜呜呜……别别……这样不行……

——幕落

第四幕

第一场

场景：父亲和亚玫所住的四居室中的一间。这是一间北向房，面积不算很大；右面墙上是一扇窗户，窗扇开着，不时有穿堂风吹过，掀动窗帘微微摆动。打窗外传来阵阵建筑工地的噪声。左侧是房门；房门开着，可以看到门外一段过道。正面是一片雪白的空墙，任何装饰也没有。屋子当中摆了一张床，周围留着宽敞的空当；床上直挺挺地躺着植物人父亲。他头冲门，脚冲窗；一身家居服干净整洁；面皮像蜡一样干黄，脸上的肉向下坠去，使鼻梁、颧骨和齿吻异常凸出。在床头和靠墙那一侧摆了两把椅子。椅子上放着瓶子、管子和碗之类的用品。幕启时，亚玫正忙着给父亲换衣擦洗。她头发披散着，发丝中夹杂着白发；脸上堆着些细密的皱纹，脸色苍白，显得有些浮肿；日常的家居套裙松松垮垮，邋遢不整。这是一个夏日的上午。

亚玫：（在床头水盆中投毛巾，拧干，给父亲擦脸）咱们擦擦脸啊，干净干净！——擦完脸再擦擦手啊，（拿起一只手臂）唉，干净干净的！（又拿起另一只）咱们刚换上新衣，不能脏手脏脸的，是不是啊？刚拉完臭臭不洗洗哪行啊！唉，一动不动的，听话，真叫乖！咱们干干净净吃饭饭儿；吃了饭饭儿拉臭臭儿；能吃能拉又能睡，健健康康过生活——（唱，京腔京韵）一天到晚忙啊忙不停，忙来忙去全为我老公，可怜他一病三载人事不省；不畏艰辛不离弃，只盼他早日把眼睁……（擦完手开始擦脚。突然传来门铃声；一惊）有人叫门？谁这么早来？（丢下毛巾，走到门口向外嚷）谁呀？

患者：（台下音）是我！

亚玫：（疑惑地走出屋门，进入过道去开门。开门声。发出惊叫）哎呀，是中和！你怎么回来啦？什么时候回来的？快进来快进来！我还以为……（关门声）什么时候回来的？怎么也不跟我打声招呼！

患者：（出现在房门口。漠然地）回来一个多月了。

亚玫：（一并出现在门口）你看你，来之前也不跟我打个招呼！叫我一点准备没有。你瞧我这副样子……

患者：有什么好准备的？

亚玫：你先去客厅里坐坐，我换件衣服，马上就来。（从门口处消失）

患者：（冲她背后）不用换了，我看一眼就走。（独白）换什么衣服，我又不是来跟你相亲的！（从房门上）这屋里什么味儿啊！（一眼瞧见父亲，走过去）他就这么躺着，一动不动？躺了好几年？简直是……简直是停尸房！没错，这味就是从他身上散出来的。我怀疑他都发臭了。还喘气吗？（凑近端详，把手放在父亲鼻子底下，猛然恐惧地抽回）哎哟我的天啊，真喘气呢！他就这么活着！（再凑近细看，悄声地）爸，我回来了！——他看上去没什么变化，跟睡着了似的；我记忆中他就是这个样子，二十多年啦……爸，你能听见我说话吗？……听见什么呀！他不过是一堆喘气的臭肉了，我回来干什么？（丧气地围着床打转）我想要跟他征讨的……一切都无可挽回，而过去落下的疮疤仍旧疼痛难忍……这眼瞅成了笔无头债……不行！不能就这样白白地……他不是还有口气吗？（突然站住，掏出刀子）今天就让他在我手

上断气，也算是部分清偿……（举起刀子，浑身颤抖不止）

父亲：（心声）好儿子，扎下去！扎下去我就解脱了，不用再受这个罪。这一刀算是你对父亲尽了最大的孝道！

患者：我无数次梦想着这一刻，可真到这时候了却又胆战心惊……他的眼睛欠了条缝，眼皮好像在跳……他在看我吗？为什么我一直抖个不停——说实话，即使他植物人了，躺那儿一动不动，仍然令我害怕。

父亲：（心声）中和！还等什么？我求你，赶快下手！一刀下去，一切都结束了。让这一切结束了吧！我每天遭受着折磨，没有一天安宁过。爸求你了……

患者：（手试着往下挥了挥，又马上举起）不行！为什么我心里如此慌乱……

父亲：（焦急地）快下手啊！机不可失……这个窝囊废！什么正经事都干不成！

（亚玫出现在门口。她换上了一件红色旗袍和高跟鞋，有点像是演出服；旗袍紧紧地裹着身子，鼓鼓囊囊十分肉感；脸上扑了粉，描画了眉眼；头发整齐地挽在脑后。一见患者冲父亲举着刀，惊叫一声冲进来。）

亚玫：（伸出双臂挡在父亲床前，大喝）中和，你想干什么！你疯了，竟对你爸下毒手！（患者仍举着刀，颤巍巍发呆，似乎并不明白眼前发生了什么）我告诉你，屈中和，你要想杀他，先把我杀了！否则，甭想……怎么啦，你愣着干吗？

父亲：（心声）甭拦他，让他扎吧！他要是扎了倒真像我儿子。

（患者手抖得更厉害，刀掉下来，人也瘫倒在地。）

亚玫：（一脚把刀踢开，俯身扶住他双肩）中和，你说，你回来就是为杀你爸的吗？（摇晃他）你说呀！你说你不是回来杀他的，我相信……

　　患者：（木然地听任她摇晃）我不知道！

　　亚玫：中和，我知道你依旧恨他；这些年你心里一直很苦，你摆脱不掉……可是你看看他，现在都成这样了，你就没有一点点……

　　患者：（一把推开她）别靠近我，你身上那股味叫我受不了。

　　亚玫：（疑惑地自嗅）我身上有什么味啊！（笑）我刚撒了点香水。中和，我看你的脸色很不好，是不是病了？

　　患者：（猛地站起来）别碰我！

　　亚玫：（躲开他）好，我离你远点，这行了吧！——中和，这么多年不见了，你总不至于一见面就动刀子呀！我想这不是你的本意。毕竟我们过去……

　　患者：别跟我提那个过去！

　　父亲：（心声）我们都有一个不堪回首的过去！

　　亚玫：没有那个过去你现在会站在这儿吗？我们为什么要回避它？——中和，我一直想跟你说……我跟你爸一起生活后，我们之间谈的最多的就是你。

　　患者：（不屑地）谈我！谈我什么？

　　亚玫：谈你小时候，谈你的性格，谈你的作为，谈你的方方面面……我发现你们父子俩之间的误解真的很深，你爸是爱你的。这种爱从他谈论你时的表情和口气中不可掩饰地流露出来。他也承认很多事情待你不公，给你造成了很大伤害……特别是到了晚年，他感到十分后悔……

　　患者：（不禁为之动容，嘴唇颤抖）他……他表示了……他后悔？……（突然发作）你撒谎……你在为他开脱，你在安慰我！他才不会……他什么人我还不了解……打死他都不肯认错！

亚玫：我干吗要为他开脱！你就是不了解他，一辈子你跟他都相互隔膜，相互误解。就在他得病之前，他还打算出国去看你，他知道让你回来是不现实的；他要当面跟你把话说开，解开这个心结，要不他死不瞑目。你知道他做出这个决定是不容易的。就在他为出行做准备的时候……（啜泣起来）那天晚上，突然就……（泣不成声）他在昏迷中叫着你的名字……

父亲：（心声）我呼唤着你的名字……中和……中和……

患者：（受到感染，开始啜泣）为什么不早告诉我？

亚玫：你爸不让我说。他坚持要一切都准备好后再跟你说，他怕万一出点岔子叫你失望。

患者：（失声地）爸……他……

父亲：（心声）毕竟是我的儿子！

亚玫：昏迷当中他还叫着你的名字……他是爱你的……

患者：我……他……真不知道……

亚玫：（擦抹眼泪，露出微笑）你还没来得及看他吧？过来好好看看你爸。（拉住他的手引到床旁，呼唤）爸！——（马上改口）老公，中和回来看你了！（转向患者）你看他表情多安详，就像在睡觉一样。他就这么一直睡，一直睡。

患者：他能听见吗？

亚玫：我觉得他听得见。我每天都跟他说话，有时候还给他唱几段，他的眼珠就会动。哎呀，你看你看，他眼睛在动呢，你快看！他肯定听见我们说话了，你叫他！（患者迟疑。敦促）叫啊！快叫他！

患者：（怯生生地）爸！——

亚玫：（用手捅他）大点声！

父亲：（心声）我听得见，不过还是大点声！

患者：（努力提高嗓音）爸！——

父亲：（心声）我这么多年没听到这声呼唤了！

亚玫：（突然兴奋地尖叫）哎呀，他流泪了，你看啊！他真的听见了，他终于有反应了。（情不自禁地抱住患者）太好了！我相信咱爸有一天一定会醒过来，我们一起努力吧！

患者：（惊恐地挣脱开她的拥抱）不！——不要！（躲到窗前向外看，深深地呼了一口气）

亚玫：怎么！你不希望你爸醒过来？

患者：不……不要……还是……就这样吧！

亚玫：（现出会意的笑）哦，我明白了！你不仅恨他，你更怕他。恐惧比憎恨更难以克服。我说的呢，你们之间隔阂这么深；要是这样，即使他醒过来你也……这么说你是想……

患者：（烦乱地转过身来面对她）别问我，我不知道……你以为你告诉我他后悔了，他是多么的爱我，我们之间就会冰释前嫌，我们的父子之爱就会其乐融融了？我明告诉你吧，晚了！晚得就像肝癌的晚期！（声音颤抖）四十年了！现在才跟我说这些！我的心已经像块冰封起来的石头，又冷又硬；你以为"后悔"加上"爱"，再拌上几滴"眼泪"，就能把它暖和过来？不！——我不再需要这些廉价的……

亚玫：（抢白地打断）那你回来干什么？

父亲：（心声）我可知道他回来干吗来了，可是他又没这个能力。

患者：（被问得一时无措，眼睛低下去四下里撒眸）我回来……我回来……

亚玫：（叹气。讥讽地）二十多年了，你还是从前那一套，一点没变！（现出媚态朝他走过去）跟我说说，你回来干吗？咱们之间还有什么话不能说的？（患者木呆呆毫无反应。亲昵地靠近他）不管怎么样，你回来我就很高兴，其实我一直在盼着你回来。中和……这么多年在外面……你一个人吧……我是说没结婚吧？

患者：（气呼呼地）我结什么婚！

亚玫：（窃笑，含羞地）中和，咱爸病倒以后，我心里特别寂寞，特别孤独；我盼望你回来，咱们一起……尽管组织上对我们十分关心，经常派人来看望，问我有没有什么困难；我也经常参加一些社区活动。更有意思的是，剧院陶院长有时还送戏上门，你爸的床头就是舞台；用他的话说："屈老搞了一辈子戏，戏剧的刺激更有利于他的恢复。"……可是这不一样。大白天我这事那事地忙，倒也不觉得什么；可是一到了晚上，我独自一人躺在床上，就觉得这个大房子空得我心里发慌，空得瘆人；我又害怕又寂寞，时常是整夜失眠，我就蒙头大哭……

患者：跟我说这些干什么？（背过身去，手扶窗台向外张望。）

亚玫：（停顿。嗫嚅）中和……你这次回来还走吗？……别走了吧！（情不自禁扑到他身上）中和，抱抱我！

父亲：（心声）中和，接受她吧！她是个好女人。快死的人了，什么都看得开了！

患者：（扭回身一把将她推开）你真叫我恶心！

亚玫：（双手掩面嗫泣）我都叫人恶心了！我成了什么样的

女人啊！（突然门铃响，一惊；擦干眼泪，转身从房门下。开门声；台下音，厉声地）是你！你来干什么？

（灯光转暗；灯光亮起，呈现出四居室中客厅场景。客厅十分宽敞，舞台只能呈现一半；正面墙有一扇雕花玻璃拉门，透过拉门可以隐约看到外面的过厅；墙面左侧挂满了大大小小的亚玫的照片，有演出照，也有生活照，彰显出女主人的风采；墙面右侧有一道小门，通往一间卧室；左侧墙面上并排两扇窗，窗下是一套老红木沙发；右侧墙上靠着一架钢琴，钢琴前是一套红木的茶桌茶椅。这些红木家具使人联想到前几幕中四合院正房场景。患者的姐姐从拉门扬脸朝天地踱着四方步上；亚玫紧随其后。）

姐姐：（边走边四下张望）我怎么就不能来！我来看我爸。——这里也是我的家！

亚玫：你爸没在这儿，在他卧室里。

姐姐：嗬，这大房子！一个人住，怎么住得了啊！

亚玫：你什么意思？

姐姐：我的家，我好久没回来了，我得考察一下我家住房现状。

亚玫：别阴阳怪气地！你到底想干吗？

姐姐：（在沙发上落座）我还能干吗？一个不招老爸待见的闺女……（抚摸着沙发扶手）嗬，瞧瞧这老红木家具，现在可成了俏货，行市翻倍地往上涨。这得值多少钱啊！

亚玫：有话快说有屁快放！用不着这么拐弯抹角的。

姐姐：行！倒是个爽快人。我还真有话要跟你说。

亚玫：我就知道！夜猫子进宅，无事不来。

姐姐：（从沙发上站起）算你说对了，我就是你的夜猫子。

我来通知你，你在这里的生活结束了，给你一个礼拜时间准备，尽快从这儿给我搬出去。

亚玫：（惊愕）你想赶我走！你没有这个权利。这里是我的家，这是我的房子。

姐姐：我爸没了，这里也就跟你没关系了。

亚玫：你爸还没死呢！

（父亲灵魂从卧室门上，面色阴冷地望着她们。随后患者从玻璃拉门上，表情阴郁。）

姐姐：你还想等到那一天吗？其实你也没什么好等的了，不如现在就准备着，省得到时候走投无路。

父亲：孽种！不许你赶她走！

亚玫：（气愤之极）想赶我走，没门！这是我的家。我是这房子的主人。我跟你爸是夫妻，他没了，我是他财产的合法继承人，怎么也轮不到你来对我发号施令。

姐姐：（不屑地）夫妻！说得多好听。拿出证据来，我看看！

亚玫：你算干什么的？给你看得着吗？（一眼看见患者站在门口）你……你们姐弟俩……哦，我明白了，原来你们串通一气，想害死我老公，把我赶出去，霸占我们的房产——阴谋！你……你把他怎么样了！（慌张地高叫）老公啊！——（冲过患者身旁，从玻璃拉门下）

患者：（朝姐姐走过来）你怎么来了？

姐姐：我来声援你呀！

患者：声援我？声援我什么？

姐姐：那还用问吗？（仔细打量他）没听我的吧？

患者：（会意）得了吧，你那馊主意！

姐姐：还是的！我就知道……所以呀我得亲自出马……（欣然向四周撒眸）瞧瞧这大房子，瞧瞧这满屋红木家具，这都是咱们的家产，你就眼睁睁……

患者：（不耐烦地摆手）别跟我说这个！我烦得慌！

姐姐：（生气）你烦什么呀！……也不知道你脑子整天都……

（亚玫从玻璃拉门上。）

亚玫：你们俩都给我听着，从今天起，别再进我的家门；要是我老公有个三长两短，我就控告你们谋杀。

患者：（讥讽地）他已经都这样了，还能有什么三长两短？

亚玫：（冲患者）说的就是你！你受她指使，还想行凶弑父。你们立刻给我滚出去！

姐姐：还真拿自个当主人了！也不知道谁该从这里滚出去？一口一个"我老公"，这真是屁股上擦胭粉，脸都不红。

亚玫：泼妇！你敢在我家里撒泼！我决不允许！（说着就要冲上去）

父亲：（惊慌地）中和……快……快堵上她们的嘴……不知还会讲出什么话来……

患者：（插到她们中间）都给我闭嘴，别吵了！

姐姐：不要脸！骚货！你什么人我还不知道？吃着碗里的，惦着锅里的……

父亲：孽种啊！中和——快……快封上她的嘴！（捂住自己的耳朵）

患者：（大喝）姐！——闭嘴！

姐姐：（与他撕扯）你一边去！我就要说。我的话在肚里憋了一辈子了，今天我要说个痛快。自从这个骚女人进了咱家的门，咱们家就没得安生。她挑拨我跟咱爸的关系,闹得我们父女不合;她跟你一结婚就没安好心,你前脚出了国她回头就勾搭咱爸,还把我从家里赶出去……弄得社会上风言风语,说咱爸晚节不保,搞了儿媳妇如何如何……她败坏了咱们家的门风……

亚玫:(在姐姐的责骂下反倒坦然起来)既然把话都挑明了,我今天也就说清楚,平一平咱们的旧账。你说我挑拨你们的父女关系,倒不如先看看你自己是怎么做女儿的。你从来没真正关爱过你父亲,你那小心眼都被忌妒填满了,你容不得我跟他亲近。不要说你平常不来看他,他病倒后你来看过他几次?他在急救室里抢救,我一个人等在门外;我给你打好几次电话你都不接。别看你爸在社会上是个人物,那么风光,他内心里是冰冷的孤寂的;他空有一双儿女:一个对他冷漠、心怀不满;一个对他恐惧,心怀仇恨。是我,代你们行使了做儿女的义务,我又做儿女又做妻子;是我,给他晚年生活带来了温暖和快乐。我敬他如父亲,爱他如丈夫。(充满深情地)即使他现在人事不省了,我也从没想过要离弃他;我给他最好的照顾。夏天怕他热着,冬天怕他冷着;一天三顿,顿顿不落,荤素搭配,一律打成流食通过管子送下;喂多了怕他消化不良,喂少了怕他营养不良;我每天给他擦屎接尿,经常给他洗澡换衣裳;定时给他翻身按摩,以免生褥疮……

父亲:(欣慰地点头)说得多好!到底是我的女人啊!

患者:(浑身颤抖,一个嘴巴打过去)你给我闭嘴!

姐姐:打得好! 一个不要脸的贱货,想霸占人家的财产,什么事都干得出来,还真拿自个当道德模范了。

亚玫:(捂着脸冲患者)你敢打我!(突然狂笑)哈!——

多年不见长本事了，动手打起你前妻来了。八成你那老毛病治好了？（又招来患者一巴掌。厉声地）你打！我让你打！就是打死我，你也是个废物！我算看出来了，只要是窝囊废，一辈子都好不了。（极尽风骚地）你爸，那才是个真正的男人，让我充分享受到了做女人的滋味。从今天起，我要更加细心地照顾他；我要让他活着，活得更长久，让他陪我一直到老……

父亲：（惊慌）不……不……我不是这意思……中和呀，你把她拿回去吧……

患者：（羞愧难当）无耻！（转身从玻璃拉门下）

姐姐：你真无耻！

亚玫：（得意地）到底谁无耻？一个做女儿的，没在父亲跟前尽过一天孝，到头来却伸手要继承财产，你才是屁股上擦胭粉，还好意思……

父亲：（狂怒地）孽种啊！一群孽种！（跺脚消隐）

——幕落

第二场

场景：心理治疗室。患者坐在原先的沙发上，神情呆滞木然；心理医师坐在对面，脸上极力堆出笑意。他不紧不慢地鼓掌，但声音很响亮。

患者：（注意到他，没好气地）你鼓什么掌？

医师：当然是为你！

患者：为你自己吧！

医师：也为我自己，但主要是为你。

患者：你终于对我下手了，下手还挺狠。

医师：（得意尽现）主要看效果。你的表现非常出色。

患者：是你的表现！我只感到备受折磨。

医师：折磨不会白受，你终会得到报偿。你不是问我鼓什么掌吗？我告诉你，你向我展示了一部心灵史，它本身就是一部戏剧。我禁不住要为这部大戏喝彩了。

患者：（漠然注视他）这个嘛……我还没想过。我困惑的是，今天我到你这儿来花了一大笔钱，到底值不值？白衣女郎我到底看到没有？是我亲眼所见还是你的催眠产生的致幻效应？或者根本就是你广告上的胡吹……

医师：作为戏剧导演，你连这一点都没搞清楚吗？那实在是太遗憾了。听我的建议，你完全可以把你的个人史搬上舞台。

患者：哦，倒是新鲜！这就是你作为心理医师给一位患者的建议吗？

医师：也是作为艺术家！艺术和心理分析，关注的最终都是人本身，在这一点上我们息息相通。通过艺术创造，给备受压抑的力比多打开一条渠道，使之得以升华……

患者：（站起来，似乎有些头晕，站立不稳）我就知道！（大笑）从前有一个人，浑身奇痒难忍，去看大夫，大夫卖给他一包药，号称是秘方。这位老兄回到家打开一看，上面只两个字，"挠挠"哈！——哈！——这招我也会。

医师：（正色地）我不是在跟你开玩笑！

患者：我也不是在开玩笑，这不是玩笑的玩笑就更加可笑。

（大笑不止）

医师：（高声地，企图压倒他的笑）阿诺老爹是怎么教导你来着？

患者：（止住笑）他说戏剧是一座教堂……

医师：还是的！——你不是一直沉浸于这座教堂之中吗？在里边得到洗涤和滋养……

患者：（暴躁地把手一挥）那是在爱尔兰！（漫步踱到台前）现在我在国内。一到国内那座教堂就变了，变成了超级市场，充满了媚世讨笑的腥臭气。——那座教堂崩塌了，在我心里，彻底崩塌了，你明白吗？

医师：（坚定地）那就再把它建造起来！

患者：（急转身面对）你说什么？

医师：我真佩服你的导师啊！他不仅是一位艺术家，也是一位心理分析家，他已经给你指出了一条明路。

患者：（茫然叹气）他没有指出！他要是指出了，我还会来求你吗？

医师：当然指出了，只是你没弄明白。（诡笑）也许冥冥之中，我就是替他来为你指明方向那个人——你好好想一想，他为什么让你回国？

患者：他只说我的根基在中国。

医师：对呀！你的根基是什么，你想过没有？（患者一脸茫然）你的个人历史和戏剧呀！——把你人生中的戏剧演变成舞台上的戏剧。

患者：（目瞪口呆）他是这个意思？不！——你瞎说，这不可能！

（灯光渐暗。灯光再度亮起，舞台上呈现出陶洪钧家客厅场景。

客厅十分宽敞气派，也只能展示出其中一部分；正面墙上是一大幅西洋画；左面有一扇对开木门，通上书房，可以看到书房内书柜书桌一角；左侧墙上是一大扇落地窗，窗前摆放着盆栽花木；头顶上是一盏枝形水晶吊灯，灯下是一套墨绿色水牛皮沙发；沙发右侧墙角里斜着一架钢琴；墙面上挂着一把战刀和牛头骨等装饰。灯光亮起时，陶洪钧和患者正坐在沙发上，茶桌上摆放着茶点、水果和香烟；显然谈话在进行中。陶洪钧与患者同龄，但看上去要显年轻；他个头不高，很敦实；留着寸头，面色光泽红润，说话底气十足；为人处世很会把握分寸，八面玲珑同时又不失他院长的做派。）

陶洪钧：（从烟盒中抽出两支烟）来，点上！

患者：刚掐，不抽了。

陶洪钧：来吧！导演不抽烟，谁信啊？

患者：这回我可真戒了！

陶洪钧：我知道你真戒了！戒烟还不容易，我都戒无数次了。（患者接过烟来，老同学给他点上。两人开始抽烟）再者说了，烟是我们人生中最好的朋友，戒它就等于丢掉了一个朋友。跟你这么说吧，我写东西的时候全靠它钉着呢；没有它，我脑子都运转不灵；所以每次一戒烟我就感到心疼。

患者：（很享受地吸口烟）你这是恶习。这次回来我算是叫你破了戒了。

陶洪钧：（哈哈一笑）破就破了！破了再戒嘛！——唉，中和兄，有句话我一直想问你，你这一回来，还走吗？

患者：走还是要走的，只是个时间问题。

陶洪钧：（恳切地）别走了，留下来吧！这儿毕竟是你的家。（现出回忆往昔之情）我们还像从前一样，我来编，你来导，我们合作多来劲!

患者:唉,现在可不比从前了!你是全国著名剧作家,剧院院长;我呢,顶多算得上是个灰头土脸的海归。你跟我合作?

(抽烟。透过烟雾眯眼瞄着老同学)

陶洪钧:挤对我!——这《裤裆胡同》不就是个很好的开始嘛!

患者:你管这叫合作?你这是逼宫;要都是这种戏,我看还是不合作的好。

陶洪钧:(打趣)你瞧!闹了半天还是你这个"海归"看不上我这"著名"啊!

患者:(突然发作起来)你写的那叫什么破玩意儿啊!说好听点叫唱颂歌,说白了就是舔人家屁股,给人捧臭脚!我一边导戏一边犯恶心,那台词念起来我都麻得慌。二十多年了,你他妈的没一点进步,反倒不如从前了。

陶洪钧:(哈哈大笑)骂得好!骂得好啊!我听着都觉得痛快。不过话说回来,还得请中和兄见谅。(感慨叹气)唉!毕竟人在江湖,很多时候,身不由己啊!你说我舔也好,捧也好,我可不是随随便便胡来的,我有我的原则,我得名利双收,我得舔得值捧得值……(忽然注意力转移到患者身上)就说你吧,你不是也从这《裤裆胡同》里捞到好处了吗?

患者:(不以为然)我捞到什么好处了?就你给我那俩导演费,都不够补偿我这通恶心的。我说了,这种事我只干这一次,没有下回。

陶洪钧:我说的不是钱,那点钱我都觉得拿不出手,不值一提。我说的是人!

患者：（迷惑地）人？什么人？

陶洪钧：你小子别跟我装糊涂！你上了这台戏，白捞一个媳妇，这还不算是好处吗？凌芳可是我们的一根台柱子，你小子一家伙给捞了去。我看你是得了便宜跟我这儿卖乖呀！

患者：（一时支吾，哭笑不得）这哪是……这也算……这……这是两码事嘛！

陶洪钧：当然啦！要我说，这是最大的好处！这么多年我都没得手，你小子一回来就……真叫我嫉妒。（急切地）唉，哥们儿，说说，我们凌芳小姐如何？感觉不错吧？

患者：（漠然地）什么感觉？

陶洪钧：那还用问吗？（一脸色迷相）肯定特有感觉，说说！鱼你一人独享，老兄我在边上闻闻腥儿，总可以吧？

患者：（凄然但口气很冲）有啥好说的！除掉那层遮羞的布，女人还不都一样，你也不是没见过？

陶洪钧：说说有什么了！风情千万种，美女总是各有各的滋味。（用肘杵他恳求）中和兄，说说……说说嘛……（见他漠然，无趣地挥手）得，不想说算了！（静场。两人闷头抽烟，患者先把烟在烟缸中掐灭，陶洪钧稍后。他又抽出两支烟递过去）再来一支？

患者：（摆手）不抽了！

陶洪钧：（自己点上，吸一口）说实话，让你上这部戏，也是为了完成令尊大人的嘱托，他老人家待我不薄啊！

患者：（惊异地）这关他什么事？

陶洪钧：他曾不止一次地对我说，中和在外面过得不好，早晚他得回来，你多抬举抬举他。

患者:（一下子蹦起来）他这么跟你说？你怎么不早告诉我？

陶洪钧：现在说也不晚啊！

患者：你小子诓我！还说什么救场如救火，什么我在这条胡同中生活过，对里边的人和事都熟悉，导这台戏非我莫属。你是不是这么说的？你要早说为了我爸，你这台破戏我是无论如何也不会上的。

陶洪钧：谁诓你了！当时我确实需要一位导演来救场，恰好你回来了；同时，这台戏写的又是裤裆胡同的今昔变迁。这都是事实啊！

患者：我用不着人抬举！我这人不识抬举。

陶洪钧：（不屑地）令尊不过就那么一说，瞧你这劲儿！——得，咱不用"抬举"这词儿；咱们还说合作，这总可以了吧？还像从前一样。

患者：哼，合作！（倒背手，向一旁走去也不看他，突然显出苍老之态）还能像从前一样吗？你现在是大老板，我不过是个打小工的，谈得上什么合作？

陶洪钧：要说打工，你算说到点子上了，我们都是打工的。

患者：（转回身面对他）那你就是个大包工头了？

陶洪钧：（干干地咧嘴一笑）得了，中和兄，好像这一切都是我的错。面对现实吧！（有些讨好地）下一部戏我绝不再拍马屁，好好搞一部有创意的大戏，还由你来导。我都构思好了，让罗密欧与崔莺莺在我们的舞台上交会，来他个东西大碰撞，时空大穿越……

患者：（一时来了兴致，昂扬地）对，来他个大阵容大投入，服装布景要搞得华丽壮观。

陶洪钧：音效要强劲震撼；灯光要变幻莫测，光怪陆离，再配以电视背景墙和激光效果……

患者：制造出一种如梦如幻的舞台空间，让观众身临其境……

陶洪钧：（神往地）那将是一种奇妙的前所未有的剧场体验，我就不信招不来观众。

患者：（欣喜地拍着他的肩）大老板，你就等着在后台数钱吧！

陶洪钧：（同样欣喜地拉住他）中和兄，我们终于想到一块去了！你瞧，我们不是已经开始合作了？

患者：（突然变脸，甩开他的拉扯）呸！（指着他的鼻子）无聊透顶！我算看清你了，你脑子里存的不是拍马屁就是赚大钱，就是没有戏剧了。

陶洪钧：（愣愣地看着对方）你在胳肢我？（沮丧地坐回到沙发上）算你说对了。（又抽出一支烟点上，吐出一股烟）我不拍马屁，能坐上院长这个位子？我不赚大钱，能住上这所大房子？（从茶几上拿起一幅照片看）我儿子在英国上学，老婆在那儿陪读，我不赚钱拿什么供养他们？我身心充满了七情六欲……一句话，我是个大俗人！我倒真是钦佩你呀，中和兄，这么多年始终钻在戏剧的教堂里潜心修行，顶礼膜拜，不问世事如何变迁，看你一身清瘦，道骨仙风，怕是早已修成正果了吧？

患者：你拉倒吧！用不着这么阴阳怪气地挖苦讽刺。

陶洪钧：（一脸严肃）我说的都是真心话！我的意思是，这么多年来，你还跟二十多年前我们在一起排《官帽椅》时一个样，一点没变。

　　患者：这倒是实话。遗憾的是你跟二十年前已判若两人了。

　　陶洪钧：（笑着抚摸自己的脸）我变化有这么大？我自己倒没感觉。（仿佛在追忆思考）不过，有一点我得承认，就在你出国之后那两年里我一直在思考一个问题：戏剧到底是什么？我意识到我们俩曾经对它的探索出偏了，我们要追寻的好像是壶中日月，叫人可望而不可即；你为此踏上了不归路，这值吗？我幡然悟到戏剧究竟是什么东西。（霍地站起身）戏剧，并不是像你说的是什么教堂，它从来没充当过教堂；它其实是一座妓院，供人一乐而已；谁有钱，谁有权势，它就把脸堆上媚笑贴过去，供你享用一番……（抚摸着胸腹舒展笑容）解决了这个问题，你猜怎么着，我后来就一路畅通……

　　患者：呸！你还觍着脸说，不如死了呢！

　　陶洪钧：（呵呵笑着又落了座）放心，中和兄，我肯定死你后边。你看我这身子骨，我这气色，哪一点不比你强？老子说："坚强者，死之徒。"你就太坚强、太顽固了；简直顽固不化，死抱住你那老一套东西不放，你不死谁死？时代变了，老兄啊！现在回想起我们过去的追求、梦想和观念，实在是幼稚可笑。我早已经懂得了这个道理，学会了"与时俱化，无肯专为"；你看我现在，左右逢源，事事亨通……

　　患者：（有些失神地望着眼前的老同学）不，是我看走眼了，你没变！陶洪钧还是那个陶洪钧，陶洪钧就是这个样……

　　陶洪钧：（呵呵笑着站起身，来到患者身旁，抱住他的肩）中和呀，变不变都让你说了！我变不变都无关紧要，我现在关心的倒是你；你瞧你这脸，整个一个死人色儿，都不如你父亲；别看他躺下三年了，那脸一直都红扑扑的，也真邪了！——唉，其实我一直在想怎么才能叫你活（火）起来，别老这么死气沉沉的。

患者：那是每次你去看他时，亚玫都在他脸上扑了粉。

陶洪钧：（惊讶地）不会吧？

患者：不信下次去时你仔细观察一下，你就会发现……（扭头看他，慢慢从他的搂抱中脱身出来）这么说你想拯救我喽？你以为我怕死吗？

陶洪钧：为了什么呢？（嘲讽地）为了你的戏剧？

患者：戏剧？见它的鬼去吧！

陶洪钧：这就对喽！戏剧只有见了鬼才有希望。中和兄，我还是很看好你；我脑子里有很多想法，就是缺少一个像你这样的得力干将；我们一起干，我肯定不出两年，保管你……

患者：（厌恶地）这是我爸的意思？

陶洪钧：（直愣愣地看着他）这是我的意思！——你为什么老把他扯进来？这事跟他没关系。再者说，我觉得你爸这人待人挺和气，挺热诚，挺体贴，我真不明白你为何对他如此反感？

患者：那是对外人！对他自己家里人，他完全是另一副嘴脸，你都想象不到，那个专横，那个霸道，那个暴虐……我小时候经常遭受到他的暴打，（迟疑地）有一次竟然……竟然……（说不下去了）

陶洪钧：（惊讶地）暴打！……他……打你？不可能吧？从来没听你说过呀！

患者：从前我是不敢说。你瞧他文质彬彬、温文尔雅的样，搁我是外人，我也不相信，可在你们背后他就是那副嘴脸。你总该记得我是怎么出国的吧？或者用你的话说，踏上不归路的吧？

陶洪钧：（脸上现出讪笑）哈，记得，记得！（走回到沙发处落座，抓起烟来抽）

患者：这就是一个很好的例证。他，就是一头吃自己崽子的猪！跟他有关的一切……（做了一个憎恶弃绝的动作）往后不要跟我再提他。

陶洪钧：（淡淡一笑）中和兄，言过其实了，言过其实了！我就很能理解他。在当时的历史条件下，令尊完全是不得已而为之；只要你设身处地为他想一想，你就不会……

患者：我要处在他的位置绝不会像他那样！

陶洪钧：你吹牛吧！

患者：（激愤地）他这辈子一次次地挨整，这让他养成了一种习惯思维定式：不整别人自己就得挨整，结果最后他就整到自己儿子头上来了，就是这么回事。他完全不具备作为一个人应有的自我反省能力。

陶洪钧：（不以为然地）老兄，这就是历史的逻辑和人性的逻辑；令尊不过是这一逻辑中的一个齿轮，你让他怎么办？我们谁也逃不过。

患者：我就不会充当这样一个齿轮。

陶洪钧：你吹牛吧！

患者：（突然站到他面前，面对他）这么说你会喽？

陶洪钧：（似乎并没反应过来，显然一愣）我！

患者：（逼视着他）对，我问的就是你！难道你没问过自己这个问题？

陶洪钧：（慢慢吸着烟，故作镇静）谁有工夫想这些……不过……（颇为无奈地）没错，我会，你说得对！

患者：这么说你承认了？你就是充当了这样一个齿轮，你过去是，现在还是……你就是历史上那些毫无面目和头脑的无数群众当中的一员？

陶洪钧：（像是被戳到了最深的痛处，烦躁起来）操，瞎扯什么呢！你不是？（吐出一口烟，然后将烟蒂在烟缸中掐灭）

患者：（慢悠悠从他眼前移开，转过身面对观众）这二十多年来，有一个历史瞬间不停地在我脑子里闪现。就在二十多年前的今天，甚至就在此时此刻，（突然转向他）你还记得这是一个什么样的时刻吗？

陶洪钧：瞧瞧你这记性，专记那些陈芝麻烂谷子，我脑子里可不装这些……

患者：你当然不会记得，你是没头脑的群众嘛！——这是一个手臂如森林般齐刷刷冲我举起的时刻，这是一个牺牲掉一个个体而保全全体的时刻，这是一个人人自危的时刻；在这样一个时刻，你知道我关心的是谁吗？

陶洪钧：我上哪儿知道去？

患者：（用手一指）我关心的就是你呀，老兄！——而且在随后的二十多年中，我一直不停地在想你。

陶洪钧：（惊愕地）想我！你想我什么？

患者：对，我想的就是你！就在那森林般的手臂在我眼前举起时，我谁都没在意，我只把目光投向了你，我的老兄，我唯一的同志。当时你并没有看我，你脸上毫无表情。我注意到，你在举手之前，稍微犹豫了一下，就这一下犹豫，让我终生难忘，让我二十多年来反复回味至今。我特别好奇，"他当时究竟在想什么呢？"从那以后我就一直怀着一个想法，"我一定要问问他，当时他在想什么？如果这辈子我们还能见面的话。"现在，你是不是可以解答我胸中这个疑问了？

陶洪钧：（懊恼地）我犹豫了吗？操！——这些陈芝麻烂谷子，我上哪儿记得去！鬼知道我当时在想什么！我看，你真是没事闲的……

患者：（突然哈哈大笑）我替你说吧，你当时恐惧了，你特恐惧，是不是？你吓得要死。你暗自庆幸那手臂森林不是冲你举起来的，尽管你有些于心不忍，还是在其中加上了一只推手，赶紧把我这只替罪羊推出去……

陶洪钧：（蓦地站起面对他）你拉倒吧！说我恐惧！我看恐惧的是你。其实谁也没把你怎么着，不过是个表决仪式，瞧把你吓得，脸都绿了，腿也哆嗦了；恐怕还尿了一裤子吧！把自己关在宿舍里门都不敢出，见人跟见了鬼似的，好像谁都能把你吃了；连我这个同屋也进不了门，不得不另找安身之处。出国就像做贼似的，蹓得那叫一个快，跟我们连个招呼都不打，吱溜就没影了，我本来想送送你，都不给我机会。

患者：你说得没错，我是恐惧，我深怀恐惧。我就是一只任人宰割的丧家狗，到现在我都还心惊胆战、惴惴不安——至少我勇于承认我的恐惧；不像你，连承认自己恐惧的勇气都没有……

陶洪钧：得了吧！那你回来干什么？

患者：让我说实话吗？（迟疑但终于坚定地）我回来找他算账！只可惜……

陶洪钧：（上下打量他，一副不屑神气）就你！你是看他植物人了才回来的吧？只可惜呀，当年令尊怎么没一下子把你整死，也少了一个忘恩负义的逆子！

患者：一个因恐惧而卑怯的可怜虫有什么资格跟我这么说话？

陶洪钧：你以为你怎么出的国？是谁放了你一条生路？要不是令尊冒着极大的风险给你签了字，现在你还能人五人六地站在这儿跟我矫情？

患者：这么说我得感谢他了？（愤愤地）我宁愿当时他一下子把我整死，倒省得……

陶洪钧：（望着他无奈地摇头，突然感到无聊和气馁）没意思，中和兄！很没意思！我真不明白，你为什么老是纠缠在这段过去里不出来？那一切都过去了，生活之路如此宽广……

患者：（终于爆发出来）他毁了我，你知道吗？我丕有什么生活可言！历史必须清算，否则我无路可走。

陶洪钧：清算历史！（面露鄙夷之色）我看你太拿自己当个人物了吧？你以为你是谁？

患者：我不是谁，我就是我自己。历史就是由无数像我这样的自己组成的，不是吗？如果欠每一个"自己"的账都不了结，我们的历史就永远无法清白。你以为我只是为了我自己？我算明白了，要是再来那么一下子，一切都会重演。我爸那具僵尸也将复活。

陶洪钧：复活！恐怕他再也没有机会了，这一点你尽管放心。

患者：你不是一直企图把他唤醒吗？即使他唤不醒了，你还活着，不是吗？你依然活得有滋有味、欢蹦乱跳。

陶洪钧：（怨怒地逼视他）我说你小子什么意思？你该不是也来找我算账的吧？

患者：那我问你，要是再来那么一下子，你怎么办？你会不会在那种表决大会上再次冲我举起你的手？

陶洪钧：（烦乱地）你还跟我矫情！我说了，那个时代已经过去了，这种事不会再有了。

患者：我们不妨设想一下嘛！你就假设自己再次身处那种情境之中，你会如何行动？

陶洪钧：（咬牙瞪着他）我会毫不犹豫地再次举起手，把你推出去。

患者：（哈哈大笑，笑声颇有些凄厉）你瞧，怎么样！仍然是个没头脑的卑怯群众。这就是你所说的历史和人性的逻辑，你还说那种事不会再有了。

——幕落

第五幕

场景：心理治疗室。这一幕场景显得有些凌乱：写字台前的那把椅子翻倒在地；衣架斜靠在墙上；两只沙发分得很开，一只冲前一只冲后；水晶球不知怎么从写字台上移到了沙发上……总之，在这一场景中像是发生过骚乱，给人一种不安之感。幕启时，患者正盲目地踱来踱去，既像是在沉思又显得十分亢奋；他的外套扔在一只沙发前的地上；身上是一件衬衫，皱皱巴巴；头上长发散乱。心理医师正坐在电脑前紧张忙碌着。

患者：（突然停下脚步，面对观众，似在自语）这下挖得够深够彻底，连根拔除了。我感觉……（冲医师）我感觉你把我掏空了；我这里面什么都没有了。（拍胸，发出空洞声）你听！我这下给掏空了。

医师：（继续忙碌，并没抬头看他）你说什么？

患者：我是说这是我进行过的最深入最彻底的一次谈话治疗，以前从没这么彻底过。

医师：（从电脑后探出头，得意地）那当然！找到我算你找对了人——稍等一下啊，马上就得。

患者：（旁白）我倒要看看，他有何高妙医术来诊治我这顽症。（等不及地高叫）大夫，下面我们该干吗了？

医师：稍等！（仍在电脑上操作）好，最后一条信息输入完成！（从写字台后面走出，来到患者身旁）我们现在只需耐心等待，一会就得。（开始整顿凌乱的东西，把椅子扶起，沙发摆正，水晶球归位等。示意患者）我们坐下等吧。

患者：（仍茫然站立）我们……在等什么？

医师：（欣然仰靠在沙发上）当然是你的治疗方案了。你以为我们在干吗？

患者：是啊！该说的我都说了，该做的你也都做了，现在我就想听听你……

医师：哦，是这么回事！——（示意）坐下说，坐下说。（患者顺从地在医师对面沙发上坐下）你现在感觉如何？

患者：我不是跟你说了吗？我这里面都空了，（拍打胸脯，发出空洞之声）你听！

医师：（现出笑意）这是你沉积多年的潜意识被发掘出来后的正常反应。还有呢？

患者：还有……我头还是疼。

医师：（起身来到患者跟前，翻开他的眼皮察看）张开嘴！我看看舌头，说"啊"（往他嘴里探看，然后给他诊脉，一边看手表）心率九十八，有点快。你情绪还是没有平稳下来，放松啊，保持平静。（回到沙发上落座）来，把身体坐正，调整呼吸，放松——（患者听从指令照做）呼——吸——呼——吸——保持呼吸深长而缓慢。（重复多次）现在感觉怎么样？

患者：嗯，感觉好多了！

医师：放松啊，别激动！你听我说，是这么回事。简单地说吧，我开发出了一套心理分析软件（这时写字台上的电脑发出一阵阵"嗡嗡"声或"咔嗒咔嗒"声；这种声音在他下面的道白中不断出现，似乎在证明它自身的存在），集以往所有精神分析大师的思想理论于一体，汇集了成千上万件案例；用计算机语言加以编程，使之得以在情感数据模块程序中运行，这样我们便得到了一位超级心理分析师。（越说越得意，禁不住站起身，指手画脚起来）只要你把你的病情输入进去，它便会开出一套切合你的实际的行之有效的治疗方案。它比以往任何一位心理分析大师都更睿智、更坚定、更理性、更充满人文关怀，因为它去除了人性中的偏狭、私欲、怯懦、骄傲等一切杂质，变得纯粹而崇高；也从没有一位像它这样的心理医师能在纷繁万变的现象中把握你的本质，切中你的要害，因为它在转瞬之间便经历了整个精神分析的历史，给你的病症以准确诊断和定位。这套软件投入临床使用以来，收到了我们心理治疗史上前所未有的疗效……（顿住，凝视患者，并伸出一根指头）可有一点，患者必须毫无保留、要不我怎么一直坚持把你的潜意识挖掘干净呢？——（倒背起手，悠然自得地）等着吧，你的全部信息资料都在里边，只需稍候片刻……

患者：（搓着两手，急切地站起）哎呀，这么说我还真来着了！我觉得您这电脑的动静都比别处的亲切悦耳。（侧耳倾听那"嗡嗡"声和"咔嗒咔嗒"声）

医师：（同样倾听）它在进行数据处理分析；不，应该说这是它的大脑在思考；更准确地说，它在为你进行诊断和制定治疗方案。一有结果后它会通知我们。

患者：哎呀！我从来没有……这简直是……太令人……

（"嗡嗡"声停止，发出几声"啲啲"的提示音。）

电脑：（电声，呆板而冰冷）数据分析已完成，治疗方案在制订中，请稍候！（又是一阵"嗡嗡"声和"咔嗒"声。患者和医师奔向写字台边。）

患者：哎呀，要完成了！

医师：是啊，马上出结果！

（二人静候倾听。静场片刻，唯有电脑声响，"嗡嗡"声停止，再次发出几声"哨哨"提示音。）

电脑：（电声）治疗方案制订完成，查看请输入指令。

医师：（急急绕过写字台，坐到电脑前敲击键盘，患者跟过去，站到他身边）我们看看结果如何！哇，这么一大套方案啊！或者说是一套组合方案。我们一项一项来。

患者：（拍他的肩）太棒了！

电脑：（声音同前）这是一个典型的性功能精神障碍案例，由于长期性压抑或损伤而获得；这种压抑有时来自于其自身生理或精神缺陷，而更多是来自于生活或社会环境。也可以由药物或器质性损伤而获得，也或者可以由生理或心理重创而获得；也可以由情感或精神所遭受的重大挫折而获得。在某些神经过度敏感的人群中，或者在某些罹患高度自卑情结的人群中，或者在为某种崇高信仰和目标而献身的人群中，或者在某些具有创造性才能并为此付出艰苦努力的人群中，这种性功能障碍表现得尤为普遍和突出。尽管他们获得因素有所不同，但其症结所在……

患者：（不耐烦地）打住打住！这段跳过去。

医师：（深感遗憾地）这项诊断分析不听了？好吧，进行下一项。（在电脑上操作）

电脑：（声音如前）解决方案一：（声音陡转，变为一个女人的声音，清亮而柔美，令人想到先前的白衣女郎）我们先来听一个故事吧。精神分析大师荣格先生曾云游四方，到过世界上许多国家。有一年夏天，他来到中国北方一个偏远的小山村，因为连年的旱灾，这里已是寸草不生，土地干裂。村民们听说有一位道士法术高强，便去请他来作法祈雨。过了两天，一位破衣烂衫的道士赶着牛车进了村子。村民们一见到他，便迫不及待地叫他立即作法。应他们的要求，他便开始搭台设坛，兴风布云。这样一连过了几日，老天毫无反应。于是老道说，"我需要几天闭门静修，请不要打扰我。"他把自己关在一个小院内，开始打坐冥想，祈雨的事完全撒在一边，都忘了自己是干吗来了。几天之后，老天竟下起了多年罕见的大雨……

患者：（一脸迷惑地对医师）这个故事什么意思？

医师：你接着往下听嘛！

电脑：（柔美女声）荣格先生十分不解，问老道他是如何做到的？道士说："我一进村就按照村里人的要求开始祈雨，但无效；我立刻感觉到这里躁气极盛，天人不合，阴阳严重失调；我初来乍到不免受到影响。我立即放弃一切努力，将自己融入清静无为的自然之道；天、地、人的失衡得到调整，雨自然而然就下起来了……

医师：（点头呵呵笑）听听，说得多好！真就是这么回事！

患者：（失望地）你什么意思？说了这么半天，就一个"阴阳失调"把我打发了？（大发脾气）这不过是老调重弹，一点不新鲜，早就有人跟我说过了，别想拿这个来哄我！

医师：（慢条斯理地）越是老调越具有真理性，也越具有实践价值；在临床上越有疗效，但同时也越难以做到。（摇头晃脑）这"阴阳和合"说起来谁都明白，可你真正做到了吗？

患者：（现出若有所思状）这么说我需要的是阴阳和合了？（一把抓住医师手臂）那你赶紧把白衣女郎叫来，我们阴阳和合呀！还等什么？

医师：（轻轻脱开他的抓扯）你这是曲解！我们听听下面怎么说。

电脑：（呆板的电声）解决方案二：（即刻转为女声，越发地柔媚）作为人类根本欲望的力比多其实并非人之生存所必须，没有它人照样可以存活，或许会活得更好；相反，人一旦深陷其中便为其所累所害，不能自拔。轻则整日心神不宁，坐卧不安，惶惶如丧家之犬；重则精神恍惚，身心狂乱，如无头之蝇；而摆脱掉它的纠缠则是一条通往自由之路，以往的智者们在这方面进行过不懈的努力，并做出了惊人的业绩；佛陀和耶稣基督及其信徒们就是其中最好的例证……

患者：（一拍桌子）你在向我宣扬禁欲吗？我可是既不相信来世也不相信天堂！

医师：（轻蔑一笑）你不觉得自己太短视吗？佛陀和基督的智慧并非只针对他们的信仰者，而是针对我们所有人……我请求你耐心点。接着往下听吧！

电脑：……在经历过不断的折磨和挣扎后，毅然选择了放弃；就在那一瞬间，眼前的世界陡然变得宁静而开朗、明智而豁达；你不再为那短暂的肉体之欢而焦虑煎熬，你不再为肉体的欲求所控制，你已成为它真正的主人。这一智慧并非佛陀和基督之徒的专利，但凡追求幸福和崇高人生目标的人均可以悟到。想一想我们所敬爱的弗洛伊德先生吧，他在四十岁上便彻底禁绝了肉体之爱，全身心地投入到精神分析的伟大事业中，因此成就了一代宗师；再想一想令我们无限敬仰的司马迁先生吧，他在遭受了宫刑之后，不但没有就此沉沦，反倒激发出前所未有的创造力，写出了皇皇巨著《史记》，名垂千古；更有甚者，让我们瞧瞧伟大的金傲利先生吧，他竟然亲手把自己阉割，以完成……

患者：（猛然一巴掌拍在电脑上）你他妈的想阉割我！

电脑：（发电声）呜——吱——哩——哇——嗷——

医师：（惊惧）我没这个意思！（用手一指电脑）是它……

患者：（突然抽出刀来，绕过写字台）明告诉你，今天我是有备而来，要是你不给出一个满意的交待，我就先割了你！

医师：（躲进写字台和墙壁形成的夹角，向逼近的患者举起双手）别！请别！——还有两个方案，请你听完，总有一个……

患者：见你的鬼吧！（向前逼进一步）白衣女郎在哪儿？你广告上是怎么说的？

医师：（转着眼珠）什么白衣女郎？（往他身后一指）哦，在那儿！（患者转身向后看，医师趁机夺路而逃。患者追过去）

患者：你想耍我！（继续追）往哪儿跑！（俩人在心理治疗室里兜开了圈子。医师先是往大门口跑，企图打开门，但没拉开，患者追上去；医师又转过身返回，与患者形成短暂的对峙）白衣女郎在哪儿？

医师：没有什么白衣女郎，那都是你的幻觉，你在做梦。

患者：不对，我亲眼看见她的！你许诺的独特治疗方法在哪儿？

医师：你在逼我犯罪。把我送进监狱好了！

患者：那你就是在欺诈。（怒不可遏）你这个骗子！骗子！

医师：我没骗你！我已经为你尽了力。

患者：少废话！我要你兑现……（进逼。医师狡猾地从一侧躲过威逼，逃到沙发跟前，开始利用沙发作为障碍物来阻止患者。

他一会绕着沙发跑圈，一会又拉动沙发，横断患者的追击，两人都已累得气喘吁吁）我要你兑现……

医师：别做梦了！醒醒吧！

（患者又开始追击，医师还是利用沙发作掩护。患者突然蹿上沙发。）

患者：（向上高举双臂，绝望地呼叫）白衣女郎！——

（白衣女郎出现在右侧门洞，她先是在门口亮相片刻。）

白衣女郎：（柔美而清亮地）我来了！（飘然而上）

（医师和患者同时惊讶地扭过头去看她。）

患者：（惊喜地）白衣女郎！真的是你吗？（收起刀揉眼睛）我不是在做梦吧？

医师：（恼怒地）谁让你出来的？

白衣女郎：听到这无助的绝望呼唤，我怎能再龟缩不前，无动于衷！

患者：（跳下沙发奔过去与她交臂相拥）终于见到你了！说明这不是梦。

白衣女郎：说得很对！看你抓我抓得这么牢靠，神志又这么清醒。

医师：（插到他们俩人之间，对白衣女郎）快回去！你越来越不服管束，屡屡违反我们的操作规程，真要把我逼上绝路。（对患者）不要太相信你的感觉和眼睛，它们往往把你蒙骗；眼见未必为实，紧紧抓在手里的却总是一场空。你要明智就立即放手……

患者：（一把将他推开，用力过猛，他跌坐在沙发里）一边待着去。把我蒙骗的就是你，一再跟我玩弄你的把戏……

白衣女郎:(对医师)是啊,该收场了!——让梦幻回归梦幻,让现实回到现实,让真正的患者得到救治。您不是常把这话挂在嘴边吗?作为您的学生,今天我就学以致用……

医师:(慨叹)唉!——你只学了一些皮毛就急不可待地跃跃欲试,精神可嘉,但却在莽撞行事,你还分不清梦幻与现实。

白衣女郎:(对医师)如果我们大家全活在梦里,那我就把这梦变为现实。(对患者)我要证明我已经学有所成。

患者:(与她相拥)你就是我的梦幻,你就是我的现实。(迷醉地)我一直在对你朝思暮想,梦寐以求,今天一旦把你拥入怀中——我的女神!

白衣女郎:你将昂扬,你将奋起!你将从千年龟缩的羞辱中自豪地抬起高贵的头颅,不会再这样默默的受尽煎熬,忍辱蒙羞——这一切都将是我的功劳!

患者:我一刻也不能再等待!我的女神,快快引领我飞升!

(俩人手拉着手向右侧门奔去。医师挺身从沙发上跃起,向他们追过去,一手抓住一个把他们拉回来。)

医师:别做梦了!我看你真是病得不轻。

(用力过猛,三人同时倒地;又几乎同时爬起,患者大怒,掏出刀子,医师想跑,被从后面搂住脖子。)

患者:坏我的好事,看我结果了你!(举起刀子。)

医师:(镇定地并不反抗,冷笑)离了我,你一事无成!

患者:那就让我们瞧瞧!(一刀向医师胸口刺去)

白衣女郎:(同时惊呼)不要!——

(灯光熄灭,舞台陷入一片黑暗;白衣女郎的惊呼声在黑暗中回荡片刻,静场。传来有人活动的脚步声。)

患者：（于黑暗中）喂，你们在哪儿？别把我一个人丢下，回来吧！——（静场。似乎在听候回音，黑暗中只有一片沉寂）我不伤害你，回来吧！（静场。沉寂）——喂，这儿有人吗？——有人吗？（沉寂。自语）看来我的确是在做梦；这一切都不过是空梦一场。这儿没有人，没人听你唠叨——那就结束了吧！（一声钝响，一阵呻吟，倒地声。）

（一束灯光打下来，光束罩住一个人，他仰面躺在舞台中央靠右一些的地方，胸前插着一把匕首。）

——剧终

2012 年—2016 年

流亡与自赎

——纳博科夫小说创作心理的精神分析

假如纳博科夫在天有灵，一得知我要对他的小说创作进行精神分析，必定会暴跳如雷吧？尽管我对他敬爱有加，可也顾不了这许多了。再多的敬爱也压抑不住满腹的欲言。

但凡读过纳博科夫的人，即使是粗浅的读者，都会读出纳翁的孤高自傲。这么说似乎并不新奇，因为可以说没有作家不孤高自傲的，但孤高自傲如纳翁者的确少见。他的这种自傲流溢于他的字里行间，乃至明言自白。以往的文学大师中没有几人入得了他的法眼，包括托尔斯泰、陀思妥耶夫斯基和塞万提斯这样举世公认的大师。当然，最荣膺他斥骂的当属弗洛伊德老先生。可以这么说，纳翁对弗翁终其一生不依不饶，得机会便将他揪出损落一顿；几乎在他的每一部小说中都对他指桑骂槐明嘲暗讽，肆意调侃。虽然弗洛伊德并非文学大师，但他所创立的精神分析学说对文学的巨大影响却是不可忽视的。

下面试举几例纳翁有关他的一些言论：

1.……所有人都知道我讨厌象征和寓言，这一方面与我对弗洛伊德式的巫术的长期敌视有关，一方面也源于我对文学神秘主义者和社会学家发明的一般化的诅咒。

——《谈谈一本名叫〈洛丽塔〉的书》

2.疗养院主管行政的怪物之一弗鲁伊德医生——他有可能是阿登高原西格尼-蒙第欧的弗鲁伊特医生的异乡兄弟，更有可能就是同一个人；因为他们都来自伊泽尔省的维也纳，也都是独子——发展或更确切地说是复兴了临床医治方略，志在建立一种群体感，让最纯粹的病人来协助医护人员，若其有此意的话。

——《爱达或爱欲》

3.近来美国小说家，大都像一个联合英语系的成员，个个权衡得失，不得不比世上所有别的人都更加沉湎于文学才智、弗洛伊德式幻想和可鄙的异性恋贪欲之中，从而把这个主题已经推向灭亡……

——《微暗的火》

4.你告诉我这位作家备受尊敬；他的书在这里和在德国同样畅销。他……被看作战后一代作家的领军人物；最后的……一点，他作为评论是个危险人物。你似乎暗示，我们大家都应该替他保守不可告人的成功秘诀，那就是：用三等舱的票坐二等舱旅行——或者说是，如果我刚才的比喻不够清楚的话——迎合读者群中最差的一类人的欣赏情趣……那些被一点弗洛伊德学说或"意识流"或别的什么思想以现代方式所震惊而购买了充满陈词滥调的最糟糕的书的人们……

——《塞巴斯蒂安·奈特的真实生活》

5．十一岁时，她曾读过一本名为《什么是孩子的梦境？》的书，作者是一个叫弗洛伊德的疯子医生。

——《劳拉的原型》

　　还有其他一些例子，不一一列举。但以上这些例子，我想足以说明问题了。我阅读纳博科夫小说过程中，一个疑问始终萦绕于我的脑际：弗翁究竟犯了哪项天条，令纳翁终生视其为敌，一世梗怀？对此，我至今还没看到纳翁有过详尽的论述和条分缕晰的表达，仅散见于以上那种调侃式嘲骂。我想这或许可以从他的文学观上来得到解释；并且这种解释似乎也是世界文学评论界所公认的。他是最反对在小说中宣讲道德，表达思想的；他仅仅推重的是，小说是一件艺术品，是美的；小说家的创作如同魔术师在变魔术，使读者得到一种观看魔术般的享受，而并非得到什么思想道德上的启示；因此，小说就如同一种游戏，超乎道德之上。或许再没有一段他在《谈谈一本名叫〈洛丽塔〉的书》中的话更能说明他的小说美学观了："对于说教小说我既不想读，也不去写。尽管约翰•雷的断言称《洛丽塔》没有道德支撑。在我以为，小说之所以存在，是因为它带给我（勉为其难地称之为）审美的福祉，一种不知怎么、不知如何与存在的另一种状态联系起来的感觉；艺术（好奇心、柔情、善意和迷狂）是那种状态的准则。这样的书不多，其余所有的都是有议题的垃圾或某些人所谓的思想文学；常常也有一些有议题的垃圾由一些巨大的石膏体带进来。这些石膏体被小心翼翼地传过一代又一代，直到有人带了把锤子过来，一通好砸；砸的是巴尔扎克、高尔基和曼。"纳博科夫就是那个"带了把锤子过来"的人，被他砸的他只客气地列了三位，其实可以列出长长的一大串。应该特别指出的是，福楼拜是为数不多的幸免于难者当中的一个。这我们就很可以理解了，福翁是坚持小说客观化的主创人，力主把作家个人主观因素和社会思想观念排除在小说之外。这一点深得纳翁之心，成为他终生推崇的大师。不仅如此，他还反对小说描绘历史和反映社会现实。在阅读他的作品的过程中，我们可以发现，他的小说的历史背景和社会环境都相当模糊，几乎没有与其时代相对应的事件发生，即便有也是一笔带过，不留痕迹，并不作为主人公命运的根据。

　　由此说来，弗洛伊德的精神分析学作为 20 世纪影响人类的重大的思想成果之一，在其以压倒之势侵入文学时，遭到像纳博科夫这样深具独创性和叛逆性的小说家的抵抗，也是可以理解的。但这似乎还不能够说明问题，因为他对弗翁的挂恶至死都不能释怀。一件叫一个人念恶终生之事，必有其更深层的内在原因。众所周知，在 20 世纪还有一种对人类产生压倒之势（或许说灭绝之势更来得恰当）的思想，那就是专制和独裁。可以说，纳博科夫的个人命运与这种思想有着不共戴天的仇怨。1919 年俄国十月革命后，纳博科夫一家被迫踏上了流亡国外之路；三年后，他父亲在柏林的一次政治集会上被刺身亡。在先后逃离了俄国和德国后，1940 年他再度沦为流亡者；这次是他要逃避纳粹的迫害，从法国逃往美国。一个作家要是具有如此经历，几乎不可避免地成为他创作的主题和题材，即政治流亡。这可说是一种文学上的惯例。但在纳翁这里，我们虽然也看到了流亡，但并没看到政治；也就是说，流亡的内核被抽空了，以至被替换掉了。说实话，我在初读纳博科夫时有种隐隐的失望（或者说失落）；我相信很多读者都会有着与我相同的感受。我们期望能从他的小说中读到他对俄罗斯沙皇的专制和苏维埃暴政的描写、感受、倾诉和批判；毕竟他是深受其害，是从那场骇人的血雨腥风中逃出来的。没有！什么都没有。似乎他对那场冤仇讳莫如深，或不屑于一提，或毫无感受；即使提到，撂给我们的也是淡淡的、带有调侃性的一笔。就像他在《洛丽塔》后记中所声称的那样："我个人的不幸不可能也的确不应该成为大家所关心的事……"就这样，他把这一切都从他的小说中略去了。广阔的社会生活和深刻的社会变革，不在他的视界里。但在他把流亡的政治内核抽取掉之后，他又为之注入了一个新的内核，那就是极具个人化的"性"。因此，纳博科夫的流亡并非政治流亡，实则是性流亡。

我们不得不承认，纳翁的确称得上是写性爱的高手，有其独到的特性和强烈的个人风格。这正是他自立于世界文学大师之列的根基所在。一个作家选择什么主题进行创作都无可厚非，但选择什么不选择什么却关乎他个人的内在动机，也是最张扬其个性之处，这却是读者难以洞见的。卡夫卡不会书写奥地利社会史；巴尔扎克不会写一个人孤独地变形，他们的不同个性便促使了他们创作动机的不同。纳博科夫的选择又是出于一种何样的创作动机呢？一个作家在进行题材选择时，一定是会从那些最触动他、让他感受最深最痛的内容下手。纳翁在遭受了几度流亡后，却对此漠然置之，似乎这一经历毫无价值，无关他的痛痒，不过得了一场感冒。如果这仅仅从他对小说审美的价值取向上去找原因，仅仅是为了"审美的福祉，一种不知怎么、不知如何与存在的另一种状态联系起来的感觉"便显得轻巧浅陌，难以站住脚；其中必定有一种更深刻更隐秘更关乎他个人深痛的因素在左右着他的选择——这便是性本能。这也是纳翁终生反感，不愿意承认的一点。

　　说到这里，我们就要把弗翁请出场了。弗洛伊德在人类思想史上的重大贡献就在于他对人类性本能的发现，是他揭示出了性本能与人类社会的发展、人类行为与疾病等的内在的深刻关联。他把人类这种从前以宗教和道德名义视为低下可耻的根本存在，提升到一个从未有过的高度。弗洛伊德在他的代表作《精神分析引论》中开宗明义地宣布了他的两条基本命题："精神分析的第一个令人不快的命题是：心理过程主要是潜意识的，至于意识的心理过程则仅仅是整个心灵的分离的部分和动作。""第二个命题也是精神分析的创见之一，认为性冲动（广义的和狭义的）都是神经病和精神病的重要起因，这是前人所没有意识到的；更有甚者，我们认为这些性冲动，对人类心灵最高文化的、艺术的和社会的成就做出了最大的贡献。"就弗翁的观点来说，性本能冲动是人类社会发展的本原动因，人类社会所表现的万千形态都是建立于这一动因之上的。性本能一再地要求得到满足，当这种满足难以达成时，便会产生两种结果：一种是受到压抑，形成病变；另一种是寻求替代满足，即升华为审美，进行创造性劳动，比如艺术活动。一个最典型的例子就是他对陀思妥耶夫斯基创作的分析。他在把陀翁的癫痫与创作相联系进行一番探究后，发现了隐藏于背后的俄狄浦斯情结和同性恋倾向，认为这正是被压抑和挫败的力比多在艺术创造中的升华所取得的伟大成就。尼采也有过与此相类似的观点，他在《尼采反对瓦格纳》一书中写道："美学不是别的，而是应用生理学。"他认为，艺术起源于各种非理性状态，主要是性冲动、醉和残酷这三种因素。他在《偶像的黄昏》中，又总结为"性冲动的醉"和"酷虐的醉"，他把性冲动的醉称为醉的"最古老最原始的形式"。在谈到艺术的发生时他说："制造完满和发现完满，这是负担着过重的性压力的大脑组织所固有的；另一方面，每种完满的和美的东西，其作用犹如那种热恋状态及其看待世界的方式的一种无意识的回忆。每种完满，事物的完整的美，接触之下都会重新唤起性欲亢奋的极乐……对艺术和美的渴望是对性欲癫狂的间接渴望，它把这种快感传导给大脑，通过爱而将世界变得完美。"他把追求完美的世界视为审美的最终目的，而实现这个目的的最初的原动力就是性冲动。由性爱所造成的陶醉，会形成一股强大的艺术力量和精神力量。因此，性爱为艺术奠定了心理学和生理学的基础。

用弗翁和尼采的观点来解释纳翁这例个案，我想是再恰当不过的了。试想，一个身怀着强烈性渴望和性焦灼的人，在选择他的艺术创造取向时，还有什么重大内容（无论是社会革命还是政治动乱）能够压倒这一主题？性本能冲动，这是人最根本最原初的生命体验，它完全高于任何一种人类社会活动。这样看来，纳翁对其小说主题的选择便可以理解了。但这是不是揭示了，纳翁本人就真的是一个身怀性焦灼的人呢？我们只能说这的确很有可能。作家的个人生活（尤其是内在生活）往往隐藏在作品后面，而成为读者的一个谜题；作家们都极力将其掩饰起来，生怕被人窥到。正像纳翁所言："我个人的不幸不可能也不应该成为大家关注的事。"但正是这个人的不幸（特别是内在的不幸），事关他小说创作的宏旨，势必在他行文的字里行间露出端倪。然而，关于他的私人生活（性生活）状况，我们又能知道什么呢？我们仅能依靠现有的材料来进行推测。据说纳翁终生都忠实于他的妻子薇拉，他几乎所有的作品都是题献给她的。她为他打字、整理文稿；即是他的秘书又是他的情人，在他的创作生涯中起到了不可替代的作用。他仅有一次婚外恋，爱上一个名叫伊琳娜的驯狗师。伊琳娜虽然年轻美貌，可以给他情爱的满足，但却不会成为他写作上的助手，只会给狗美容；并且从他的秉性来说，他是最讨厌狗的。最终他还是选择了薇拉。这不仅是出于爱情，更是出于实际上的考虑。由此，他老人家的性生活又回归正轨和庸常，从而封杀掉性本能对新奇刺激的渴望。他内心怀着怎么样的隐痛和煎熬，谁又能知道呢？性本能的焦灼和饥渴对人的那种压迫就是一种对人的放逐和驱赶，令你惶惶如丧家之犬，将你驱出家园去流亡。我们不妨这样设想，纳翁即使不被迫离开祖国俄罗斯，他的心也开始了流亡；他身体的流亡不过是契合了他内心的流亡而已。他命中注定，此生只能通过写作来进行自我拯救。

他一部书一部书地书写着，在自我拯救的道路上艰苦地行进着。这时弗洛伊德老先生的声音从高空中传来，他就像一个沉浸于自己技艺的魔术师被一个高超又多嘴的观众一语道破了机关，令他扫兴（甚至可能造成了某种重大伤害也未可知），令他为之恼怒，以至记恨终生。

有意思的是，纳翁顶讨厌别人窥见他的个人生活的细节，而他却在作品中处处把他自己显露无遗。这或许也是自然而然的事。博尔赫斯曾表达过这样的意思，每一部小说都不过是作家个人的自传。也就是说，作家的个性和内心世界无不通过他的行文在字里行间得到呈现，即使他蓄意掩饰，哪怕他掩饰得再好。在这方面纳翁几乎表现出一种"自恋倾向"。他笔下的主人公，都是纳博科夫式的人物，都具有极高的文学素养，要不干脆就是作家；都通晓多国语言，喜欢玩弄双关语和字谜游戏；喜爱收藏蝴蝶标本，对植物学和鳞翅目昆虫颇有研究；都具有俄罗斯的背景，或干脆就是俄罗斯的流亡者；都机智幽默，甚至玩世不恭；或患有不同程度的精神疾病，特异的性癖好，通奸、乱伦、恋童、同性恋等等；他们大都居无定所，以旅店为家，在欧美各国到处漫游……他们身上无不深深刻画下纳翁个人生活的痕迹。

从 1975 年开始，纳翁着手创作他的最后一部小说《劳拉的原型》或《死亡是欢愉的》；遗憾的是直到 1977 年去世，这部小说也没有写完，只留下一份写在二百多张卡片上的草稿。但小说的架构和情节已见雏形，包括许多细节描写。通过这部未竟之作，纳翁那种自我拯救意识体现得更为明显，这或许是他进行的最后的自我救赎的努力。下面我们就试着透过他这未完成的镜片散射出的精神光谱分析一下光源体的发光原理吧。一件未完成的东西，更有利于我们接近其内核的实质，不是吗？难怪作家们都不愿意将草稿示人。

这部小说在结构上颇为复杂，体现了纳翁一贯的雄心，被称为"元小说"式结构，即故事中套着故事。这不是本文探讨的论题，按下不表；为了说明问题方便，仅把故事做一概述。小说的男主人公菲利普·王尔德是一名出色的神经病学家，也是一位颇负盛名的演说家，且资产雄厚，只是长相寒碜。他娶了年轻美貌的弗洛拉为妻。他之所以娶她，是因为她酷似他年轻时追求无望的姑娘奥罗拉·李，以圆自己的初恋梦，结果换来的却是水性杨花的弗洛拉的一再背叛。她其中的一个情人是一位画家兼作家，笔名叫伊凡·沃恩（真名叫诺维奇，一个波兰人）。他以他跟弗洛拉的恋情为素材写了一部小说《我的劳拉》，出版后还送给王尔德一本。王尔德马上意识到这本小说事实上描述的就是他妻子与诺维奇的恋情。年老体衰的王尔德在小说中得到传神刻画和描写，这令他悲愤交加，不禁回想起他与初恋情人奥罗拉·李相处时难以忘怀的种种情景。绝望中，他也只能以写作来聊以自慰。在这一点上，这位遭背叛的丈夫与他遭到抛弃的情敌诺维奇，同属天涯沦落人。从小说一开头就告诉读者，弗洛拉的丈夫也可以算得上是一位作家，他正忙于写一部书：

"哦，不！要知道那份手稿可不是为了挣钱而草草写就的小说；那将是一位疯狂的神经病学家的遗作，类似哪部电影中的某种'有毒作品'。它已耗费了他多年心血，并将继续耗费下去；当然，这事绝对是个秘密。"

这是一部什么样的神秘著作呢？他在书中尽情地表达着自我毁灭的渴望，但这种自我毁灭并不等同于简单的自杀，而是对自杀的玄想，"我让自己的想法模仿一台标准的神经信号发射器，让这个可怕的信使将自我毁灭的命令传到大脑。自杀引发了一种愉悦……"他在头脑中，用字母"I"来代表自己的身体，然后用他"意念中的大拇指"从下至上，一点点将自己抹掉；"我很欣慰地发现，这一过程在如同甜美的死亡般妙不可言的感觉中持续，与射精和打喷嚏完全不可同日而语。有那么三四次我达到了那种状态，每次我又强迫自己在我脑海的黑板上恢复白色'I'的下半身，这样我才得以从危险的恍惚中挣脱出来。""享受毁灭，但不要在自身的废墟上流连，以免衍生出不治之症，或在做好准备之前死去。"他一遍遍地反复体验着这种"自我消亡""这种忘却我的身体、我的存在以及思维本身的艺术。忘掉思想——奢侈的自杀，怡人的自我消亡！""因为当你全身放松地坐在这张舒适的椅子上（叙述者敲打着扶手），并着手毁灭自己时，你首先体验到的便是自足部升腾而上的一种消融之感……"由此我们看到，他所谓的"自我毁灭自我消亡"之类，与东方佛、道的修行者在自身修炼中所达到的入定、神迷状态十分相似。在几张卡片上，他的确记下了一些佛教词语："涅槃"；"从轮回转世中解脱"；"与梵（印度教）结合（通过抑制个体生存得以实现）"；"宗教垃圾和东方智慧的玄想"等等。这在纳翁从前的作品中是没有过的。虽然这并不等于说王尔德已经遁入宗教，但至少是在借助这种形式，以寻求精神上的解脱和慰藉，只不过他用了"自杀"之类的表达方式。

就像以往纳翁笔下的人物都带有纳博科夫自身的影子一样，王尔德的形象几乎就是晚年纳博科夫的写照。他年老体衰，"在人生的最后十七年里，因为患有不光彩的胃疾而吃尽了苦头"，经常便秘，要不就消化不良引发腹泻；性能力极度衰减再也享受不到一丝欢愉；特别是他不堪忍受的脚趾甲炎症，都是纳翁现实疾患的一部分。王尔德在小说中反复尝试用意念将自己的脚趾切除，以疗愈疾苦；纳博科夫在现实中则没完没了地为应付他脚趾甲的发炎而纠结。王尔德深感无力再挽回弗洛拉的爱，只能由着她去放纵了，"她到我灰暗的房间来的次数超不出每月一次时（这是自我步入六十岁后她光顾我房间的平均频率），我就知道她在欺骗我，她又交上了新男友。"他只好独自书写，来寻求解脱；这与纳博科夫晚年的处境再契合不过了；正如他儿子在回忆他进行这最后的创作情形时所描写的那样："……他也许已预感到机会不多了，他开始向母亲和我详细讲述他的某些创作细节。我们家的饭后聊天时间变短了，也变得不规律了，他一吃完饭即回到自己房间，好像急于完成他的作品……一个作家病情严重，甚至危在旦夕，可他仍然会孤注一掷地与命运赛跑，直到终点，他想战胜命运，但还是失败了。"

纳博科夫流亡了一生，也书写了一生；直到生命最后他还是不停地书写着，进行着自我拯救的努力。这令我想起了卡夫卡的一生，他们俩何其相似！卡夫卡虽然身体并未流亡，但他精神上的流亡比肉体的流亡付出的代价更为惨重；他终生用书写来进行着自我的救赎；但他最终承认，他并没有将自己赎回，他失败了。他委托自己的好友布洛德将其手稿付之一炬。纳翁将自己赎回了吗？我们不得而知。他儿子所言称的失败仅仅是指他最后作品没有完成，并要求妻子将未竟手稿焚毁。至少我们并没有得到他如卡夫卡那样的真情坦言。或许他在临终那一刻还在记恨着弗洛伊德老先生对他的伤害？或许回想着自己终生的勤奋写作，终于释怀？只有他自己知道。

人的一曲颂歌

——戏剧《犀牛》的一种读法

在世界戏剧史上,尤金·尤内斯库无疑是一座独具一格的高峰;而他的代表作《犀牛》,位于这座高峰之巅,应该是当之无愧的了。

在西方现代文学当中,特别是二十世纪上半叶的文学,"人的处境"往往成为作家们创作的重要母题。人的价值感的丧失,人生的无目的性,人的精神的荒漠化和人性的疏离等等,让一大批作家,如卡夫卡、萨特、托马斯·爱略特、加缪们,一唱三叹;一时间,世界文学的基调满眼的灰暗、沮丧、无奈;一句话,人生只剩下痛苦和绝望了。尤内斯库也不例外,他甚至是这一唱三叹中调门相当高的一位。用一位评论家的话说,他们荒诞派作家是"抛开现象,直取本质",表现出了人的存在的荒诞不经和人性扭曲的内核。尤内斯库是荒诞派当中一个杰出的代表。不过《犀牛》一剧虽是他的代表剧目,但与他的其他剧作,如《椅子》或《秃头歌女》相比,有很大的不同。它在表面的荒诞不经和扭曲变形的掩盖下,却闪动着人的理性的光辉。这在现代西方文学史上是不多见的,甚至可以说是绝无仅有;它在西方现代文学一片阴沉沉的底色上,独挑一抹希望之光。

更重要的是，《犀牛》尽管内容荒诞，但它是有故事情节的，情节还相当完整并富有逻辑性。这在荒诞派戏剧中也不多见。故事发生在法国外省一座无名小城里。一个星期日的早晨，故事的主人公贝兰吉和他的好朋友让约好了在一家咖啡馆见面。贝兰吉是一个酒鬼，一大早起来就无精打采，邋里邋遢，酒气熏天；让对他很是不满，两人为此大吵。苔丝——贝兰吉的一位年轻女同事——从这里经过，引起了他的极度恐慌；他不想叫她看到自己这副狼狈相。这一过程当中，接连有犀牛不可思议地打街道上飞奔而过（甚至踩死了一位太太心爱的猫咪），搅扰了人们的正常生活，也挑战了人们的常识：城市的大街上怎么会有犀牛呢？于是，关于犀牛的来历，人们展开了想象；关于它的种属，人们展开了争论：那到底是独角犀还是双角犀？是非洲种犀还是亚洲种犀？最后一位逻辑学家经过一系列荒唐而繁琐的推理证明，它既可能是非洲种的也可能是亚洲种的。而这时，由于让跟贝兰吉吵翻了，已经离他而去。然而，事情才刚刚开始。犀牛事件上了地方报纸，第二天一早，在贝兰吉的办公室里，同事们正在为这事争论得不亦乐乎。博塔尔坚决不相信会有此事，认为这是报纸"编出来的故事，耸人听闻罢了。"狄达尔则确信不疑；苔丝与姗姗来迟的贝兰吉以自己昨天在大街上的亲眼所见为报纸新闻作证。他们的争论真可谓是剑拔弩张；令人尊敬的科长巴比雍先生在他们中间和稀泥，不住地催促他们抓紧工作，避免闲谈。就在这时，经常无故缺勤的勃夫先生的太太来到，通知他们勃夫变成犀牛的事；勃夫就跟在她身后，一直跟到办公室楼下，企图冲上楼来，因而踏破了木质楼梯。紧接着，大面积的变形开始了；就像一种流行病开始大面积地扩散。贝兰吉因与好友让吵翻，深感内疚，便登门道歉，不想却亲眼看见了好友变成犀牛的全过程。变成犀牛的人越来越多，大街上随处可见；它们绕着贝兰吉的房子跑。贝兰吉十分担心自己被传染，也变成犀牛。他的同事狄达尔来看他，安慰他，表示站在他一边不会变成犀牛；苔丝也来看他，甚至向他表白了他一直渴望着的爱情，当然会永远与他在一起，并肩抵抗到底。他们也带来了坏的消息，他们的同事相继地一个个加入了犀牛的队伍，博塔尔、巴比雍、他们周围的邻居……犀牛的队伍明显在不断壮大，这从绕着贝兰吉的房子奔跑的犀牛数量和动静上就可以看得出来；他们甚至看到了先前那位有头脑有学问的逻辑学家也在其中：几乎整个世界都被犀牛们占领。他们三人的相谈也越来越不入调了；狄达尔首先改变主意，离开了贝兰吉；苔丝跟他也没谈拢，最终离他而去，只剩贝兰吉独自一人，"（他浑身剧烈震颤）豁出去啦！我将自卫……反对所有人……对付所有人，我要保卫自己！我是最后一个人，我将坚持到底。我决不投降！"

该剧的荒诞性最主要的，就表现在人变成犀牛这一意象上。其实变形这一意象的运用在现代世界文学史上并不罕见，最著名最具有代表性的例子，当然非卡夫卡的《变形记》莫属。然而尤内斯库的变形与卡夫卡的变形虽有其内在关联，但却有本质上的不同。卡夫卡的变形是在变形主体不知不觉中发生的，并非他的主观意愿，而更像是他个人的一种不可抵抗的命运；变形后备受屈辱、虐待和唾弃，最后孤独地死去。尤内斯库的变形则与此刚好相反，人变成犀牛是在自我意识完全清醒的状态下发生的；人完全清楚自己在做什么，对前因后果及价值取向都具有一种明晰的判断，最终决定自己是变还是不变。正像剧中人狄达尔在决定变成犀牛前所说的那样："我良心不安！不论是好是坏，我的责任责成我追随我的上司和同志们！……我的责任就是不要抛弃他们，我受我的职责指使。"在说到那位逻辑学家变形原因时，狄达尔说："如果他确实是您所说的那样一位真正的思想家，他是不应该随波逐流的。他在做出选择之前，肯定是权衡过利弊的。"也就是说，尤氏的变形是一种经过深思后的主观意愿的自由选择；并且在变形后，他们阵势强大，牛气冲天，成为一种世界潮流，不可阻挡，因而占据统治地位。它是一种群体事件，而不变形却成为一种个案。

变形这一意象在文学史上虽然古已有之，但现代的作家们在使用时有很大的不同，他们使变形负载了一种强烈的象征意义；无论卡氏的变形还是尤氏的变形，莫不如此。象征的价值在于，它使一个具体的意象普遍化、抽象化；使其意义的外延产生一种全覆盖之势，可以对它进行多种阐释；因而它在意象上是具体的，在意义上却制造出一种模糊性和不确定性。这也就是我在前文中说的，荒延派"抛弃表象，直取本质"的含义。象征性赋予文学作品（不论是小说还是戏剧）以哲学的内蕴，使之神话化、寓言化。可以这样说，尤内斯库的戏剧就是一部现代神话。

那么我们不禁要问了：《犀牛》中的变形意象究竟象征着什么呢？我们不妨试着来进行一番分析。人是社会环境的创造物，人与他人关系，直接影响到我们自身的存在。人变成犀牛，显然代表着一种社会环境，意味社会环境的改变，一种新的社会潮流的出现。人变成犀牛，也就是人的非人化；人的非人化，也就是人性的丧失。而剧中主人公贝兰吉最终拒绝了顺应这一社会潮流，坚决捍卫人的尊严。所以我认为，剧作家在剧中似乎向我们提出了这样一个命题：人在多大程度上可以保持自身的本色不变？这的确是一个具有存在主义倾向的命题，哲学意味深远。

正是这种深远的哲学意味，才使该剧作在主题上带有一种普世性，放之四海而皆准了。我们可以试想一下，人变成犀牛，也即人的非人化的实例，在我们人类历史上有多少？中世纪宗教对人性的严酷禁锢；工业革命给人造成的异化；现代极权专制对人的无情剥夺；高度的物质文明使人的商品化，以及高科技的发展对人的机械化……人类发展到今天，他每向前迈出一步，无不与人的非人化相伴，无不是一次人性的丧失；过去如此，现在如此，将来亦会如此。每一次非人化的巨变，无一不是以压倒之势发生的，个人几乎毫无抵抗力，只会被那股社会大潮席卷而去。从这点上来说，《犀牛》直取了人的本质，是毫不为过的，也是再恰当不过的。尤内斯库创作时期，正值20世纪五十年代，第二次世界大战后，人类正抚摸着自身的重创茫然四顾，试图找到新的生机而又无路可寻，处于一种空前的精神危机中。剧作家以他超人的敏锐和颖悟，捕捉到了人在这种动荡不安中所焦虑的最深处的阴影。高明的是，剧作家并没具体写出他焦虑的是什么，而是将其化为"人变成犀牛"这一意象来表现；这样一来，剧作便瞬时从那个时代的限定中超脱出来，获得了一种恒定性和普遍意义，升华为了寓言和神话。

更有意义的是，作者在剧中肯定了个人行动的价值，就像在西西弗斯或普罗米修斯的神话中一样。也正像古代神话中的个人英雄一样，贝兰吉也是一位明知不可为而为之的个人英雄。在所有人都一边倒地变成犀牛之时，他却挺身出来，"我是不准备接受这种局势的。"他意识到了这种变化的不合理性；这是一种"流行病"，他担心自己会被传染，担心自己没有免疫力；事件本身令他不安，使他震惊；他不知该如何解释。但不管怎样，他都要坚守自己做人的立场不变。他还确信："……如果谁真的不想，是不是，如果谁真的不想得这种病，得这种神经系统的病，谁就不会得病，谁就不会得病了……"他没办法适应犀牛们，它们"让我心里难受，让我的心紧缩"；"它们害得我心神不宁、念念不忘；害得我睡不着觉。我快要累垮了……"也就是说，他不能"随随便便地、无动于衷地对待周围发生的事件"。更可贵的是，他觉得"我感到我对所要到来的一切是有连带责任的。我有一份责任，我不能无动于衷地漠然处之。"他还说："……当您置身于事件之中，当您一下子面对这件事带来的残酷现实，您不可能不感到自己和它有直接关系……"他认为这是一桩罪恶；尽管他还不知道打算干什么、能干什么，但"我要思考。我要给报纸写信，我要发表宣言，我要请求市长接见……必须把罪恶连根拔除"。

从他的台词中，我们可以看到一个人面对社会异变时，他的内在理性精神的觉醒。然而，人的理性在面对纷繁、复杂甚而是无比强劲的异变潮流时，常常会彻底迷失方向、丧失判断力的。当所有人都变成犀牛时，正像剧中人狄达尔所言，"还有什么比一头犀牛更自然的呢？……谁能知道正常在哪里截止，不正常又从哪里开始？您能够给这些概念下定义吗？您能阐明何谓正常，何谓不正常吗？从哲学上和医学上来说，任何人都无法解答这个问题……"这一责问再强有力不过，几乎就是一个常识：置身于犀牛群中，唯一的人是不正常的。他从科学史和思想史的高度来证明自己的正确。然而，贝兰吉仍坚持己见，"……但是一个人变成犀牛，这可是无可争辩地不寻常啊！"他指责说，那些理论、科学、思想"什么也证实不了！这是胡言乱语，这是发疯"！接下来的话更是朴实而又一针见血："……我并不精通哲学。我没上过大学；而您有文凭。这就是何以在讨论时您总是怡然自得，而我呢，我简直不知怎么来回答您。我太笨了！……但是我感觉到，是您错了……这是我本能地感到的，不，不如说不是这样；而是犀牛有它们的本能，我则是直觉地感到的。对，就是这个词，直觉地……直觉地，这就是说……我感觉到，即您那极端的容忍，您那过分地宽宏大量……实际上，请您相信我，只不过是软弱怯懦……是盲目……"

这样说来，是直觉为他可能会迷失的理性指明了方向。贝兰吉是个极普通的人，连大学都没上过。面对突发的社会异变，人的理性和直觉却帮他做出了基本的价值判断。我个人以为，其实做出这种判断并不是很难，并不需要有多高的学问和知识，最难的是倾听自己内心的声音，并接受它的指引。这就须要克服盲从、软弱和怯懦，拿出勇气来直面现实。这是最难做到的。正如贝兰吉向狄达尔指出的那样，他之所以站到了犀牛一边，只不过是出于软弱、怯懦和盲从，是发自内心的恐惧。我们不妨试想一下这样一种情境，当所有人（包括你的同事、朋友、亲人一个一个离开你）突然都站到你的对立面时，你会做何感想？你还相信你自己是正确的吗？即使你仍旧相信真理在你一边，你还坚守得住吗？你顶得住来自于对面的那巨大压力吗？

你不会觉得自身渺小得毫无价值、瞬时便会给吞没吗？出于人的自我保存本能，大多会赶紧向前迈出一步，把自己隐藏在对面投射下来的巨大阴影之中，混同于群体；而对真理的坚持显得毫无意义了。这种情境，我想，正是《犀牛》所象征的含义。在我们人类的历史上，这种情境出现得还少吗？

尤内斯库看到了"人犀异变"是暗藏于人的存在中的一种荒诞性，是一种难以摆脱的命运；这是种灾难，也是一种"传染病"。当这一"传染病"大爆发时，唯一拯救人类的方式就是期待真正的人的出现，他们是中流砥柱；这种人越多，灾难的破坏力就越小，甚而会得到扼制。因此可以说，《犀牛》一剧就是对真正的人的赞颂，是对他发出的深切呼唤。